KB113463

9월의 빛

Las Luces de
Septiembre

9월의 빛

검은 그림자의 전설

카를로스 루이스 사폰 소설 / 송병선 옮김

살림

종종 독자들은 작가보다 작품을 더욱 잘 기억합니다. 그들은 친절하게도 작품의 인물과 사건, 그리고 언어와 이미지를 떠올리는데, 너무 오래전에 쓴 나머지 줄거리와 무대를 잊어버리기 시작하는 소설가에겐 당혹스러운 일이 아닐 수 없습니다. 이런 현상은 내가 1990년대에 썼던 세 편의 연작소설에서도 종종 일어납니다. 그 책들은 지금 내가 손에 들고 있는 『안개의 왕자』와 『한밤의 궁전』, 그리고 『9월의 빛』입니다. 항상 나는 이 세 소설을 서로 연결된 이야기라고 생각했습니다. 책의 분위기나 플롯 구조 등 이 세 작품은 서로 공통된 요소를 많이 지니고 있기 때문이지요,

나는 『9월의 빛』을 1994년과 1995년에 걸쳐 로스앤젤레스에서 집필했습니다. 『안개의 왕자』에 사용하고 싶었지만 어떻게 해결해야 할지 몰랐던 몇몇 요소들을 다시 마무리하기 위해 쓴 작품이었습니다. 하지만 오늘 다시 읽어보니, 이 소설이 문학적 요소보다는 영화적 요소가 더

많다는 사실을 깨닫습니다. 그래서 나는 이 소설을 보면 언덕에 'HOLLYWOOD'라는 글자가 보이는 멜로즈 가로수길 3층에 있는 책상 앞에서 작중인물들과 함께 보낸 기나긴 시간을 항상 떠올릴 것입니다.

이 소설은 미스터리와 모험 이야기로 착상되었습니다. 당시 내 머릿속을 맴돌던 대부분의 영화 관객들처럼 정신은 젊으면서도 육체적으로는 어느 정도 나이가 든 독자들을 대상으로 썼던 것입니다. 그 이후 많은 시간이 흘렀지만 이 책의 독자층은 전혀 바뀌지 않았습니다.

이제 내가 고백해도 될지는 모르겠지만, 유일하게 바뀐 것은 1995년 이후 처음으로 단정하고 고상한 판본으로 출판되었다는 사실입니다. 유감스럽지만 그 전까지만 해도 내 책은 그런 영광을 누리지 못했습니다.

나는 여러분이 청소년 독자이건 아니면 다시 청소년으로 돌아가길 희망하는 독자이건, 이 소설을 마음껏 즐기기 바랍니다. 나는 여러분의 도움으로 이 소설과 이전의 두 작품을 보다 잘 기억하고, 『9월의 빛』의 모험을 다시 즐길 수 있는 영광을 누리며, 나 역시 젊다고 믿었던 그 세월과 모든 게 가능하다고 믿었던 그 시절의 모습들을 다시 떠올리고 싶습니다.

그럼 재미있는 독서가 되길 바라면서.

카를로스 루이스 사폰

차례

이레네에게

　9월의 빛은 내게 바닷물 속으로 사라지는 네 발자국을 떠올리도록 가르쳐주었어. 당시 나는 겨울의 흔적이 우리가 파란 만에서 함께 보냈던 마지막 여름의 신기루를 머지않아 지울 거라 생각했어. 그런데 그 이후로도 그다지 바뀐 게 없다는 사실을 확인하면 넌 깜짝 놀랄 거야. 등대는 바다 안개 속에서 마치 보초를 서듯이 계속 우뚝 서 있고, 영국인 해변에 접한 도로는 넓은 모래사장 사이로 꾸불꾸불거리는 희미한 오솔길 같아.

　크래븐무어의 잔해는 어둠의 담요에 둘러싸여 조용히 숲 위에 희미하게 모습을 드러내고 있어. 나는 매일 요트를 타고 만 안으로 들어가지만, 갈수록 그 횟수는 줄어들고 있어. 아직도 나는 서쪽 날개편의 커다란 창에서 금이 간 창문을 볼 수 있어. 그것은 마치 유령의 신호처럼 안개 속에서 반짝거리고 있지. 종종 나는 우리가 해질녘 항구로 돌아오는 길에 만의 물길을 가르던 시절이 떠오를 때면 어둠 속에서 깜빡거리는 불빛이 보이기라도 할 거 같아. 그러나 이제는 그곳에 아무도 없다는 사실을 알고 있어, 아무도.

　넌 곶의 집이 어떻게 되었는지 묻고 싶겠지? 그래, 아직도 만의 끝에서부터 무한하게 펼쳐진 커다란 바다를 마주보며 그곳에 외롭게 서 있어. 지난겨울엔 폭풍이 불어닥쳐 해변의 조그만 선착장에 남아 있던 모든 걸 망가뜨려버렸어. 이름 없는 도시 출신의 한 부자 보석상이 헐값으로 그 해변을 구입하려다 그만 서풍과 절벽에 부딪치는 거센 파도를 보곤 금세 단념하고 말았지. 석호로 가는 비밀의 오솔길은 온갖 잡초들과 늘어진 나뭇가지들이 무성해지면서 이제 그 누구도 들어갈 수 없는 밀림이 되어버렸지.

부둣가에서의 일이 끝나고 여유가 생기면, 자전거를 타고 곶까지 가서 절벽에 있는 현관에서 석양을 바라봐. 공증인 사무실을 거치지 않고 새로운 세입자로 살고 있는 것 같은 갈매기 떼와 나만이 그곳에서 석양을 바라보는 유일한 존재들이야. 그곳에서는 아직도 달이 수평선에서 떠오를 때 박쥐동굴을 향해 은빛의 화관을 그리는 걸 볼 수 있어.

내가 언젠가 네게 이 동굴에 관해 이야기했던 게 기억나. 나는 네게 못된 해적들에 관한 환상적인 이야기를 들려주었지. 그 해적들의 배는 1746년의 어느 날 밤 동굴에 의해 먹혀버렸지요. 아니, 그건 거짓말이었어. 그 어떤 밀수업자나 싸움질 좋아하는 해적도 그 동굴의 어둠 속으로 모험을 하려고 하지 않았어. 구태여 변명하자면, 그것이 내가 네게 한 유일한 거짓말이야. 아마도 넌 처음부터 그게 거짓말이라는 걸 알고 있었을지도 모르지만.

오늘 아침, 암초에 걸린 그물 다발의 실을 꿰매는 동안 또다시 널 본 듯한 착각에 사로잡혔어. 네가 조용히 수평선을 바라보길 좋아했던 것처럼, 나도 그렇게 지그시 바라보는데 순간 곶의 집 현관에 네가 있는 것 같은 착각이 들었지. 갈매기들이 날아오르자, 그제야 그곳에 아무도 없다는 사실을 확인하고 말았지만. 저 멀리 바다 안개 위로 말을 타고 오듯이 작은 바위산인 생 미셸이 우뚝 솟아 있었어. 마치 바닷물 속에서 좌초한 도망자가 사는 섬처럼.

가끔씩 나는 모든 게 파란 만 멀리 어딘가로 떠나가버렸다는 생각이 들어. 그럴 때면 나는 시간 속에 혼자 붙잡혀 9월의 붉은 바닷물이 내게 기억 이상의 것을 되돌려주기를 기다리지. 내 말에 너무 신경 쓸 필요는 없어. 바다가 그런 것들을 가지고 있으니까. 그러니까 모든 건 어느 정도 시간이 흐르면 바다로 되돌아가거든. 특히 기억은 그래.

　이런 말을 해야 할지 모르겠지만, 이 편지는 내가 파리에서 입수할 수 있었던 너의 마지막 주소로 보낸 백 번째 편지야. 종종 나는 네가 그 편지들 중에서 한 통이라도 받았는지, 아직도 나를 기억하는지, 아직도 영국인 해변의 여명을 기억하는지 내 스스로에게 물어. 아마도 그럴 거라고 생각해. 아마도 넌 악몽과도 같았던 전쟁의 모든 기억으로부터 벗어나고 싶었겠지. 그래서 이곳을 떠난 것일 테고⋯⋯.

　당시 우리의 삶은 훨씬 단순했어, 기억나? 내가 무슨 말을 해야 할까? 분명히 넌 기억하지 못할 거야. 나는 단지 나만 네가 내 곁에 있던 그날의 모든 걸 기억하며 살아가는 불쌍한 바보라는 생각이 들어.

파리의 하늘

1936년, 파리

아르망 소벨이 죽은 밤을 기억하는 사람들은 붉은 섬광이 둥근 하늘의 천장을 가로질러 아직 꺼지지 않은 재의 흔적을 그리며 수평선으로 사라졌다고 맹세한다. 그의 딸 이레네는 결코 그 섬광을 보지 못했지만, 그 섬광은 이후 오랫동안 그녀의 꿈을 괴롭히게 될 것이었다.

추운 겨울 새벽이었다. 생 조르주 병원 14호실의 창문은 얇은 얼음막으로 물들면서 새벽의 황금빛 어둠 속에 잠긴 도시에 유령의 수채화를 그리고 있었다.

아르망 소벨의 불꽃은 한숨 소리 없이 조용히 꺼졌다. 그의 아내 시몬과 딸 이레네는 눈을 들었다. 그때 밤의 적막을 깨뜨리는 한 줄기 섬광이 병원 거실에 바늘처럼 뾰족한 불빛을 그렸다. 막내아들 도리안은

11

의자에 앉아 잠자고 있었다. 무서운 침묵이 거실을 엄습했다. 무슨 일이 일어났는지 그 어떤 말도 주고받을 필요가 없었다. 6개월간의 끔찍한 고통 끝에, 그 이름을 결코 입에 올릴 수 없었던 질병이라는 검은 유령이 아르망 소벨의 목숨을 앗아갔던 것이다. 그 이상도, 그 이하도 아니었다.

이것이 소벨 가족이 기억하게 될 최악의 해의 시작이었다.

아르망 소벨은 그의 매력과 전염성 강한 미소를 무덤으로 가져갔지만, 그의 수없이 많은 빚더미는 가져가지 않았다. 이내 빚쟁이들과 프록코트를 입고 명예 학위를 지닌 온갖 종류의 썩은 인간들이 하우스만 대로에 있는 소벨 가족의 집에 들이닥쳤다. 법적으로 예의를 갖추며 차갑게 방문한 그들은 이내 모호하게 협박했고, 이런 협박은 시간이 흐르면서 차압으로 현실화되었다.

명문 학교를 다니던 이레네와 도리안은 파트타임 일거리를 구해야 했고, 홈 하나 없이 완벽한 옷들을 입던 예전과 달리 아주 허름한 옷가지를 걸쳐야만 했다. 그것은 소벨 가족이 현실세계로 급전직하하는 서막에 불과했다.

그러나 그런 몰락의 여행에서 최악의 경우를 겪은 사람은 시몬이었다. 학교 여선생님으로 다시 일을 시작했지만, 얼마 안 되는 수입으로 그 엄청난 빚을 갚기에는 역부족이었다. 시시각각 아르망이 서명했던 새로운 서류들이 나타났고, 계속해서 그녀는 남편이 갚지 못한 빚에 대해 새로운 각서를 써야만 했다. 한마디로 바닥을 알 수 없는 새로운 블랙홀들이 나타났던 것이다.

그 시점을 전후로 막내 도리안은 파리 인구의 반절 이상이 변호사와 회계사가 아닐까 의문을 갖기 시작했다. 그들은 바로 지상에 사는 득실거리는 쥐새끼와 같은 사람들이었다. 그 무렵 이레네 는 어머니 모르게 무도장에서의 일을 수락했다. 그녀는 돈 몇 푼을 벌기 위해 군인들, 즉 사춘기를 갓 벗어난 수줍은 청년들과 춤을 추었고, 새벽에 그 돈을 시몬이 부엌 개수통 아래에 보관하고 있던 저금통에 넣었다.

소벨 가족은, 친구이며 후원자라고 자칭하던 사람들의 목록이 새벽의 서리처럼 사라져가고 있다는 걸 깨달았다. 여름이 되자, 아르망 소벨의 옛 친구인 앙리 르콩트는 소벨 가족에게 몽파르나스에서 경영하고 있던 화방 위의 조그만 아파트에서 살 수 있도록 해주었다. 임대료는 앞으로 풍족하게 살게 될 경우에 내기로 했고, 대신 도리안이 잔심부름을 해주면서 그를 돕기로 했다. 그의 무릎은 더 이상 젊은 시절의 무릎이 아니었기 때문이다. 시몬은 늙은 르콩트 씨의 호의에 어떤 감사의 말을 해야 할지 몰랐다. 그 상인 역시 어떤 대가를 바라고 한 것은 아니었다. 쥐새끼들만 득실거리는 세상에서 그들은 천사를 만났던 것이다.

차가운 겨울바람이 거리를 휩쓸기 시작했을 무렵, 이레네는 열네 살이 되었다. 그러나 그녀는 스물네 살이 되고도 남을 만한 세월의 무게를 지니고 있었다. 그날 이레네는 무도장에서 번 돈으로 케이크를 사서 가족과 함께 자신의 생일을 축하했다. 아르망이 없다는 사실에 모두들 아쉬움과 슬픔을 금할 길 없었다. 모두가 함께 몽파르나스 아파트의 좁은 거실에서 함께 촛불을 껐다. 그러면서 촛불과 함께 지난 몇 달 동안 그들을 쫓아다녔던 불행의 요괴도 함께 꺼져가길 기원했다. 그들의 소망은 헛되지 않았다. 그들은 아직 모르고 있었지만, 어둠으로 가득했던 그 해는 종말을 향해가고 있었다.

몇 주 후, 희망의 불빛이 뜻하지 않게 소벨 가족의 수평선에 모습을 드러냈다.

르콩트 씨와 그가 알고 지내는 사람들 덕분에, 조그만 해안 마을인 파란 만에서 시몬 소벨에게 좋은 일자리를 구하게 되었다. 그곳은 파리의 희뿌연 어둠과 멀리 떨어져 있고, 아르망 소벨의 마지막 나날의 슬픈 기억과도 멀리 있는 곳이었다. 돈 많은 장난감 발명가이자 제작자인 라자루스라는 사람이 크래븐무어 숲 속에 있는 궁전과 같은 저택을 관리할 가정부를 필요로 하고 있었던 것이다.

그 발명가는 이미 오래전에 폐쇄된 장난감 공장 옆의 한 거대한 저택에서 살고 있었다. 그의 유일한 동반자는 아내 알렉산드라로 알 수 없는 병에 걸려 20년 동안이나 커다란 저택의 침실에 기운을 잃고 누워 있었다. 월급은 괜찮은 편이었고, 게다가 라자루스 안은 곳의 집에서 살게 해주겠다고까지 약속했다. 크래븐무어 숲의 반대편에 있으며 곳의 끝에 있는 절벽 위에 지은 조그마한 집이었다.

1937년 6월 중순에 르콩트 씨는 오스테를리츠 역의 6번 플랫폼에서 소벨 가족과 작별했다. 시몬과 두 아이들은 노르망디 해변으로 데려갈 기차에 몸을 실었다.

늙은 르콩트 씨는 기차가 모습을 감추는 것을 지켜보면서, 혼자 빙긋이 웃었다. 그리고 소벨 가족의 이야기, 즉 그들의 진짜 이야기가 이제 막 시작되었음을 예감했다.

위치와 구조

1937년 여름, 노르망디

곶의 집에 도착한 첫날, 이레네와 그녀의 어머니는 자신들의 새 둥지가 되어줄 집을 정리하느라 분주했다. 한편 도리안은 그녀들이 일하는 동안, 새로운 열정을 발견했다. 그건 바로 지리, 아니 보다 구체적으로 말하자면 지도를 그리는 일이었다. 시몬 소벨의 아들은 앙리 르콩트 씨가 파리를 떠날 때 선물로 주었던 공책과 자신의 연필을 쥐고 절벽 사이의 조그만 은신처로 숨어들었다. 멋진 장관을 실컷 즐길 수 있는 아주 훌륭한 망루였다.

그 커다란 만의 중심을 이루는 곳은 어촌 마을과 조그만 부둣가였다. 동쪽으로는 하얀 백사장이 끝없이 펼쳐져 있었다. 영국인 해변으로 알려진 그곳은 마치 바다를 마주보고 있는 진주 사막과 같았다. 그 해변 너머로 보이는 뾰족한 모양의 곶은 날카로운 발톱처럼 바다 쪽으로 뻗어 있었다. 소벨 가족의 새로운 집은 곶의 끝에 세워져 있었다. 그곳은 마을 사람들이 시커멓고 깊은 바닷물 때문에 검은 만이라고 부르던 널찍한 만과 파란 만이 만나는 곳이었다.

바다 안쪽으로는 아득한 안개 사이로 섬이 하나 우뚝 서 있었다. 도리안은 해안에서 반 마일 정도 떨어진 그 섬의 등대를 바라보았다. 그리고 다시 육지로 눈을 돌려 곶의 집 현관에 있는 이레네와 자기 어머니를 바라보았다.

새로운 주거지는 하얀 나무로 지은 2층짜리 건물이었다. 그것은 절벽들 위에 자리 잡고 있었다. 테라스는 허공으로 나 있었다. 집 뒤로는 울창한 숲이 있었고, 나무 우듬지 위로 눈을 돌리면 라자루스 얀의 장엄한 저택인 크래븐무어가 한눈에 들어왔다.

크래븐무어는 저택이라기보다는 성채와도 같았다. 대성당을 본 딴 것으로, 기괴하고 고통 받은 영혼의 산물이었다. 아치와 플라잉 버트리스(기울어진 벽받이 — 옮긴이), 탑과 둥근 지붕으로 이루어진 미로로 인해 지붕은 울퉁불퉁했다. 그 건물은 십자형 구조로 건축되어 있었고, 몇 개의 날개가 돋아나 있었다. 도리안은 라자루스 얀의 집이 풍기는 불길한 모습을 뚫어지게 쳐다보았다. 돌에 새겨진 일련의 이무기돌(고딕 건축 따위에서 낙숫물받이로 만든 괴물 형상 — 옮긴이)과 천사들이 건물 전면의 소벽을 지키고 있었다. 돌로 만들어진 그 유령 무리들은 밤을 기다리고 있는 듯했다. 공책을 덮고 곶의 집으로 향하면서 도리안은 저런 곳에서 살고 있는 사람은 도대체 어떤 사람일까 생각했다. 그걸 확인하는 데 그리 많은 시간이 걸릴 것 같지는 않다. 바로 그날 밤 이들 가족이 크래븐무어의 저녁식사에 초대되었기 때문이다. 새로운 자선가인 라자루스 얀이 베푼 정중한 호의였다.

이레네의 새로운 방은 북서쪽을 바라보고 있었다. 그 방의 창문에서는 등대가 서 있는 조그만 섬과 태양이 바다 위로 그리는 빛의 얼룩, 그러니까 불타는 은빛의 석호를 바라볼 수 있었다. 파리의 좁은 아파트에 몇 달을 틀어박혀 살다가, 이곳에서 자기 혼자만의 방을 얻게 되자 이런 사실이 아주 터무니없는 사치처럼 생각되었다. 방 문을 닫고 자신만의 은밀한 공간을 즐길 수 있다고 생각하니, 일종의 도취적인 느낌을 받았다.

석양이 어떻게 바다를 구릿빛으로 물들이는지 지켜보는 동안, 이레네는 라자루스 얀과의 저녁식사에 무엇을 입고 갈지 생각했다. 그녀의 옷장엔 예전의 그 많던 옷들을 처분하고 남은 약간의 옷가지들만 있었다. 크래븐무어의 대저택에 초대받아 갈 걸 생각하자, 그녀의 모든 옷이 너덜너덜하고 창피한 누더기처럼 보였다. 그렇게 초대를 받았을 때 입을 만한 옷 두 벌을 입어본 후, 이레네는 생각지도 못했던 새로운 문제가 있다는 사실을 깨달았다.

열세 살이 된 이후로, 그녀의 몸은 특정 부위가 부풀어 오르면서 또다른 쪽은 잘록해지는 것 같았다. 이제 막 열다섯 살에 접어든 지금, 그녀는 거울을 빤히 쳐다보고 있다. 이레네에게는 그 어느 때보다도 자연의 변덕이 분명하게 느껴졌다. 그녀의 새로운 곡선미는 먼지 수북한 꽉

조이는 옷들과는 더 이상 맞지 않았다.

자줏빛 햇빛이 마치 화관처럼 파란 만 위로 넓게 펼쳐졌다. 해가 지기 조금 전이었다. 시몬 소벨이 부드럽게 방 문을 두드렸다.

"들어와요."

어머니가 방 문을 닫고 들어와 급히 상황을 살폈다. 이레네의 모든 옷이 침대에 널려져 있었다. 하얀 티셔츠 하나만 달랑 입은 이레네는 창문에서 해로를 따라 오가는 배들의 머나먼 불빛을 응시하고 있었다. 시몬은 이레네의 날씬한 몸매를 살펴보고서 혼자 빙긋이 웃었다.

"시간이 이렇게 흘렀는데도 내가 미처 그걸 몰랐구나. 그렇지?"

"맞는 옷이 하나도 없어요. 죄송해요. 모두 입어봤어요." 이레네가 대답했다.

시몬은 창가로 다가오더니 딸 옆에서 무릎을 살며시 굽혔다. 만의 중심에 자리 잡은 마을의 불빛이 바닷물 위로 빛의 수채화를 그리고 있었다. 잠시 두 사람은 석양이 파란 만 위에 펼치는 놀라운 장관을 바라보았다. 시몬은 딸의 얼굴을 어루만지면서 미소 지었다.

"왠지 이곳이 우리 마음에 들 것 같아. 넌 어떠니?"

"그가 우리를 마음에 들어 할까요?"

"라자루스를 말하는 거니?"

이레네가 고개를 끄덕였다.

"우리는 멋진 가족 아니니? 분명 높이 평가할 거야." 시몬이 대답했다.

"그렇게 확신해요?"

"그렇게 믿는 편이 좋잖아."

이레네는 자기 옷을 가리켰다.

"내 옷을 입도록 해." 시몬이 웃었다. "아마 나보다 네게 더 잘 어울릴 거야."

이레네는 얼굴에 가벼운 홍조를 띠었다.

"그 정도는 아니에요." 그녀는 어머니에게 말했다.

"항상 적당한 때라는 게 있는 법이야."

도리안은 누나가 엄마 옷을 입고 계단 아래에 모습을 드러내자 뚫어지게 쳐다보았다. 뚫어지게 쳐다보기 시합이 있었다면 1등을 하고도 남을 정도였다. 이레네도 푸른 눈으로 도리안을 응시했다. 그리고 마치 위협을 하듯이 집게손가락을 들어 경고했다.

"한마디도 하지 마."

도리안은 입을 굳게 다문 채 고개를 끄덕였다. 하지만 누나 이레네와 똑같은 목소리로 말하고, 이레네와 똑같은 얼굴을 한 여자가 눈앞에서 화사하게 반짝이고 있었다. 도리안은 그 여자 앞에서 눈을 뗄 수 없었다. 마치 처음 보는 여자 같았다. 시몬은 아들의 표정이 무엇을 의미하는지 눈치채고서 터져 나오는 웃음을 간신히 참았다. 그런 다음 아주 엄숙하고 심각한 표정으로 한 손을 아들의 어깨 위에 올려놓고는, 무릎을 살며시 굽혀 아버지의 유산인 검붉은 나비넥타이를 고쳐주었다.

"여자들한테 둘러싸여 사는구나, 아들아. 어서 익숙해져야 할 텐데."

도리안은 체념과 놀라움의 표정을 지으며 다시 고개를 끄덕였다.

벽시계가 저녁 여덟 시를 알렸다. 이제 식구들 모두 가장 좋은 옷을 걸친 채 중요한 약속에 갈 준비가 다 되어 있었다. 하지만 그들은 엄청난 두려움에 사로잡혀 있었다.

부드러운 산들바람이 바다에서 불어와 크래븐무어를 에워싸고 있는 숲 속의 무성한 나뭇가지들을 흔들었다. 숲에서 나뭇잎들이 부딪치는 소리가 숲을 가로지르는 오솔길을 걸어가는 시몬과 두 아이들의 발자국 소리와 함께하고 있었다. 헤아릴 수 없이 어두운 밀림 사이로 나 있는 진짜 터널 같은 길이었다. 희미한 달빛이 숲을 뒤덮은 어둠을 뚫고 들어오려고 안간힘을 쓰고 있었다. 수백 년 된 거대한 나무들의 우듬지에 둥지를 틀고 있던 보이지 않는 새들의 목소리가 불안한 탄원의 기도처럼 들려왔다.

"너무 으스스해요." 이레네가 말했다.

"바보 같은 소리는 그만해." 어머니가 서둘러 이레네의 말을 잘랐다. "그냥 숲일 뿐이야. 자, 어서 걷기나 해."

도리안은 뒤에 처진 채 숲의 그림자를 조용히 바라보았다. 어둠이 깔린 탓에 불길한 그림자가 사방에 있는 것 같았고, 그러자 그는 수십 개의 악마와 같은 존재가 숨어 있을지도 모른다고 상상했다.

"낮에 보면 이 모든 건 그냥 나무와 덤불에 불과해."

시몬 소벨이 분명한 목소리로 말하면서, 도리안이 즐기고 있던 매혹적인 순간을 산산이 부숴버렸다.

그렇게 몇 분 동안 그들은 밤길을 걸었지만 이레네에게는 끝없이 길게 느껴지는 시간이었다.

드디어 크래븐무어의 웅장하고 뾰족뾰족한 실루엣이 그들 앞에 우뚝 선 모습으로 드러났다. 그것은 흡사 안개에 휩싸인 채 모습을 드러낸 전설의 성과도 같았다. 황금빛이 라자루스 얀의 거대한 저택의 커다란 창문 뒤로 반짝거리고 있었다. 수많은 이무기돌이 하늘에 맞닿아 있었다. 그 너머로는 저택에 부속된 장난감 공장이 보였다.

숲의 문턱을 지나자, 시몬과 두 아이들은 잠시 발걸음을 멈추고 장난감 제작자의 엄청나게 커다란 저택을 쳐다보았다. 그 순간 까마귀처럼 보이는 새 한 마리가 수풀에서 모습을 보이더니 날갯짓을 하며 크래븐무어를 에워싼 정원 위로 이상한 궤도를 그리며 날아갔다. 새는 돌분수 중 하나의 위를 빙빙 돌더니 도리안의 발에 앉았다. 날갯짓을 멈추면서 까마귀는 한쪽 옆으로 누웠고, 천천히 몸을 떨더니 이내 움직이지 않았다. 도리안은 무릎을 굽혀 오른손을 천천히 새에게 가져갔다.

"조심해." 이레네가 경고했다.

그녀의 충고에 아랑곳하지 않은 채 도리안은 까마귀의 깃털을 어루만졌다. 새는 전혀 살아 있다는 기미를 보이지 않았다. 그는 양손으로 새를 잡고는 날개를 펼쳤다. 그때 그의 얼굴에 당황한 기색이 어둡게 드리웠다. 잠시 후 그는 이레네와 시몬에게 다가갔다.

"나무로 만든 새예요." 그가 중얼거렸다. "기계 말이에요."

세 사람은 조용히 서로 쳐다보았다. 시몬은 한숨을 내쉬고서 아이들에게 말했다.

"자, 좋은 인상을 심어주도록 하자. 알았지?"

두 아이들은 고개를 끄덕였다. 도리안은 나무새를 바닥에 내려놓았다. 시몬 소벨은 가볍게 미소 지으면서, 이제 됐다는 신호를 보냈다. 그러자 세 사람은 커다란 청동 대문을 향해 꾸불꾸불 구부러져 있는 하얀 대리석 계단으로 올라갔다. 그 뒤로는 라자루스 안의 비밀 세계가 숨겨져 있었다.

크래븐무어의 문이 그들 앞에 활짝 열렸다. 천사의 얼굴을 본 따서 만든 이상한 청동 고리쇠를 사용해 문을 두드릴 필요도 없었다. 강렬한 황금 빛줄기가 집 안에서 새어나왔다. 그리고 환한 빛줄기 속에서 움직이지 않는 무언가가 모습을 드러냈다. 그것이 갑자기 생명을 되찾으면서 고개를 기울이자, 동시에 가벼운 기계 소리가 들려왔다. 빛 속에서 얼굴이 분명하게 드러났다. 눈에는 생기가 없었다. 소름끼치는 미소를 짓고 있는 그 유리구슬에 불과한 눈들은 무표정한 가면에 박혀 있었다. 그 눈들이 그들을 바라보았다.

도리안은 긴장한 나머지 침을 꿀꺽 삼켰고, 이레네와 어머니는 너무나 놀라 한 발짝 뒤로 물러섰다. 그 사람은 그들을 향해 손을 내밀더니 다시 가만히 있었다.

"크리스티앙이 여러분들을 놀라게 한 것 같군요. 내가 오래전에 만든 엉터리 장난감입니다."

소벨 가족은 목소리가 들리는 쪽으로 고개를 돌렸다. 돌계단 아래였다. 행복하고 다정해 보이는 중년의 얼굴이었다. 그는 웃었지만, 약간 짓궂은 표정이 배어 있었다. 그의 푸른 눈빛이 정성스럽게 빗어 넘긴 숱이 많은 은발 아래서 반짝거렸다. 말끔하게 차려입고서 다양한 색상의 흑단 지팡이를 든 남자가 그들에게 다가오면서 예의 바르게 인사했다.

"내 이름은 라자루스 안입니다. 아마도 실례를 범한 것 같습니다." 그가 말했다.

그의 목소리는 따스하고 다정했다. 보기 드물게 차분한 목소리로 사람을 안심시키는 힘이 있었다. 그의 커다란 푸른 눈이 가족 세 사람을 한 사람씩 자세히 살피는가 싶더니 이내 시몬의 얼굴에 고정되었다.

"평상시처럼 숲으로 밤 산책을 나갔다가 늦었습니다. 소벨 부인이 맞으시죠?"

"만나게 되어 영광입니다. 선생님."

"자, 그냥 라자루스라고 부르도록 하세요."

시몬이 고개를 끄덕였다.

"이쪽이 제 딸 이레네예요. 그리고 이 아이는 우리 가족의 막내인 도리안이랍니다."

라자루스 안은 조심스럽게 두 사람의 손을 잡았다. 힘이 있으면서도 기분 좋은 감촉이었다. 그리고 그의 미소는 전염성을 띠고 있었다.

"그런데 크리스티앙을 무서워할 필요는 전혀 없어요. 내 초창기의 기념품으로 가지고 있는 거예요. 멍청하고 굼뜬 게, 다정한 것과는 상당히 거리가 있는 모습이지요. 나도 알아요."

"기계인가요?" 말이 끝나기가 무섭게 도리안이 관심을 보이며 물었다.

시몬이 그러면 안 된다는 눈빛을 보냈지만 이미 늦었다. 라자루스는 도리안을 보며 웃었다.

"그렇게 부를 수도 있어. 기술적으로 말하자면 크리스티앙은 우리가 로봇이라고 부르는 거지."

"선생님이 직접 만드셨어요?"

"도리안." 어머니가 나무랐다.

라자루스는 다시 웃었다. 도리안의 호기심을 귀찮게 여기지 않는 게 분명했다.

"그래. 크리스티앙뿐만 아니라 다른 로봇도 만들었어. 그러니까 그게 내가 하는 일이야. 그런데 저녁식사가 우리를 기다리고 있는 것 같은데, 맛있는 식사를 하면서 이 모든 걸 얘기하는 게 어떻겠니? 그러면서 우리가 서로를 더 잘 알게 되는 것도 나쁘지 않겠지?"

맛있는 고기 구운 냄새가 마치 마법에 걸린 엘릭시르처럼 그들이 있는 곳까지 풍겨왔다. 그들이 어떤 생각을 하고 있는지는 너무나도 분명했다.

로봇의 갑작스러운 영접이나 크래븐무어 외면의 소름끼치는 모습도 라자루스 저택의 안에서 소벨 가족이 받은 충격에 비하면 아무것도 아니었다. 현관문을 들어서자마자, 이들 가족은 세 명의 상상력을 모두 동원해도 결코 생각하지 못했을 환상의 세계에 발을 들여놓았음을 알게 되었다.

휘황찬란한 나선형의 계단은 끝없이 올라가 있는 것처럼 보였다. 눈을 들어 소벨 가족은 크래븐무어의 중앙 탑으로 향하는 문을 보았다. 그 문 위에는 마술램프가 걸려 있었는데, 램프는 희미하고 유령 같은 불빛으로 집 안 내부의 분위기를 은은히 적시고 있었다. 유령이 나올 것 같은 조명 아래서 기계인형으로 가득한 끝없는 복도가 펼쳐졌다. 눈이 박힌 채 기괴한 표정을 짓고 있는 벽시계가 방문객들에게 미소를 지었다. 투명한 베일을 두르고 있는 발레리나는 타원형의 거실 중앙에서 빙빙 돌고 있었다. 거실 안의 모든 물건이 라자루스 얀이 만든 기묘한 집단의 일부를 이루고 있었다.

생글거리는 얼굴 모양을 한 문의 손잡이를 돌리면 얼굴이 윙크를 했다. 멋진 깃털의 커다란 부엉이는 유리 눈동자를 크게 뜨고는 바다 안개 속에서 천천히 날갯짓을 했다. 커다란 벽과 스테인드글라스에는 수십 개, 아니 수백 개의 소품과 장난감들이 있었다. 아마 그것들 모두를 자세히 살펴보자면 평생이 걸려도 모자랄 것처럼 많았다. 장난기 있는 조그만 기계 강아지가 금속으로 만든 쥐새끼가 움직일 때마다 꼬리를 흔들며 짖어대고 있었다. 보이지 않는 지붕에 걸린 요정과 용과 별들의 모빌이 허공에서, 그러니까 주크박스에서 흘러나오는 희미한 딸랑딸랑 소리에 맞추어 솜으로 만든 구름 사이로 떠다니는 성 주변에서 춤을 추고 있었고…….

어디를 쳐다보건 간에 새로운 불가사의들과 과거에 보았던 모든 것과는 전혀 다르고 상상조차 하지 못했던 새로운 물건들이 눈에 띄었다. 라자루스는 세 사람이 잠시 절대적인 황홀 상태에 사로잡힌 채 멍하니 있는 모습을 재미있다는 듯이 바라보았다.

"정말이지…… 너무 멋져요!"

이레네는 자기 눈앞에 펼쳐진 것들을 믿지 못하겠다는 투로 말했다.

"여기는 단지 현관 객실에 불과해요. 하지만 여러분들의 마음에 들었다니 나도 기쁘군요."

라자루스는 고개를 끄덕이면서, 그들을 크래븐무어의 커다란 식당으로 안내했다.

할 말을 잊은 채 도리안은 눈을 동그랗게 뜨고 모든 것을 뚫어지게 바라보았다. 시몬과 이레네 역시 도리안처럼 깊은 인상을 받았지만, 그 집이 불러일으키는 몽환적인 최면 상태에 빠지지 않도록 최선을 다했다.

저녁식사를 할 식당도 현관 객실이 예언하고 있던 것과 다르지 않았다. 술잔부터 식기 세트와 그릇, 혹은 바닥을 덮고 있는 화려한 카펫까지 모든 게 라자루스 양의 상표가 새겨져 있었다. 그들은 그 저택에 들어오면서 칙칙하고 혐오스러운 현실세계를 까마득히 잊어버렸고 집 안의 그 어떤 물건도 그런 현실세계에 속하지 않는 것 같았다.

벽난로에서는 몇 마리의 용이 커다란 입으로 불길을 내뿜고 있었다. 이레네는 벽난로 위에 놓인 거대한 초상화에서 눈을 피할 수 없었다. 눈부실 정도로 아름다운 부인이 하얀 옷을 뽐내고 있었다. 그녀의 시선은 너무나 강력해서 마치 현실과 예술가의 붓의 경계를 넘어선 것 같았다. 잠시 이레네는 그 마법적이고 도취적인 시선에 넋을 잃었다.

"내 아내 알렉산드라야……. 건강할 때였지. 우리가 아주 멋지게 보내던 시절의 사진이란다."

라자루스가 그녀의 뒤에서 말했다. 그의 목소리에는 체념과 우수가 서려 있었다.

저녁식사는 벽난로의 불길 아래서 기분 좋게 이루어졌다. 라자루스 얀은 아주 훌륭한 주인이었다. 그는 이내 농담을 하고 놀라운 이야기들을 들려주며 도리안과 이레네의 마음을 사로잡았다. 저녁을 먹는 동안 그는 두 아이들에게 그들이 맛보고 있는 맛있는 음식은 모두 한나의 작품이라고 설명했다. 한나는 그 집에서 요리사이자 하녀로 일하고 있는 이레네 또래의 여자아이였다. 시간이 어느 정도 지나자 처음에 가졌던 긴장감이 풀어지면서 모두들 장난감 제작자가 빼어난 솜씨로 편안하게 풀어가는 이야기에 매료되었다.

두 번째 음식, 그러니까 한나가 특별히 잘 만드는 칠면조 구이를 맛보기 시작했을 땐 라자루스란 사람이 이전부터 잘 알고 지내던 사람처럼 느껴졌다. 시몬은 그런 호감의 기류가 자기 아이들과 라자루스 사이에도 만들어지고 있다는 사실을 알고서 다소 마음을 놓았다.

이런저런 이야기를 들려주면서, 라자루스는 이 집에 대한 얘기와 그들이 이곳에서 해야 할 일이 무엇인지 설명해주었다. 금요일은 한나가 밤에 외출해, 파란 만에 있는 가난한 가족과 함께 보내는 날이었다. 하지만 라자루스는 한나가 곧 돌아올 테니 조만간 그녀를 만나게 될 것이라고 일러주었다. 라자루스와 그의 아내를 제외하면, 한나는 크래번 무어에 사는 유일한 사람이었다. 한나는 시몬 가족이 적응할 수 있도록 도와주면서, 집과 관련된 모든 의문을 해결해줄 것이었다.

먹지 않고는 견딜 수 없는 맛있는 나무딸기 케이크가 디저트로 나오자, 라자루스는 자신이 원하는 바를 설명하기 시작했다. 이미 은퇴한 몸이었지만, 그는 가끔씩 크래번무어의 옆쪽 날개에 위치한 장난감 공장에서 일하고 있었다. 공장뿐만 아니라 위층의 침실들도 그들의 통행이 금지되어 있었다. 그들은 어떤 일이 있어도 그곳에 들어가면 안 되었다. 특히 집의 서쪽 날개, 그러니까 그의 아내의 침실이 있는 곳은 더욱 그랬다.

알렉산드라 얀은 20년 넘게 치료 불가능한 희귀병을 앓고 있었다. 그 병으로 인해 그녀는 침대에서 절대적 안정을 취해야만 했다. 라자루스의 아내는 서쪽 날개에 있는 3층 침실에 틀어박혀 살고 있었다. 그곳에는 오직 남편만이 드나들 수 있었고, 그는 불안정한 상태에서 아내가 필요로 하는 모든 보살핌을 제공하기 위해 침실로 들어가곤 했다. 장난감 제작자는 당시 생기 넘치고 아름답기 그지없었던 자기 아내가 중부 유럽으로 여행을 갔다가 알 수 없는 병에 걸려 왔다고 이야기해주었다.

치료 불가능한 바이러스에 감염되어 그녀의 건강은 날로 악화되었다. 이내 그녀는 거의 걸을 수도 없고, 손으로 아무 물건도 들 수 없게 되었다. 6개월도 안 되는 시간 동안 날로 상태가 악화되더니, 급기야 불구의 몸이 되어버렸다. 그녀는 결혼한 지 얼마 되지도 않아 남편의 슬픈 그림자처럼 되어버렸던 것이다.

병에 걸린 그해를 기점으로 환자의 기억은 지워지기 시작했고, 불과 몇 주 만에 자기 남편만 간신히 알아볼 수 있는 지경이 되었다. 그때부터 그녀는 말을 하지 않았고, 그녀의 시선은 바닥을 모르는 우물처럼 되었다. 당시 스물여섯 살이었던 알렉산드라 얀은 그날 이후 한 번도 크래븐무어를 떠난 적이 없었다.

소벨 가족은 정중하게 침묵을 지키면서 라자루스의 슬픈 이야기를 들었다. 20년 동안의 고독하고 고통스러운 삶의 기억으로 슬픔에 젖은 장난감 제작자는, 순간 중요한 건 그게 아니라면서 하나의 맛있는 케이크로 대화를 옮겼다. 하지만 이레네는 그의 눈빛에 새겨진 비통함을 놓치지 않았다.

라자루스 얀이 그 어느 곳으로도 도망칠 곳이 없다는 사실을 알아채기란 그리 어렵지 않았다. 가장 사랑했던 사람을 잃어버리자 라자루스는 환상의 세계에 칩거했고, 그를 둘러싼 깊은 고독을 메우기 위해 수백 개의 로봇과 물건들을 만들었던 것이다.

장난감 제작자의 말을 듣자, 이레네는 크래븐무어에 넘쳐흐르는 상상의 세계를, 즉 그곳을 만들었던 천재의 잊지 못할 멋진 작업을 다시는 보지 못할 것임을 알았다. 아버지의 죽음으로 상실의 고통이 무엇인지 직접 경험했던 이레네는 크래븐무어가 라자루스 얀이 고독하게 살아야만 했던 지난 20년을 어둡게 반영하고 있는 곳처럼 느껴졌다. 그 환상적인 세계의 모든 주민이나 모든 창작품은 그가 조용히 흘린 눈물의 결과였던 것이다.

저녁식사가 끝날 무렵 시몬 소벨은 그 집에서 자기의 의무와 책임이 무엇인지 분명히 알게 되었다. 그녀의 일은 가정관리인과 비슷한 것이었다. 그러니까 원래 직업인 교사와는 거의 아무런 상관도 없는 일이었다. 하지만 그녀는 아이들에게 여유 있는 미래를 보장하기 위해 최선을 다해 그 일을 맡을 작정이었다. 시몬은 한나와 가끔씩 오는 다른 일꾼들의 작업을 감독하고, 라자루스 얀의 부동산을 관리하고 유지하는 업무를 맡을 것이며, 마을의 납품업자와 상인들과 거래하고, 서신과 식료품을 책임지고, 그 무엇도 그 누구도 외부세계와 단절된 은둔 상태의 제작자를 괴롭히지 않도록 하는 것이었다. 마찬가지로 그녀의 일에는 라자루스 서재에 비치할 도서 구입도 포함되어 있었다. 가사 분야에서 더 정통한 후보들이 있었지만, 주인이 교육자로서의 경력을 지닌 그녀를 선택하게 된 결정적인 이유가 바로 도서 구입 때문이었다. 라자루스는 그 일이 그녀의 직책에서 가장 중요한 일 중의 하나라고 재차 강조했다.

이런 일을 해주는 대가로 시몬과 그녀의 아이들은 곶의 집을 차지하고, 생각보다 훨씬 많은 월급을 받게 될 것이었다. 라자루스는 여름이 끝난 후 새로운 학기가 되면 이레네와 도리안의 학비를 책임지겠다고 말했다. 마찬가지로 두 아이들이 대학에 진학할 의지가 있고 공부에 적성이 있다면, 두 아이의 대학 학비도 지불하겠다고 약속했다. 한편 도리안과 이레네는 어머니가 시키는 가사를 돌보면서 어머니를 도울 수 있었다. 하지만 어떤 일이 있어도 황금률은 지켜야만 했다. 즉 주인이 분명하게 밝힌 한계를 넘어서는 일은 하지 말아야 했다.

빚쟁이에 시달리며 가난하게 살았던 지난 몇 달을 떠올리자, 시몬 소벨은 그 제안이 마치 하늘이 내린 축복처럼 생각되었다. 파란 만은 아이들과 함께 새로운 삶을 시작하기에는 천국과 같은 무대였다. 그녀가 해야 할 일은 생각 이상으로 바람직했고, 라자루스는 훌륭하고 인자한 주인의 면모를 모두 갖추고 있었다. 조만간 운명이 그들에게 미소지을 것 같았다. 운명은 그들이 그 머나먼 장소로 가기를 원했고, 오랜만에 처음으로 시몬은 기분 좋게 그 운명의 계획을 기꺼이 받아들일 준비가 되어 있었다. 만일 좀처럼 틀리지 않는 그녀의 육감이 이번에도 제대로 적중한다면, 그녀와 그녀 가족에 대한 진정한 호감의 기류가 형성될 것이라고 짐작했다. 그들이 크래븐무어에 함께 있으면 주인을 감싸고 있는 거대한 고독을 완화시킬 향유가 될 것임을 짐작하기란 그리 어렵지 않은 일이었다.

저녁식사는 커피 잔을 내오면서 끝났고, 라자루스는 완전히 매료된 도리안에게 언젠가 로봇제작의 미스터리를 가르쳐주겠다고 약속했다. 그러자 아이의 눈은 꿈에 부풀어 반짝거렸다. 아주 짧은 순간이었지만 라자루스와 시몬의 눈이 촛불의 불빛 속에서 순간적으로 마주쳤다. 시몬은 그 눈에서 고독하게 보낸 세월의 흔적을 읽을 수 있었다. 그녀가 익히 잘 알고 있는 그림자였다. 그것은 표류하고 있는 배들이 밤에 만난 격이었다. 장난감 제작자는 눈을 살며시 감고서 조용히 일어나더니, 그날 저녁식사가 끝났음을 알렸다.

그러고는 그들을 현관으로 안내하면서, 잠시 발길을 멈추어 길을 장식하고 있던 몇몇 멋진 물건들을 설명해주었다. 도리안과 이레네는 그가 보여주는 모든 물건들을 입을 벌린 채 감탄하며 쳐다보았다. 크래븐무어는 백 년도 넘게 놀라울 정도로 멋진 물건들을 수없이 소장하고 있었다.

현관문으로 향하는 복도로 걸어가기 전에 라자루스는 거울과 렌즈로 이루어진 복잡한 기계 장치처럼 보이는 것 앞에서 발길을 멈추고서, 도리안에게 수수께끼 같은 시선을 던졌다. 한마디도 하지 않은 채 그는 거울 사이의 좁은 통로로 팔을 집어넣었다. 거울에 비친 그의 손이 천천히 사라지더니 이내 보이지 않았다. 라자루스가 웃었다.

"네가 보는 모든 걸 믿어서는 안 돼. 우리의 눈이 보는 현실의 모습은 단지 허상, 그러니까 광학적 효과일 뿐이야"라고 그는 말했다. "빛은 아주 훌륭한 거짓말쟁이지. 자, 네 손을 줘봐."

도리안이 손을 내밀자 라자루스는 거울의 틈새로 도리안의 손을 집어넣었다. 그의 손 모양이 그가 보는 앞에서 분해되었다. 아무 말 없이 궁금한 표정으로 도리안은 고개를 돌려 라자루스를 쳐다보았다.

"광학과 빛의 법칙을 아니?" 장난감 제작자가 물었다.

도리안은 고개를 흔들면서 모른다고 했다. 그 순간 도리안은 자기 오른손이 어디에 있는지도 몰랐다.

"마법은 단지 물리학의 연장선에 있을 뿐이야. 수학 실력은 어떠니?"

"삼각법 말고는 그저 그래요."

라자루스가 웃었다.

"그럼 수학부터 시작하도록 하지. 도리안, 숫자는 환상이거든. 숫자는 속임수야."

아이는 고개를 끄덕였지만, 라자루스가 도대체 뭘 말하는지 알지 못했다. 집주인은 현관을 가리키며 그들을 문가까지 배웅했다. 바로 그때, 도리안은 도저히 있을 수 없는 현상을 보았다고 생각했다. 깜빡거리는 가로등 중 하나를 지나는 순간, 그들 몸의 그림자가 벽 위에 그려졌다. 한 사람의 그림자를 제외한 모든 사람의 그림자가 벽에 어려 있었다. 그 사람은 바로 라자루스였다. 그의 모습은 마치 신기루인것처럼 벽에서 그 흔적을 찾아볼 수 없었다.

그가 고개를 돌렸을 때, 라자루스는 그를 뚫어지게 쳐다보고 있었다. 아이는 침을 삼켰다. 장난감 제작자는 장난을 치듯이 다정하게 도리안의 뺨을 살짝 꼬집었다.

"네 눈에 보이는 걸 모두 믿으면 안 돼."

도리안은 어머니와 누나를 따라 집 밖으로 나갔다.

"고맙습니다. 좋은 밤 보내세요." 시몬이 말했다.

"나도 기뻐요. 제대로 대접하지 못해서 미안합니다."

라자루스가 예의바르게 말했다. 그리고 그들에게 다정한 미소를 지으면서 작별의 인사를 나눴다.

소벨 가족은 밤이 깊어지기 전에 곳의 집으로 돌아가기 위해 숲 속으로 발길을 재촉했다.

도리안은 입을 다문 채 아직도 라자루스 안이 살고 있는 굉장히 훌륭한 저택의 후광에서 헤어나지 못하고 있었다. 이레네는 세상과 동떨어진 채 자신의 생각에 푹 빠져 있었다. 한편 시몬은 조용히 한숨을 몰아쉬며 자신들에게 이런 행운을 보내준 하느님에게 감사했다.

크래븐무어의 모습이 시야에서 사라질 즈음, 시몬은 고개를 돌려 마지막으로 그곳을 바라보았다. 단 하나의 창문에만 불이 켜져 있었다. 서쪽 날개의 2층이었다. 어떤 사람의 모습이 커튼 뒤에서 움직이지 않은 채 우뚝 서 있었다. 바로 그 순간 불이 꺼졌고, 커다란 창문은 어둠 속에 잠겼다.

방으로 돌아오자 이레네는 어머니에게서 빌려 입은 옷을 벗고 조심스럽게 접어 의자 위에 올려놓았다. 옆방에서 시몬과 도리안의 목소리가 들렸다. 이레네는 불을 끄고 침대에 누웠다. 파란 그림자들이 활짝 펼쳐진 하늘에서 춤추고 있었다. 마치 북극의 오로라 속에서 신바람 나게 펄쩍펄쩍 뛰는 유령들 같았다. 절벽에 부딪쳐 부서지는 파도는 속삭이면서 침묵을 어루만지고 있었다. 이레네는 눈을 감고서 잠을 청하려 애썼지만 헛일이었다.

그날 밤 이후 파리의 오래된 아파트로 돌아갈 일이 없을 것이며 몇몇 병사들이 주는 몇 푼 안 되는 돈을 벌기 위해 무도장으로 갈 필요도 없다는 사실을 받아들이란 쉽지 않았다. 그녀는 대도시의 그림자가 그곳까지 드리우지 못한다는 사실을 알고 있었지만, 기억의 흔적이란 경계를 모르는 것이었다. 그녀는 다시 일어나서 창문으로 다가갔다.

등대는 어둠 속에 우뚝 서 있었다. 그녀는 눈부신 바다안개로 둘러싸인 작은 섬을 뚫어지게 바라보았다. 마치 멀리서 거울 빛이 점멸하는 것처럼, 순간적으로 반사된 빛이 반짝이는 것 같았다. 잠시 후 번득이는 빛이 다시 반짝거리더니 이내 사라졌다. 이레네가 눈살을 찌푸리고 있는 사이 아래층 현관 입구에 어머니가 서 있는 게 보였다.

시몬은 두꺼운 스웨터를 입고 조용히 바다를 바라보고 있었다. 어둠 속에 잠긴 그녀의 얼굴이 잘 보이진 않았지만 분명 그녀는 소리 없이 울고 있을 게 분명했다. 오늘만큼은 자신도 그렇지만 엄마도 쉽게 잠이 들 것 같지 않았다. 행복의 수평선처럼 보이는 것을 향해 첫 발걸음을 내디딘 후, 곶의 집에서 첫날밤을 보내는 그 순간에 아르망 소벨이 그들과 함께 있지 않다는 사실이 그 어느 때보다도 가슴 아팠던 것이다.

파란 만

평생을 통틀어 이레네에게 1937년 6월 22일의 이른 시간만큼 환하고 밝게 느껴진 새벽은 없었다. 바다는 마치 하늘 아래 펼쳐진 다이아몬드 담요처럼 반짝거리고 있었고, 하늘은 너무나 맑았다. 도시에 있을 땐 결코 상상조차 못했던 일이었다. 이제 등대섬은 창가에서 아주 선명하게 보였다. 만의 한가운데에 마치 바닷속에 사는 용의 볏처럼 모습을 드러내고 있는 조그만 바위도 마찬가지였다. 영국인 해변 너머의 마을 도로에는 정연하게 줄지어 있는 집들이 어항의 부둣가에서 올라오고 있던 안개 사이로 너울거리는 수채화를 그리고 있었다. 눈을 지그시 뜨면 천국을 볼 수 있었다. 그녀의 아버지가 그토록 좋아했던 화가 클로드 모네가 언젠가 말했던 바로 그 천국이었다.

이레네가 창문을 활짝 열자, 이내 소금 냄새를 머금은 바닷바람이 방 안을 가득 메웠다. 벼랑에 둥지를 틀고 있던 갈매기 떼가 궁금하다는 듯이 그녀를 바라보았다. 바로 그녀의 새 이웃들이었다. 이레네는 갈매기가 있는 곳에서 그리 멀지 않은 곳에 도리안이 있는 것을 보았다. 도리안은 자기가 그토록 좋아하던 바위 틈에 거처를 마련해 그곳에서 신기루와 벌레들을 분류하고 있었다. 혹은 혼자 산책을 떠날 때면 했던 것처럼 무엇이든 유리병 속에 넣고 있는지도 몰랐다.

이미 이레네는 꿈에서 훔쳐낸 것 같은 그 화창한 날에 어떤 옷을 입고 즐겨야 할지 혈안이 되어 있었다. 그때 아래층에서 그녀가 들어보지 못한 빠르고 소란스러운 목소리가 들려왔다. 잠시 주의 깊게 귀를 기울이자, 어머니가 차분하고 따스한 목소리로 대화하는 소리가 들렸다. 보다 정확하게 말하자면, 어머니는 상대방이 말을 쉬는 얼마 안 되는 순간을 이용해 단음절의 말이라도 하려고 애쓰고 있었다.

옷을 입는 동안 이레네는 목소리를 통해 그 사람의 외모를 상상해보았다. 이건 그녀가 어렸을 때부터 해오던 가장 좋아하는 취미 중 하나였다. 눈을 감고 목소리를 들으면서 어떤 사람일지를 상상해보는 것이다. 이레네는 이를 통해 그 사람의 키와 얼굴 생김새 그리고 성격 등을 짐작해나갔다.

이번에 이레네의 직감은 작은 키에 까무잡잡한 피부를 가진, 다소 초초하고 불안한 성격의 젊은 여자아이를 그려냈다. 왠지 눈은 검은색일 것 같았다. 그런 이미지를 마음속에 품은 채 이레네는 두 가지 목표를 해결하기 위해 아래층으로 내려가기로 마음먹었다. 첫째는 푸짐한 아침식사로 식욕을 채우는 것이었다. 그리고 보다 중요한 다른 하나는 목소리의 주인공이 누구인지 직접 눈으로 확인해보는 일이었다.

아래층 거실에 발을 들여놓자마자, 이레네는 자신의 추측이 하나 빗나갔다는 걸 확인할 수 있었다. 여자의 머리카락이 담황색이었던 것이다. 나머지는 하나도 틀린 게 없었다. 그렇게, 그러니까 순전히 청각만을 통해 이레네는 아름다운 수다쟁이 한나를 알게 되었다.

시몬 소벨은 맛있는 아침을 대접하며 최선을 다했다. 이는 전날 밤 자신들을 위해 한나가 준비해놓았던 저녁식사에 대한 보답이었다. 한나는 빠른 말투보다도 더 빠른 속도로 음식을 먹어치웠다. 그러면서 쉴 새 없이 마을과 주민들에 대한 온갖 종류의 일화와 잡담을 늘어놓으면서 신속하게 모든 걸 설명했다. 그래서 그녀와 함께 있은 지 얼마 되지도 않아 시몬과 이레네는 오래전부터 그녀를 알고 지내왔다는 느낌이 들었다.

토스트를 먹으면서 한나는 빠른 속도로 몇 번에 걸쳐 자기의 삶을 요약해주었다. 그녀는 11월에 열여섯 살이 될 것이며, 그녀의 부모님은 마을에 집을 한 채 가지고 있고, 아버지는 고기를 잡고 어머니는 빵을 구우며, 부모님과 함께 이스마엘이라는 사촌도 함께 살고 있는데, 그는 몇 년 전에 부모를 여의었고, 그의 숙부, 즉 그녀의 아버지와 함께 배를 타면서 그를 도와준다는 것이었다. 그리고 자신은 학교를 다니지 않는데, 그건 걸핏하면 화를 내는 공립학교 교장 잔 브로 씨가 그녀를 공부 못하는 멍청한 학생으로 분류해놓았기 때문이라고 말했다. 하지만 이스마엘이 자신에게 읽는 법을 가르쳐주고 있으며, 구구단 실력은 갈수록 나아지고 있다고 덧붙였다. 또한 노란색을 좋아하며, 영국인 해변에서 조개껍데기와 소라들을 주워 수집하고 있다고 했다. 좋아하는 취미는 라디오 드라마 청취와 순회공연단이 마을에 오는 여름이면 마을 광장에서 열리는 무도회에 참석하는 것이었다. 향수는 사용하지 않지만 립스틱은 좋아한다고 했다.

한나의 이야기를 듣는 일은 즐거우면서도 피곤한 일이었다. 한나는 이레네가 남긴 음식까지 전부 먹어치우고는 잠시 말을 멈추었다. 집 안에 형성된 침묵은 마치 초자연적인 것처럼 느껴졌다. 물론 그 시간은 얼마 가지 않았다.

"우리 둘이 산책을 나가는 게 어때? 내가 마을을 보여줄까?"

한나는 갑자기 자기가 파란 만의 안내자가 될 수 있다는 생각에 사로잡혀 이렇게 물었다.

이레네와 그녀의 어머니는 서로 눈으로 의사를 교환했다.

"그래, 나도 그게 좋을 것 같아." 마침내 이레네가 대답했다.

그러자 한나는 입이 찢어질 것처럼 환한 미소를 지었다.

"걱정 말아요, 소벨 부인. 아무 일 없을 거예요."

이렇게 이레네와 그녀의 새로운 친구 한나는 쏜살같이 문을 나서 영국인 해변으로 향했다. 그러자 곳의 집은 천천히 적막을 되찾았다. 시몬은 커피 잔을 들고서 현관으로 나가 평온한 그날 아침을 음미했다. 도리안이 절벽에서 그녀에게 인사를 건넸다.

시몬은 그 인사에 화답했다. '이상한 아이야, 항상 혼자야'라고 생각했다. 친구를 사귀는 것에 그다지 관심도 없었고, 어떻게 친구를 사귀어야 하는지도 모르는 것 같았다. 자기만의 세상과 스케치북에만 빠져 있었다. 그가 도대체 무슨 생각을 하고 있는지는 하늘만 알고 있을 것이다. 급히 차를 마시고 나서 시몬은 마을을 향해 걸어가고 있는 한나와 자기 딸을 다시 한 번 쳐다보았다. 한나는 쉴 새 없이 떠들고 있었다. 그러자 어떤 사람은 너무 말이 많아서 문제고, 어떤 사람은 너무 말이 없어서 문제라는 생각이 들었다. 정말 인생은 불공평한 것이다.

소벨 가족은 마을 주민들 나름의 생활방식을 배우면서 파란 만에서의 첫 달인 7월의 대부분을 보냈다. 처음에는 문화 충격으로 당황스러웠던 시간이 일주일 내내 지속되었다. 그 기간 동안 소벨 가족은 십진법을 제외하고 파란 만의 규칙과 용도와 특징이 모든 게 파리와 전혀 상관이 없다는 것을 깨달았다. 우선 시간이 그랬다. 파리에서는 1,000명이 있으면 1,000개의 시계를 볼 수 있다고 해도 그리 과언이 아니었다. 그렇게 그 시계들은 군인들처럼 엄격하게 삶을 조직하고 있었다. 하지만 파란 만에서는 태양이 보여주는 시간 이외에는 그 어떤 시간도 없었다. 자동차도 경찰지서의 자동차와 지로 박사의 자동차, 그리고 라자루스의 자동차 이외에는 그 누구도 소유하고 있지 않았다. 그 정도가 아니었다. 파리에서의 삶과 다른 점을 열거하자면 끝이 없었다. 본질적으로 그 차이는 숫자에 있는 것이 아니라, 생활습관에 있었다.

파리는 낯선 사람들의 도시였다. 몇 년 동안이나 층계참 맞은편에 사는 사람이 누군지도 모르고 살 수 있는 곳이었다. 반면에 파란 만은 재채기를 하거나 코끝 하나만 긁어도 온 동네 사람들이 모두 알 수 있는 그런 곳이었다. 그곳은 감기 걸린 사람들이 뉴스거리가 되고, 그 뉴스가 감기보다도 더 빨리 전파되는 마을이었다. 지역 신문도 없었지만, 사실 그런 건 필요하지도 않았다.

한나의 임무는 그들에게 마을 공동체의 삶과 역사와 기적을 가르쳐주는 것이었다. 그녀가 따발총을 쏘듯이 현기증 나는 속도로 말해준 덕분에 몇 번 만나지도 않았는데, 거침없이 백과사전을 다시 쓸 정도의 충분한 정보와 잡동사니들을 압축할 수 있었다. 그리하여 그 마을의 신부인 로렝 사방이란 사람이 다이빙 대회와 마라톤 대회를 조직했고, 게으름과 운동부족에 대해 말을 더듬거리며 설교를 늘어놓을 뿐만 아니라 자전거를 타고 마르코 폴로보다도 더 많은 거리를 돌아다닌 사실을 알게 되었다. 또한 마을 의회는 매주 화요일과 목요일 오후 한 시에 소집되어 마을의 문제를 논의한다는 것도 알게 되었다. 그리고 회의가 진행되는 동안 실질적인 종신 면장이자 나이가 므두셀라(구약성서에 나오는 인물로 969년을 살았다고 함 ─ 옮긴이)에 버금가는 에르네스 디종이란 사람이 사악한 의도를 품고 테이블 아래 안락의자 방석을 꼬집으며, 마을 회계담당자이자 보기 드물게 강인한 미혼처녀인 앙투아네트 파브르의 씩씩한 허벅지를 탐험할 수 있으리라는 꿈에 부풀어 있다는 사실도 알게 되었다.

한나는 일 분당 그런 이야기를 여섯 개 이상 들려주는 속도로 그들을 도마 위에 올려놓았다. 이것은 그의 어머니 엘리사베가 마을 빵집에서 일하면서 종종 파란 만의 정보원노릇을 하거나 감정적 문제의 자문위원으로 활약하고 있는 것과 무관하지 않았다.

소벨 가족은 마을 경제 전체가 파리의 자본주의라는 특별한 체제를 향해 나아가고 있다는 사실도 머지않아 알게 되었다. 빵집은 겉으로 보기에는 바게트를 팔았지만, 이미 가게 안쪽 방에서는 정복의 시대가 시작되고 있었다. 제화공인 사퐁 씨는 허리띠와 지퍼와 구두창을 수선했지만, 실제 그의 전공은 점쟁이이자 고객들에게 카드점을 읽어주는 것으로, 이중생활을 하고 있었다.

이런 도식은 도처에서 발견되었다. 그곳의 생활은 조용하고 단순해 보였지만, 동시에 비잔티움의 커튼보다 더 많은 꿍꿍이셈을 가지고 있었다. 핵심은 그 마을이 지닌 특별한 리듬에 순종하고 그곳 사람들의 말을 들으며 그들의 안내를 받아야만 한다는 사실에 있었다. 이는 이곳에 갓 정착한 사람들이 파란 만에서 산다고 자신 있게 말할 수 있기까지 반드시 지켜야 하는 일종의 의식과도 같은 것이었다.

그래서 시몬은 마을에 라자루스의 우편물을 가지러 가거나 부치러 갈 때마다 빵집에 들러 마을의 과거와 현재, 그리고 미래에 대해 배웠다. 파란 만의 여자들은 기꺼이 그녀를 받아들였고, 이내 베일에 싸인 인물인 그녀의 주인에 관해 수많은 질문을 퍼부었다. 라자루스는 은둔의 삶을 살고 있었고, 파란 만에 모습을 드러내는 경우는 매우 드물었다. 이러한 사실이 그가 매주 받는 엄청난 양의 서적들과 더불어 그를 끝없는 미스터리의 중심에 서게 만들었다.

또한 시몬은 서신과 관련한 라자루스의 황당한 요구도 그대로 지켜야 한다는 것을 배우고 있었다. 개인편지는 받은 다음 날 개봉하여 신속히 답장을 보내야 했다. 상업 서신이나 공식 서신은 받은 당일에 개봉해야 했지만, 일주일 이전에는 절대로 답장을 보내지 말아야 했다.

그리고 무엇보다도 다니엘 호프만이라는 사람의 이름으로 베를린에서 보낸 우편물은 손수 라자루스에게 건네주어야만 했고, 어떤 이유에서도 그녀가 개봉해서는 안 되었다. 이 모든 것들이 왜 그런지는 내가 알 필요가 없어,라고 시몬은 결론지었다. 그녀는 단지 이곳이 마음에 들 뿐 아니라 아이들에게도 바르게 자랄 수 있도록 건전한 분위기를 만들어준다는 사실이 중요할 따름이었다.

한편 도리안은 지도를 그리는 데 거의 전문가 수준으로 전념하면서도 마을 아이들과도 곧잘 어울려 놀았다. 그 누구도 그의 가족이 새로 이사를 왔는지 어쨌는지 관심이 없는 것 같았다. 또한 그가 수영을 잘하는지 못하는지에 관해서도 관심을 보이지 않았다(처음에 그는 수영을 잘하지 않았지만, 그의 새로운 친구들이 물에 떠 있는 법을 가르쳐주었다). 그는 페탕크(두 조로 나뉘어 지름 3센티미터가량의 나무 공을 6~10미터 떨어진 곳에 두고, 그것을 표적으로 삼아 금속 공을 던져 가까이에 떨어진 수를 겨루는 운동경기 ― 옮긴이)가 퇴직을 앞둔 마을사람들의 소일거리이며, 여자아이들의 꽁무니를 뒤쫓아 다니는 것은 피부를 엉망으로 만들고 판단력도 마비시키는 호르몬의 열병에 시달리는 뻔뻔스러운 열다섯 살 아이들의 과제라는 것을 배웠다. 겉으로 보기에 그 나이에 해야 할 일은 자전거를 타고 여기저기 쏘다니고, 세상이 자신을 어떻게 바라보기 시작하는지를 기다리면서 세상을 꿈꾸고 지켜보는 것이었다. 그리고 매주 일요일 오후에는 영화관에 가는 게 일이었다. 그곳에서 도리안은 무어라 말할 수 없는 새로운 사랑을 발견했다. 그 사랑 덕택에 지도제작은 마치 좀먹은 양피지의 과학처럼 시들어갔다.

그 새로운 사랑이란 바로 그레타 가르보를 두고 한 말이었다. 너무나 멋진 여배우였던 만큼 식사 시간에 그녀의 이름만 입에 올려도 순식간에 식욕을 빼앗기에 충분했다. 그러나 사실상 그녀는 서른 살 먹은…… 그에게는 노인네와 다름없는 여자였다. 도리안은 늙기 일보 직전의 여자에게 끌리는 게 변태적인 취향이 아닌지 의심하며 몸부림쳤다.

한편 한나는 그 누구보다도 이레네를 면전에서 공격했다. 여자친구가 없고 괜찮은 애인이 될 수 있는 젊은 남자들의 목록은 매일 매일의 메뉴에서 빠지지 않았다. 한나는 만일 마을에서 보름이 지나도록 이레네가 그들 중 누군가에게 관심을 보이며 사랑고백을 하지 않는다면, 남자아이들이 그녀를 이상한 벌레 보듯 쳐다볼 것이라고 생각하고 있었다. 한나는 남자아이들의 목록이 근력과 알통 부문에선 어느 정도 합격점이지만, 머리와 관련되어선 하느님이 그다지 자선을 베풀지 않았다는 사실엔 수긍했지만 머리는 순전히 기능적인 것에 불과할 뿐이라고 지적했다. 어쨌거나 이레네에게는 항상 괜찮은 남자들이 치근덕대며 그녀의 사랑을 구했다. 한나는 그런 걸 몹시 부러워했지만, 질투하거나 시기하지는 않았다.

"내가 너처럼 성공을 거둘 수만 있었다면, 아마 지금쯤은 마타 하리가 되었을 거야." 한나는 이렇게 말하곤 했다.

이레네는 우연한 만남을 가장한 남자아이들을 보며 수줍게 웃었다.

"마음에 드는지 나도 잘 모르겠어……. 내가 보기엔 약간 모자라는 애들 같아."

"모자란다고?" 한나는 모처럼의 기회를 놓치기라도 한다는 듯 격하게 반응했다. "뭔가 그럴듯한 말을 듣고 싶으면 영화관에 가거나 책을 읽도록 해!"

"생각해볼게." 이레네는 웃었다.

한나는 고개를 설레설레 흔들며 이렇게 말했다. "넌 아마 내 사촌 이스마엘처럼 되고 말 거야."

이스마엘은 열여섯 살이었으며, 한나가 말해준 것처럼 부모님이 세상을 떠난 후 한나와 함께 자란 그녀의 사촌이었다. 그는 작은아버지의 배에서 선원으로 일하지만, 그의 진정한 열정은 고독과 요트, 그러니까 그가 자기 손으로 직접 만든 보트에 있었다. 그는 한나가 결코 기억할 수 없는 이름을 그 배에 붙여주었다.

"그리스어 같아."

"지금은 어디에 있어?" 이레네가 물었다.

"바다에 있어. 여름철에 고기 잡기 좋은 때라 어부들이 먼 바다로 나가. 우리 아빠와 이스마엘은 에스텔 호에 있어. 8월이 되어야 돌아올 거야." 한나가 설명했다.

"네 아버지는 몹시 외로울 거야. 가족과 헤어져 그토록 오랜 시간을 바다에서 보내야만 하니까."

한나는 어깨를 들썩였다.

"생활비를 벌어야 하니까……."

"너 크래븐무어에서 일하는 걸 아주 좋아하는 건 아니지? 그렇지?" 이레네가 슬쩍 떠보았다.

한나는 다소 놀란 표정을 지으며 이레네를 뚫어져라 쳐다보았다.

"물론 내가 상관할 바는 아니지만⋯⋯." 이레네가 순간 말을 수정했다.

"그런 질문해도 괜찮아." 한나가 웃으면서 말했다. "사실 아주 좋아하는 건 아니야."

"라자루스 때문이야?"

"아니야, 라자루스는 다정하고, 우리에게는 항상 좋은 사람이었어. 몇 년 전에 아빠가 스크루 사고를 당했을 때도, 그 사람이 모든 수술비용을 지불해주었으니깐. 라자루스가 아니었다면⋯⋯."

"어떻게 되었을 것 같아?"

"모르겠어. 내가 좋아하지 않는 건 바로 그 장소 때문이야. 기계들이⋯⋯ 한시도 눈을 떼지 않고 줄곧 쳐다보고 있거든."

"그건 그냥 장난감들이야."

"거기서 하룻밤만 시험 삼아 자봐. 눈을 감으면 똑딱, 똑딱거리는 소리가⋯⋯."

두 사람은 서로 쳐다보았다.

"똑딱, 똑딱?" 이레네가 똑같이 흉내 냈다.

그러자 한나는 빈정거리는 듯한 미소를 지었다.

"난 겁쟁이가 될지도 모르지만, 넌 노처녀의 길로 가고 있어."

"난 노처녀들이 좋아." 이레네가 대답했다.

이런 식으로 의미 없는 하루하루가 흘러갔고, 어느덧 8월이 되었다. 8월과 함께 여름의 첫 비가 내렸다. 하지만 그것은 기껏해야 두어 시간밖에 지속되지 않는 지나가는 소나기에 불과했다. 시몬은 자기의 새로운 업무에 여념이 없었고, 이레네는 한나와 함께 새로운 삶에 적응하고 있었다. 도리안은 말할 필요도 없었다. 그는 잠수하는 법을 배우면서 그레타 가르보의 비밀 지형에 대한 상상의 지도를 그리고 있었다.

전날 밤에 내린 비가 그치고 푸른 하늘에 솜구름의 성이 떠다니던 8월의 어느 날, 한나와 이레네는 영국인 해변으로 산책을 나가기로 했다. 소벨 가족이 파란 만에 도착한 지도 벌써 한 달 반이 되어가고 있었다. 이레네는 더 이상 놀랄 만한 장소가 없다고 생각했다. 그녀는 놀라운 사건의 서말이 아직 시작도 하지 않았다는 걸 전혀 예측도 할 수 없었다.

정오의 햇빛이 해안선을 따라 밀물의 흔적을 드러내고 있었다. 하얀 표면에 구멍이 송송 나 있었다. 바다에서는 항구를 멀리 떠난 돛대들이 마치 신기루처럼 떠 있었다.

먼지처럼 고운 거대한 하얀 백사장 한가운데에서 이레네와 한나는 오래전에 해변에 좌초한 듯한 배 위에 앉아 있었다. 배의 잔해는 해변의 새하얀 사구 사이에 둥지를 튼 것처럼 보이는 조그맣고 파란 새떼에 둘러싸여 있었다.

"그런데 왜 영국인 해변이라고 부르는 거야?"

이레네가 마을과 곶 사이로 황량하게 널리 펼쳐진 백사장을 바라보며 물었다.

"영국 출신의 화가 한 명이 여기에 있는 오두막집에서 몇 년 동안 살았어. 그 불쌍한 사람은 많은 빚을 지고 있었어. 마을 사람들이 음식과 옷을 주면, 그 대가로 그림을 선물했지. 3년 전에 죽었어. 그리고 이곳에, 그러니까 그가 평생을 보냈던 이 해변에 묻혔어." 한나가 설명했다.

"나도 죽을 곳을 선택할 수 있다면, 이런 곳에 묻히고 싶어."

"아주 낭만적인 생각이구나." 한나가 비아냥거리는 말투로 농담했다.

"그런데 난 그리 서두를 일이 없어." 이레네가 말했다. 그러면서 동시에 해변에서 백여 미터 떨어진 만을 가로지르던 조그만 요트를 눈여겨보았다.

"맙소사……." 그녀의 친구가 중얼거렸다. "저기 있네. 바로 저 사람이 내가 말한 고독한 선원이야. 하루도 기다리지 못하고 요트를 타러 나왔어."

"그게 누군데?"

"우리 아버지와 사촌 이스마엘이 어제 배에서 돌아왔거든." 한나가 설명했다. "아버지는 아직도 주무시고 계셔. 그런데 저건…… 어떻게 할 수가 없는 인간이야."

이레네는 바다를 쳐다보면서 만을 헤치며 나아가는 요트를 유심히 살펴보았다.

"내 사촌 이스마엘이야. 저 요트에서 인생의 반을 보내지. 적어도 항구에서 아버지와 일하지 않을 때는 항상 요트를 타. 하지만 좋은 아이야……. 이 메달 좀 봐."

한나는 금목걸이 줄에 매달린 아름다운 메달을 보여주었다. 석양이 지는 바다 풍경이 그려진 메달이었다.

"이스마엘이 준 선물이야……."

"너무 예뻐." 이레네는 이렇게 말하면서 메달을 자세히 살펴보았다.

한나는 자리에서 일어나더니 찢어질 것 같은 소리를 질렀다. 그러자 파란 새떼가 쏜살같이 해변 반대편으로 날아갔다. 잠시 후 요트의 키를 잡고 있던 희미한 모습의 사람이 인사를 했고, 해변을 향해 뱃머리를 돌렸다.

"무엇보다도 요트에 대해서는 물어보지 마." 한나가 경고했다. "물어보더라도 그걸 어떻게 만들었는지에 대해서 묻지 마. 그렇지 않으면 쉬지도 않고 몇 시간이고 그것에 관해서만 말할 테니."

"그건 집안 내력이구나……."

그러자 한나가 성난 눈으로 그녀를 쳐다보았다.

"게들이 널 먹어치우도록 이 해변에 널 그냥 버리고 갈 수도 있어."

"미안해."

"그래, 나도 그건 인정해. 하지만 내가 수다쟁이처럼 보인다면, 우리 대모님을 만나볼 필요가 있어. 우리 대모님과 비교하면 난 꿀 먹은 벙어리에 속하거든."

"난 그분을 틀림없이 좋아하게 될 거야."

"허, 정말 그럴까?" 한나는 엉큼스러운 미소를 억누르지 못한 채 대답했다.

이스마엘의 요트는 해안선을 깨끗하게 가로질렀고, 요트의 용골은 마치 칼처럼 백사장 안에 꽂혔다. 젊은이는 서둘러 돛 줄을 늦추고서 몇 초도 안 되어 돛을 뱃머리 아래까지 내렸다. 분명히 많이 해본 솜씨였다. 육지로 뛰어내리자마자 이스마엘은 무의식적으로 머리에서 발끝까지 이레네를 쳐다보았다. 그런 태도에서 그의 항해 기술을 엿볼 수 있었다. 한나는 두 눈을 크게 뜨고 마치 비웃듯이 혀를 반쯤 내밀고서 서둘러 소개했다. 물론 그녀의 방식대로였다.

"이스마엘, 내 친구 이레네야." 한나가 다정하게 말했다. "잡아먹을 생각일랑 하지도 마."

그러자 이스마엘은 자기 사촌을 팔꿈치로 쿡쿡 찔렀고, 한손을 이레네에게 내밀었다.

"안녕……."

그의 살풍경한 인사에 수줍고 솔직한 미소가 번졌다. 이레네도 손을 내밀었다.

"걱정 마, 바보는 아니니까. 마음에 든다는 걸 말하는 나름대로의 방식이야." 한나가 설명했다.

"내 사촌은 너무 말이 많아서 어쩔 땐 얘가 사전을 통째로 외우고 있는 건 아닌지 의문이 들 때도 있어." 이스마엘이 농담했다. "아마도 한나가 요트에 대해서는 물어보지 말라고 했겠지."

"그래, 주의를 주긴 했어." 이레네가 조심스럽게 대답했다.

"한나는 내가 그거 말고는 얘기할 게 없다고 생각해."

"그물과 나머지 장비들에 대해서는 어느 정도 알고 있지. 하지만 요트에 대해 말하기 시작하면, 모든 걸 잊어버려."

이레네는 두 사람이 서로 빈정대면서 티격태격하는 모습을 재미있게 지켜보았다. 그 다툼에는 악의가 전혀 없는 것 같았다. 아니 그건 따분한 일상에 후추를 덧뿌리는 필요한 싸움 같았다.

"난 네 가족이 곶의 집으로 이사 왔다는 걸 알고 있어." 이스마엘이 말했다.

이레네는 이스마엘에게 정신을 집중해 나름대로의 그림을 그리기 시작했다. 실제로 대략 열여섯 살이었다. 그의 피부와 머리카락은 그가 바다에서 많은 시간을 보냈음을 보여주고 있었다. 그의 체격은 그가 부둣가에서 고된 일을 해왔음을 드러내고 있었고, 그의 팔과 손에는 조그만 상처들이 새겨져 있었다. 파리의 남자아이들에게서는 좀처럼 볼 수 없는 상처들이었다. 그리고 보다 길고 깊은 상처의 흔적이 오른쪽 다리 전체로, 그러니까 무릎 조금 위부터 발꿈치까지 넓게 퍼져 있었다. 이레네는 어디서 그런 영광의 상처를 입었을까 생각했다. 마지막으로 그의 눈을 관찰했다. 그의 범상치 않은 외모 중에서 유일하게 마음에 드는 것이었다. 크고 맑은 이스마엘의 눈은 강렬했고, 어딘지 모르게 슬픈 시선 뒤로 비밀을 간직하고 있는 것 같았다. 이레네는 3류 밴드의 음악에 맞추어 짧은 시간이나마 같이 춤을 추었던 이름 없는 병사들을 떠올렸다. 그들도 이런 시선을 하고 있었다. 고통과 슬픔 혹은 두려움과 괴로움을 간직한 그런 시선이었다.

"이레네, 왜 그래? 무슨 일 있어?" 한나가 이레네의 이런 생각을 깨뜨렸다.

"너무 늦어지는 게 아닌가 해서. 엄마가 걱정하고 계실 거야."

"네 어머니는 오히려 조용하고 평화로운 시간을 보내게 되었다고 좋아하고 계실지도 몰라. 너만 안달하는 거야." 한나가 말했다.

"괜찮다면 요트로 데려다줄게." 이스마엘이 제안했다. "곶의 집은 바위 사이에 조그만 선창을 가지고 있어."

이레네는 한나와 어떻게 하면 좋겠느냐는 시선을 주고받았다.

"만일 싫다고 하면, 그의 가슴이 찢어질 거야. 내 사촌은 그레타 가르보라고 하더라도 요트로 데려가지는 않을 거거든."

"넌 함께 안 갈 거야?" 이레네가 약간 불안한 표정으로 물었다.

"내게 억만금을 준다 해도 그 코딱지만 한 배는 타지 않을 거야. 게다가 오늘은 내가 쉬는 날이기도 하고, 오늘 밤에는 광장에서 무도회가 있어. 내가 너라면 그곳에 가고 싶을 거야. 좋은 파트너는 바다가 아니라 육지에 있거든. 어부의 딸인 내가 말해주는 거니 귀담아듣는 게 좋아. 하지만 뭐라고 말해야 할지 모르겠어. 자, 어서 가. 그리고 너, 이스마엘. 아무쪼록 내 친구가 몸 성히 항구로 돌아오게 하는 게 좋을 거야. 알았지?"

요트에 관한 전설에서 따온 '키아네오스'라는 이름의 요트가 바다 속으로 미끄러져 들어갔다. 바람이 불자 하얀 돛대가 펼쳐졌고, 뱃머리는 곶을 향해 물길을 갈랐다.

이스마엘은 요트를 몰면서 가끔씩 이레네를 향해 수줍은 미소를 보냈다. 바닷물의 흐름을 따라 안정된 방향을 잡자, 그는 비로소 키 옆의 의자에 앉았다. 거센 물살이 등 없는 의자를 단단히 붙잡고 있던 이레네의 피부를 흠뻑 적셨다. 바람이 더욱 세차게 몰아치는 가운데 해변에 선 손을 흔들며 인사하는 한나 모습이 멀리서 조그맣게 보였다. 요트는 힘껏 만의 바닷물을 갈랐다. 배에 부딪치는 바닷물 소리를 듣자, 이레네는 아무런 이유도 없이 웃고 싶은 생각이 들었다.

"처음이야?" 이스마엘이 물었다. "그러니까 요트를 탄 게 처음이냐는 말이야."

이레네는 고개를 끄덕였다.

"보통 배를 탄 것과는 다르지, 그렇지?"

그녀는 웃으면서 다시 고개를 끄덕였다. 그리고 이스마엘의 다리에 새겨진 커다란 상처의 흔적에서 눈을 뗄 수 없었다.

"붕장어였어." 이스마엘이 설명했다. "이야기를 하려면 조금 길어."

이레네는 눈을 들어 우듬지들 위로 모습을 드러낸 크래븐무어의 모습을 쳐다보았다.

"이 요트의 이름, 무슨 뜻이야?"

"그리스어야. 키아네오스, 혹은 키안이라고도 하지."

이스마엘이 수수께끼를 내듯이 대답했다.

이레네가 잘 모르겠다는 듯 눈살을 찌푸리자, 계속해서 말했다.

"그리스 사람들은 감청색, 그러니까 바다의 색깔을 묘사하기 위해 이 단어를 사용했어. 호메로스가 바다에 관해 말할 때, 그 색깔을 레드 와인과 비교하지. 그때 사용한 말이 바로 키아네오스라는 단어야."

"네 배와 그물 말고 다른 것에 관해서도 말할 줄 아는구나."

"그렇게 하려고 노력하고 있어."

"누가 그걸 가르쳐줬어?"

"요트 타는 법? 혼자 배웠어."

"아니, 그리스 사람들에 대해서······."

"우리 아버지는 역사를 좋아하셨어. 아직도 아버지가 읽던 책 몇 권을 보관하고 있어."

이레네는 침묵을 지켰다.

"한나가 우리 부모님들이 모두 돌아가셨다고 이미 네게 말했을 거라고 생각해."

그녀는 단지 고개만 끄덕였다. 등대섬은 약 200미터 떨어진 곳에 우뚝 서 있었다. 이레네는 넋을 잃고 그 섬을 쳐다보았다.

"아주 오래전에 이 등대는 폐쇄되었어. 지금은 파란 만의 항구에 있는 등대를 사용해." 그가 설명했다.

"그럼 이제는 아무도 저 섬에 가지 않아?" 이레네가 물었다.

이스마엘이 고개를 끄덕였다.

"왜 그런 건데?"

"유령 이야기 좋아하니?" 이스마엘은 대답 대신 이렇게 질문했다.

"경우에 따라서는······."

"마을 사람들은 등대섬이 마법에 걸렸거나 그와 유사한 일을 당했다고 생각해. 어느 여자가 그곳에서 아주 오래전에 물에 빠져 죽었다고 하는데 실제로 등대의 불빛을 봤다는 사람도 있어. 어쨌거나 어디를 가나 소문은 늘 있는 법이고, 그런 점에서는 이 마을도 절대 뒤지지 않아."

"불빛이라고?"

"9월의 빛이야."

이스마엘이 이렇게 말하는 동안, 그들은 섬을 우회하고 있었다.

"그래, 그걸 소문이라고 해야 할지 전설이라고 해야 할지 모르겠지만, 그냥 전설이라고 해두자. 여름철이 끝나가던 어느 날 밤, 마을에서 가면무도회가 열리는 동안 가면을 쓴 한 여자가 항구에서 요트를 타고 바다로 나갔어. 어떤 사람들은 등대섬에서 애인과 비밀스러운 약속을 위해 간 것이라고 말하기도 하고, 또 어떤 사람들은 고백할 수 없는 죄에서 도망치기 위해서라고……. 너도 짐작했겠지만, 이 모든 설명은 하나도 틀리지 않아. 왜냐하면 사실상 아무도 그 여자가 누구인지 몰랐으니까. 그녀의 얼굴은 가면으로 덮여 있었어. 그러나 만을 가로지르는 동안 갑자기 끔찍한 폭풍우가 퍼부었고 그녀의 배는 바위에 부딪쳐 산산조각이 나고 말았지. 얼굴도 알려지지 않은 그 미스터리한 여자는 물에 빠져 죽고 말았어. 아니 그녀의 시체를 발견한 사람은 아무도 없었다고 말하는 편이 나을 것 같아. 며칠 후, 파도에 실려 그녀의 가면이 떠밀려왔어. 바위에 부딪쳐 산산조각이 나 있었지. 그때부터 사람들은 여름이 끝나갈 무렵에 해가 질 때면 섬에서 불빛을 볼 수 있다고……."

"그 여자의 영혼이……."

"아, 참…… 섬에 이르지 못했던 그 여행을 마무리하려는 것이라고……. 그렇게 말해."

"그게 틀림없어?"

"그저 유령 이야기일 뿐이야. 믿어도 좋고, 안 믿어도 상관없어."

"넌 그걸 믿어?" 이레네가 물었다.

"난 오로지 내가 보는 것만 믿어."

"회의주의적인 뱃사람이네."

"그런 셈이야."

이레네는 섬을 다시 한 번 쳐다보았다. 파도가 바위에 거세게 부서지고 있었다. 등대의 금 간 유리들이 빛을 굴절시키면서, 환영적인 무지갯빛으로 해체시켰고, 그 빛은 암초에 점점이 새겨지던 물의 장막 사이로 사라지고 있었다.

"그곳에 가본 적 있어?" 그녀가 물었다.

"등대섬에 말이야?"

이스마엘은 리깅(돛대를 고정하는 고정 밧줄과 화물 밧줄처럼 움직이는 밧줄 따위의 삭구索具 — 옮긴이)을 팽팽하게 당기면서, 키를 때리자 요트는 좌측으로 기울었다. 그러자 뱃머리는 곶을 향했고 수로에서 밀려오던 해류를 가로질렀다.

"그곳에 가보고 싶은 모양이구나." 그가 제안했다. "등대섬 말이야."

"그럴 수 있어?"

"해볼 수 없는 건 없어. 그건 용기를 내느냐 아니냐의 문제일 뿐이야." 이스마엘은 도전적인 미소를 띠면서 대답했다.

이레네는 그에게서 눈을 떼지 않았다.

"언제 갈래?"

"다음 주 토요일에 내 요트를 타고 가자."

"단둘이?"

"응, 둘이서. 네가 두려워할지는 몰라도……."

"아니, 무섭지 않아." 이레네가 말을 가로막았다.

"좋아, 토요일. 아침 아홉 시경에 부둣가에서 만나기로 해."

이레네는 눈을 떼서 해변을 바라보았다. 곶의 집은 벼랑에 우뚝 서 있었다. 도리안은 현관에서 궁금증을 그다지 숨기지 않은 채 그들을 쳐다보고 있었다.

"내 동생 도리안이야. 집에 가서 우리 어머니를 만나보고 싶으면……."

"난 아직 네 가족을 소개받을 준비가 되어 있지 않아."

"그럼 다음에 소개시켜줄게."

요트는 곶의 집 기슭에 있는 벼랑들 사이에 숨겨진 조그만 천연 협곡으로 들어갔다. 오랫동안 연습한 능숙한 솜씨로 돛을 넘어뜨리고 힘을 잃은 해류를 타고 요트가 선창가까지 밀려가게 했다. 이스마엘은 밧줄을 들고 땅으로 뛰어내려 요트를 묶었다. 요트가 고정되자, 이스마엘은 이레네에게 손을 내밀었다.

"호메로스는 장님이었어. 그런데 그가 바다 색깔이 어떤지 어떻게 알았지?" 이레네가 물었다.

이스마엘은 그녀의 손을 잡았고, 선창가에 안전하게 내려오도록 세게 잡아당겼다.

"단지 눈에 보이는 것만 믿어야만 하는 또 다른 이유지." 이스마엘은 아직도 그녀의 손을 잡은 채 대답했다.

그러자 이레네는 크래븐무어에서 라자루스가 첫날밤에 식사를 하면서 말했던 내용을 떠올렸다.

"가끔씩 눈도 속이는 수가 있어." 그녀가 지적했다.

"하지만 난 속이지 못해."

"요트 태워줘서 고마워."

이스마엘은 고개를 끄덕이면서 천천히 그녀의 손에서 자기 손을 뺐다.

"토요일에 만나."

"그래, 토요일까지 잘 지내."

이스마엘은 다시 밧줄을 풀고 요트로 펄쩍 뛰어올랐다. 요트가 해류에 휩쓸려 선창가에서 멀어지게 하면서 다시 돛을 올렸다. 바람이 불어와 협곡 어귀까지 데려갔고, 몇 초도 안 되어 키아네오스는 파도를 타고 만 안으로 들어갔다.

이레네는 선창에 그대로 있으면서, 하얀 돛이 커다란 만에서 사라져가는 걸 바라보았다. 순간 아직도 자기 얼굴에 미소를 띠우고 있다는 걸 깨달았다. 그제야 이레네는 다음 주가 아주 기나긴 한 주가 될 것임을 알았다.

비밀과 어둠

파란 만에서의 달력은 오직 두 계절로만 구분되었다. 여름과 그 나머지였다. 여름이면 마을 사람들은 작업시간을 세 배로 늘리면서, 해변을 찾는 관광객들이 숙박하고 있는 해안 마을에 필요한 물건들을 보급했다. 빵 굽는 사람들과 장인들, 재봉사들, 목수들, 미장이들과 온갖 종류의 직업을 가진 사람들이 바로 노르망디 해변을 중심으로 태양이 미소 짓는 이 기나긴 세 달에 의지하고 있었다. 이 13주나 14주 동안, 부지런한 일개미처럼 열심히 일하다 시즌이 끝나면 파란 만 주민들은 겸손한 배짱이가 되어 긴장을 풀고 마음 편히 지냈다. 특별히 강도 높게 일하는 시즌이 있다면, 그것은 8월 초였다. 지역 생산품에 대한 수요가 0에서 무한으로 증가되던 때였다.

이런 법칙에서 예외가 있던 몇 사람 중의 하나가 크리스티앙 위페르였다. 마을의 다른 선주들처럼 그는 일 년 열두 달 개미처럼 일해야 하는 운명에 시달리고 있었다. 매년 여름 경험 많은 한 어부는 마을 사람들이 돛을 올리는 것을 보면서 그런 생각을 하곤 했다. 그럴 때면 그는 자기가 직업을 잘못 선택했으며, 일곱 세대에 걸친 전통을 깨고 여관 주인이나 상인 혹은 어부 이외의 다른 일을 하는 게 더 나을 것이라는 생각을 지울 수가 없었다. 아마도 그랬다면 그의 딸 한나가 일주일 내내 크래븐무어에서 일하지 않아도 되었을 것이고, 적어도 매일 30분 이상, 그러니까 새벽에 15분, 저녁에 15분 이상 아내의 얼굴을 볼 수 있었을 것이었다.

이스마엘과 한나의 아버지는 배의 배수펌프를 수리하고 있었다. 이스마엘은 자기 숙부를 쳐다보았다. 어부의 얼굴은 그가 무슨 생각을 하고 있는지 그대로 보여주고 있었다.

"항해학 교실을 열 수도 있을 것 같아요." 이스마엘이 말했다.

그의 숙부는 쉰 목소리로 투덜댔다.

"아니면 이 배를 팔아버리고 디디에르 씨의 가게에 투자할 수도 있었지요. 벌써 6년 전부터 그렇게 하라고 계속 조르고 있어요." 이스마엘이 계속 말했다.

그의 숙부는 일을 멈추고 조카를 뚫어지게 바라보았다. 아들처럼 13년을 데리고 있었지만, 그가 가장 두려워하면서도 가장 소중히 여기는 것을 아이에게서 지워버릴 수 없었다. 아이는 바로 죽은 아버지를 무서우리만치 닮았다. 심지어 아무도 조언을 요구하지 않았는데도 자기 의견을 스스럼없이 얘기하는 것까지도 똑같았다.

"그렇게 해야 할 사람은 아마 바로 널 거야." 크리스티앙이 대답했다. "난 이미 오십 줄에 들어서고 있어. 내 나이에 직업을 바꾸기란 쉬운 일이 아니야."

"그런데 왜 불평하세요?"

"불평하지 않는 사람이 이 세상에 있니?"

이스마엘은 어깨를 으쓱거렸다. 두 사람은 다시 펌프 수리 작업에 전념했다.

"알았어요. 더 이상 한마디도 하지 않겠어요." 이스마엘이 중얼거렸다.

"우리는 아마 그런 행운을 갖지 못할 거야. 자, 저 버팀줄을 보강하도록 해."

"저 버팀줄은 해결 방법이 없어요. 펌프를 바꿔야만 할 것 같아요. 어느 날 갑자기 작동하지 않아 우리를 소스라치게 놀라게 할 수도 있어요."

그러자 위페르는 최고의 미소를 보여주었다. 그것은 수산시장 사정관, 항구 당국자들, 그리고 그와 비슷한 사람들에게만 보여주는 미소였다.

"이 펌프는 우리 아버지가 사용했던 거야. 그 전에는 할아버지가 사용했고, 더 전에는……."

"그래서 제가 말한 거예요." 이스마엘이 숙부의 말을 잘랐다. "아마 여기 있는 것보다는 박물관에 있는 게 더 나을 거예요."

"그만해라."

"제 말이 맞아요. 숙부님도 아실 거예요."

숙부를 화나게 만드는 것은 그가 요트로 항해하는 것 다음으로 좋아하는 취미였다.

"이 문제에 대해 더 이상 왈가왈부하고 싶지 않구나. 자, 이제 그만해. 끝났어."

위페르는 단호하게 '끝났어'라는 말을 덧붙이면서 대화를 마쳤다.

그런데 갑자기 배수펌프 안에서 이상하게 삐걱거리는 소리가 들렸다. 위페르는 이스마엘을 향해 빙긋이 웃었다. 2초 후, 방금 전에 설치해놓은 버팀줄 장치가 발사되더니 두 사람의 머리 위로 포물선을 그렸다. 그리고 피스톤처럼 보이던 것, 그러니까 확인할 수 없는 암나사와 쇳조각 세트가 튕겨 나왔다. 숙부와 조카는 고철이 어디로 가는지 지켜보았다. 고철 덩이는 어이없게도 옆에 있는 선박, 그러니까 제라르 피코의 갑판 위로 떨어졌다. 투우 같은 체격에 머리는 우둔하기 짝이 없으며, 과거에 복싱선수였던 피코는 쇳조각들을 자세히 살펴보고는 즉시 하늘을 쳐다보았다. 위페르와 이스마엘은 서로 눈길을 교환했다.

"그리 큰 차이가 있을 것 같지는 않네요." 이스마엘이 의견을 냈다.

"내가 네 의견을 필요로 할 때만······."

"의견을 내라는 거지요. 동의해요. 그런데 말이 나왔으니 말인데요, 다음 주 토요일에 쉬어도 괜찮을까요? 요트를 수리해야 해서······."

"혹시 금발에 키는 일 미터 칠십 센티미터가량 되는 푸른 눈의 여자아이 때문에 수리하려는 거니?" 위페르가 일격을 가하면서, 조카를 향해 의뭉스러운 웃음을 지었다.

"뉴스가 아주 빠르군요." 이스마엘이 말했다.

"네 사촌이 퍼뜨리는 뉴스라면, 벌써 날아가고도 남았지. 그런데 그 아이 이름이 뭐야?"

"이레네예요."

"그렇구나."

"저랑 그다지 친하진 않아요."

"시간이 말해주겠지."

"그냥 상냥할 뿐이에요."

"그냥 상냥할 뿐이에요." 위페르는 자기 조카의 차갑고 무관심한 목소리를 그대로 흉내 냈다.

"뱃바닥에 괸 더러운 물을 청소해야만 해. 몇 주 전부터 썩은 물고기가 있어서 지독한 냄새를 풍겨."

"알겠어요."

위페르는 폭소를 터뜨렸다.

"넌 네 아버지처럼 고집쟁이구나. 그 여자아이가 마음에 들지?"

"치!"

"내게는 버릇없이 단음절로 말하지 마. 네 나이의 세 배는 더 먹었으니까. 좋아? 싫어?"

이스마엘은 어깨를 움찔거렸다. 그의 뺨은 잘 익은 복숭아처럼 빨갛게 달아올랐다. 마침내 그는 알아들을 수 없는 말을 중얼거렸다.

"분명하게 말해봐." 그의 숙부가 다시 요구했다.

"그렇다고 말했어요. 아니, 그런 것 같아요. 하지만 그 아이에 대해서는 아는 게 별로 없어요."

"알았어. 하지만 내가 처음 네 숙모를 보았을 때 말할 수 있었던 것보다 훨씬 더 많은 것 같은데. 하늘을 두고 맹세하는데, 네 숙모는 성녀야."

"젊었을 때는 어땠어요?"

"그 이야기를 시작하면, 아마도 토요일에 넌 배에 고인 물을 청소해야만 할 거야." 위페르가 으르댔다.

이스마엘은 고개를 끄덕이고서 작업 도구를 들었다. 그의 숙부는 그를 흘깃 쳐다보면서 손에 묻은 기름을 닦았다. 이스마엘이 마지막으로 관심을 보였던 여자아이는 보르도 출신의 여행자 딸인 로라라는 아이였고, 그건 거의 2년 전의 일이었다. 그렇게 그의 감정은 도저히 파고들 수 없이 무감각해 보였고, 그의 유일한 사랑은 바다와 고독인 것 같았다. 그런 점에서 그 여자아이에게는 무언가 특별한 것이 있음에 분명했다.

"금요일 전까지 깨끗이 치울게요." 이스마엘이 통보했다.

"네가 알아서 하도록 해."

해가 질 무렵 숙부와 조카는 부둣가로 펄쩍 뛰어내려 집으로 돌아갈 채비를 했다. 그런데 이웃사람인 피코는 계속해서 그 이상한 쇳조각을 살펴보며 하늘이 그에게 무슨 신호라도 보내려는 건 아닌지 알아보려고 애쓰고 있었다.

8월이 되었을 때, 소벨 가족은 이곳에 온 지 적어도 1년은 지난 것 같았다. 그들을 모르던 사람들도 한나와 그녀 어머니 엘리사베 위페르의 멋진 수다 덕택에 그들의 행동거지 하나 하나를 낱낱이 알게 되었다. 잡담이라고 말할 수도 있고 마술이라고 말할 수도 있는 이상한 현상을 통해, 뉴스는 만들어지기도 전에 이미 엘리사베가 일하고 있던 빵집에 도착했다. 라디오나 신문도 엘리사베 위페르 가게와 경쟁이 되지 않았다. 새벽부터 해질녘까지 크루아상과 함께 새로운 뉴스가 끊이지 않았다. 그래서 금요일이 되었을 때 파란 만에서 이스마엘과 이레네가 사랑의 화살을 맞은 것 같다는 사실을 모르는 사람은 물고기와 그 소문의 당사자들을 빼곤 아무도 없었다. 이게 사실인지 아닌지는 중요하지 않았다. 영국인 해변에서 곶의 집까지 요트를 타고 짧은 항해를 했다는 사실 하나만으로도 1937년의 여름을 장식할 역사가 되기에 충분했다.

실제로 파란 만에서 8월 초는 전속력으로 흘러갔다. 시몬은 마침내 크래븐무어의 구조를 익히는 데 성공했다. 집이 제대로 돌아가기 위해 처리해야 할 일들은 끝이 없었다. 마을 상인들과 만나서 계산하고 회계 장부에 기록하고 라자루스의 서신들을 처리하는 일만으로도 하루가 모자랄 지경이었다. 제대로 숨 쉴 틈조차 없어 보였다. 라자루스가 환영 선물로 준 자전거 덕분에 도리안은 전서구傳書鳩(편지를 보내는 데 쓸 수 있게 훈련된 비둘기 — 옮긴이) 역할을 할 수 있었다. 며칠도 되지 않아 도리안은 영국인 해변을 통한 길에 깔린 돌 하나하나를 기억할 수 있게 되었다.

이렇게 매일 아침 시몬은 라자루스가 지시한 대로 보내야만 할 편지를 발송하고 받은 편지를 조심스럽게 분류하면서 하루 일과를 시작했다. 조그만 메모지, 그러니까 반으로 접은 종이에 라자루스가 마음속에 고이 간직하고 있던 모든 이상한 습관을 기록해서 모두 적어놓았다.

아직도 그녀는 이곳에 온 지 사흘째가 되던 날을 기억하고 있었다. 베를린에서 다니엘 호프만이라는 사람이 보낸 편지 중 하나를 우연히 개봉하려고 하던 순간에 주인의 지시사항을 떠올렸던 것이다.

호프만이 보낸 우편물은 거의 수학처럼 정확하게 아흐레마다 도착했다. 항상 'D' 모양의 문장紋章을 지닌 양피지 봉투는 밀랍으로 봉해져 있었다. 이내 시몬은 그 편지들을 나머지 서신들과 분리하는 데 익숙해졌고, 그러자 반드시 그렇게 해야만 한다는 사실에 그다지 신경을 쓰지 않게 되었다. 그러나 8월의 첫째 주에 다시 호프만 씨의 서신에 대해 궁금증이 발동했다.

시몬은 어느 날 아침 라자루스의 서재로 갔었다. 그의 책상에 도착한 일련의 영수증과 지불증명서를 놓기 위해서였다. 그녀는 매일 아침 이른 시간에, 그러니까 장난감 제작자가 서재로 들어오기 전에 그렇게 하는 것을 좋아했다. 그래야만 나중에 그의 작업을 방해하거나 귀찮게 할 일이 없어지기 때문이다. 세상을 떠난 아르망은 영수증과 지불증명서를 점검하면서 하루를 시작하곤 했다.

그런데 그날 아침 시몬이 평소처럼 서재에 들렀는데, 공중에 담배 냄새가 배어 있었다. 그녀는 라자루스가 전날 밤 늦게까지 그곳에 남아 있었을 거라고 추측했다.

서류들을 책상에 올려놓고 있는데, 벽난로의 장작불 사이로 무언가 김이 모락모락 나는 게 보였다. 궁금증을 참지 못해 그녀는 그곳으로 다가갔고, 부지깽이로 무엇인지 알아보려고 했다. 얼핏 보니 그 물건은 아직 불에 완전히 타버리지 않은 종이 뭉치였다. 그녀가 방을 떠나려는 순간, 종이 다발 위의 밀랍 봉인을 분명하게 볼 수 있었다. 편지였다. 라자루스는 다니엘 호프만의 편지를 태워버리기 위해 불에 던져버렸던 것이다. 무슨 이유로 그랬는지 상관하지 않으면서, 시몬은 자기와 전혀 관련 없는 일이라고 생각했다. 그러고서 부지깽이를 놓고 주인의 개인적인 문제에 더 이상 호기심이나 관심을 갖지 않겠다고 굳게 마음먹고서 서재를 나왔다.

한나는 창문을 때리는 빗소리에 잠이 깼다. 한밤중이었다. 방은 푸른 어둠 속에 잠겨 있었고, 멀리 바다 위로 떨어지던 번개가 주변에 그림자를 만들어내고 있었다. 라자루스의 말하는 시계 중의 하나가 벽에서 찌르릉거리는 소리를 울렸다. 웃는 얼굴에 박힌 눈들이 쉬지 않고 이쪽저쪽을 바라보고 있었다. 한나는 한숨을 내쉬었다. 그녀는 크래븐무어에서 밤을 보내는 게 결코 달갑지 않았다.

햇빛이 비추는 대낮에 라자루스의 집은 끝없는 기적과 놀라움을 선사하는 박물관 같다. 그러나 해가 떨어지고 나면 수많은 가면과 로봇들을 비롯해 수백 개의 기계들이 집 안의 어둠 속에서 웃는 얼굴로 눈을 부릅뜬 채 사방을 경계하는 유령의 집으로 변했다.

라자루스는 서쪽 날개에 있는 침실 중의 하나에서 잠을 잤다. 아내 침실의 옆방이었다. 그 두 사람의 침실과 한나의 침실을 제외하면, 오로지 장난감 제작자가 만든 수십 개의 기계 인형만이 집 안의 각 복도

마다, 그리고 각 방마다 들어차 있었다. 새벽의 적막 속에서 한나는 모든 인형들의 기계 내장 소리를 들을 수 있었다. 가끔씩 잠이 오지 않을 때면, 그녀는 몇 시간이고 움직이지 않은 채, 어둠 속에서 빛나는 유리 눈을 지닌 그 인형들을 상상했다.

간신히 다시 눈을 붙였다. 그런데 처음으로 그 소리를 들었다. 빗소리 때문에 희미했지만 규칙적으로 무언가 부딪치는 소리가 났던 것이다. 한나는 일어나 방 안을 가로질러 창문턱이 있는 곳까지 갔다. 크래 브무어의 탑과 아치와 뾰족뾰족한 지붕이 폭풍 속에 드리워져 있었다. 늑대의 콧등과 같은 이무기돌이 허공을 향해 검은 물을 줄줄이 뱉어내고 있었다. 그 장소가 얼마나 넌더리나는지…….

다시 부딪치는 소리가 그녀의 귀에 들렸고, 한나는 서쪽 날개에 쭉 늘어선 창문들을 유심히 쳐다보았다. 2층 창문 중 하나가 바람에 열린 것 같았다. 커튼은 빗속에서 파도쳤고, 작은 창문들이 자꾸만 커튼과 부딪치고 있었다. 한나는 자기 운명을 탓했다. 복도로 나가 집을 가로질러 서쪽 날개가 있는 곳까지 가야 한다는 생각만 해도 피가 얼어붙는 것 같았다.

그녀는 공포에 사로잡혀 자신의 의무를 게을리하기 전에, 얼른 잠옷을 입고 실내화를 신었다. 전기가 나갔기 때문에 촛대 하나를 들고 촛불에 불을 켰다. 깜빡거리는 구릿빛 촛불이 그녀 주변에 유령이 나올 것처럼 희미한 빛을 비추었다. 한나는 방문의 차가운 손잡이에 손을 갖다 대고 침을 꿀꺽 삼켰다. 저 멀리에는 어두운 그 방의 창문들이 계속해서 덜컹거리고 있었다. 그렇게 그녀를 기다리고 있었다.

한나는 방을 나와 문을 닫고서 어둠 속을 향해 무한히 펼쳐진 복도를 바라보았다. 그녀는 촛대를 높이 들고 복도로 발을 내디뎠다. 복도 양쪽에는 라자루스의 무감각한 장난감들이 공중에 걸려 있었다. 한나는 앞만 똑바로 바라보고서 발길을 재촉했다. 2층에는 라자루스의 오래된 로봇들이 자리 잡고 있었다. 느릿느릿 움직이고, 종종 얼굴은 기괴했으며 어떤 경우에는 위협적이기도 했다. 거의 모두가 유리진열장 속에 들어 있었고, 진열장 속에서 아무런 예고도 없이 살아 움직이곤 했다. 내부 기계장치의 지시에 따라 아무 때나 잠에서 깨는 것이었다.

한나는 사루 부인 앞을 지나갔다. 그녀는 타로 카드를 앙상한 손으로 뒤섞고는 하나를 골라 관객들에게 보여주는 점쟁이였다. 모든 노력을 기울였지만, 한나는 세공된 나무로 만든 그 집시 여자의 소름끼치는 모습을 쳐다보지 않을 수 없었다. 집시 여자가 눈을 떴고, 그녀를 향해 카드 한 장을 내밀었다. 한나는 침을 꿀꺽 삼켰다. 카드는 불길에 휩싸인 붉은 악마의 모습을 보여주고 있었다.

거기서 몇 미터 떨어진 곳에는 여러 개의 가면을 쓴 남자의 상체가 이리저리 흔들리고 있었다. 로봇은 보이지 않는 얼굴에서 가면을 하나씩 벗겨내면서, 여러 가면을 보여주고 있었다. 한나는 다른 곳으로 눈을 돌리고서 발길을 서둘렀다. 대낮에 수백 번은 족히 지났던 복도였다. 생명이 없는 기계들만 있어서 그다지 관심을 기울일 필요가 없는 곳이었고, 무서워할 필요는 더더욱 없었다.

이렇게 마음속으로 안정을 취하면서, 서쪽 날개로 가는 복도 끝을 돌았다. 피레티 선생이 이끄는 조그만 미니어처 악단이 복도 한쪽에서 잠자고 있었다. 동전 하나를 넣으면 이 밴드는 모차르트의 〈터키 행진곡〉을 아주 독특한 판본으로 연주했다.

한나는 복도의 마지막 문 앞에서 걸음을 멈추었다. 세공된 떡갈나무로 만든 거대한 명판이 붙어 있는 문이었다. 크래븐무어에 있는 모든 문은 나무로 새겨진 서로 다른 돋을새김 명판이 붙어 있었는데, 그것은 유명한 동화의 장면을 각색하고 있었다. 너무나 유명한 그림 형제들의 동화였으며, 왕궁의 가구들처럼 상형문자로 새겨져 있었다. 그러나 그녀의 눈에 그 그림들은 단지 불길하고 사악한 냄새만 풍기고 있었다. 결코 한 번도 들어가본 적이 없는 방이었다. 그녀가 발을 들여놓지 않았던 집 안의 수많은 침실 중의 하나였다. 그리고 필요한 경우가 아니면 결코 들어가지 않겠다고 마음먹은 방이기도 했다.

창문은 문 안쪽에서 덜컹거리고 있었다. 차가운 밤기운이 그녀의 관절까지 파고들었다. 한나는 자기 등 뒤에 있는 긴 복도를 마지막으로 쳐다보았다. 오케스트라 단원의 얼굴들이 어둠을 살펴보고 있었다. 마치 크래븐무어 지붕 위에서 맴도는 수천 마리의 조그만 거미들 소리처럼 빗소리와 물소리가 분명하게 들려왔다. 한나는 깊이 숨을 들이마시고서, 손잡이를 잡아당기고는 방 안으로 들어갔다.

그러자 차가운 공기가 휙 불어와 그녀를 감싸더니 그녀 등 뒤에 있던 방 문을 쾅 닫아버리고서 촛불을 꺼버렸다. 거즈 커튼이 바람에 흩날리는 수의처럼 빗물에 젖어 흔들거렸다. 한나는 방 안으로 몇 발짝 내디뎠고, 바람을 맞아 느슨해진 창문 걸쇠를 단단히 고정시키고서 급히 창문을 닫았다. 한나는 떨리는 손가락으로 잠옷 주머니를 더듬었고, 성냥갑을 꺼내 다시 촛불을 켰다. 촛대의 너울거리는 불빛을 받아 그녀 주변이 다시 환해졌다. 그러자 그녀의 눈에 어린아이의 침실처럼 보이는 것이 나타났다. 책상 옆에 조그만 침대가 있었다. 어린아이의 책과 옷이 의자 위에 펼쳐져 있었다. 신발 한 켤레가 침대 아래에 가지런히 놓여 있었다. 침대 다리 하나에는 조그만 십자가상이 달려 있었다.

한나는 몇 발짝 나아갔다. 뭔가 이상했다. 다시 살펴보았지만 이상한 걸 아무것도 발견할 수 없었다. 그녀는 다시 아이의 방을 둘러보았다. 크래븐무어에는 어린아이가 없었다. 아이가 있었던 적이 한 번도 없었다. 그렇다면 이 침실은 도대체 뭘까?

갑자기 어떤 생각이 머리를 스쳤다. 이제 무엇 때문에 그녀가 처음에 당황했는지 깨달았다. 정리되었기 때문이 아니었다. 깔끔해서도 아니었다. 너무나 단순하고 당연한 것이라, 미처 생각지도 못했다. 그 방은 아이의 방이었다. 그런데 뭔가가 빠져 있었다……. 장난감들이었다. 그 방에는 단 하나의 장난감도 없었다.

한나는 촛대를 높이 들었고, 벽에서 무언가를 더 발견했다. 종이와 스크랩이었다. 그녀는 아이의 책상 위에 촛불을 올려놓고 종이와 스크랩이 있는 쪽으로 다가갔다. 오래된 스크랩과 사진이 벽면을 가득 메우고 있었다. 희뿌연 여자의 얼굴이 사진의 대부분을 차지하고 있었다. 그녀의 얼굴은 강인하면서도 수줍었으며, 검은 눈에서는 고압적인 분위기마저 풍겼다. 똑같은 얼굴이 다른 사진에서도 반복되어 나타나고 있었다. 한나는 팔에 어린아이를 안고 있는 그 미스터리한 여자의 사진을 뚫어져라 쳐다보았다.

한나는 벽을 살펴보았고, 오래된 신문 스크랩 하나에 시선을 멈추었다. 신문 스크랩들의 제목은 서로 아무런 관계도 없는 것 같았다. 파리 공장에서 끔찍한 화재가 일어났으며, 그 사이에 호프만이라는 사람이 실종되었다는 뉴스였다. 강박관념에 사로잡힌 듯 그 사람의 흔적을 추적하고 있는 기사가 거의 모든 스크랩 내용을 채우고 있었다. 스크랩은 마치 기억과 회상의 공동묘지 벽에 있는 비석들처럼 나란히 정렬되어 있었다. 가운데 스크랩은 글자를 읽을 수 없는 다른 수십 개의 스크랩으로 둘러싸여 있었다. 1890년에 발행된 어느 신문의 1면 기사였다. 그 기사에는 한 아이의 사진이 실려 있었다. 아이의 눈은 공포로 가득 차 있었다. 학대받은 동물의 눈과 같았다.

그 사진을 보자 그녀는 무언가에 머리를 강하게 맞은 것 같은 느낌을 받았다. 기껏해야 예닐곱 살 된 아이의 시선은 그 아이가 이해할 수 없었던 어느 끔찍한 사건의 증인인 것 같았다. 한나는 한기를 느꼈다. 그녀의 몸 구석구석까지도 모두 얼어붙게 만들 것 같은 오싹한 추위였다. 그녀는 그 사진을 둘러싸고 있는 희미한 기사를 읽으려고 애썼다. "지하실에 갇힌 채 어둠 속에서 일주일을 보낸 여덟 살짜리 아이가 발견되었다"라는 말이 사진 아래에 적혀 있었다. 한나는 다시 아이의 얼굴을 유심히 바라보았다. 그 아이의 얼굴에는 무언가 막연하나마 눈에 익은 게 있었다. 아마도 그의 눈에…….

바로 그 순간 한나는 어떤 목소리의 메아리를 들었다. 그녀의 등 뒤에서 무언가를 속삭이는 소리였다. 그녀는 뒤로 돌았지만, 거기에는 아무도 없었다. 그러자 안도의 한숨을 내쉬었다. 촛불의 희미한 불빛은 공중을 떠다니는 수천 개의 먼지 입자를 비추며 동시에 그녀 주변으로 붉은 빛을 뿌리고 있었다. 그녀는 창문으로 다가갔고, 손가락으로 김 서린 유리창에 줄을 그었다. 숲은 바다안개에 뒤덮여 있었다. 서쪽 날개 끝에 있는 라자루스의 서재에는 불이 켜져 있었다. 커튼 뒤로 깜빡거리는 따스한 황금 불빛 사이로 그의 모습의 일부가 보였다. 손가락으로 김을 지운 자리로 한 줄기 빛이 들어와 환한 전선처럼 침실에 길게 펼쳐졌다.

다시 소리가 났다. 이번에는 더욱 분명했고 가까이 느껴졌다. 그녀의 이름을 속삭이고 있었다. 한나가 어둠에 잠긴 침실 쪽으로 돌아보자 조그만 유리병에서 빛이 흘러나오고 있는 게 보였다. 흑요석처럼 시커먼 조그만 유리병은 벽에 설치된 조그만 벽감에 보관되어 반사광의 스펙트럼으로 둘러싸여 있었다.

한나는 천천히 그곳으로 가서 유리병을 살펴보았다. 언뜻 보기엔 향수병과 비슷해 보였다. 하지만 그토록 아름답고 세밀하게 가공된 향수병은 본 적이 없었다. 각기둥 모양의 뚜껑은 주변으로 무지갯빛을 뿜어내고 있었다. 한나는 손으로 그 병을 들어 손가락으로 유리의 완벽한 선을 어루만지고 싶다는 억제할 수 없는 욕망을 느꼈다.

아주 조심스럽게 그녀는 양손으로 유리병을 감쌌다. 생각보다 무거웠다. 그녀의 피부가 유리병에 닿았을 때, 그녀는 유리가 거의 아릴 정도로 차갑다는 것을 알았다. 한나는 눈높이로 그걸 들어올려 안에 무엇이 있는지 알아보려고 했다. 그러나 알아낸 것이라고는 전혀 알 수 없는 검은색이었다. 그러나 반사광 때문인지 안에서 무언가가 움직이고 있는 것 같았다. 진한 검은색 액체, 아마도 향수가……

그녀는 떨리는 손가락으로 세공된 유리 뚜껑을 잡았다. 무언가가 유리병 안에서 동요했다. 한나는 순간 머뭇거렸다. 그러나 너무나 예쁜 향수병이 상상 이상의 멋진 향내를 약속해주고 있었다. 그래서 천천히 뚜껑을 돌렸다. 유리병 안의 검은색이 다시 흔들렸지만, 그녀는 그것에 그다지 신경쓰지 않았다. 마침내 뚜껑이 열렸다.

말로 설명할 수 없는 소리, 그러니까 압력 가스가 새어나오는 듯한 소리가 방 안을 가득 메웠다. 불과 1초도 안 되어, 검은 덩어리가 잉크 얼룩이 번지듯 향수병 입에서부터 공중으로 퍼져나갔다. 한나는 자기 손이 떨리고 있고 그 속삭이는 목소리가 자기를 에워싸고 있다는 느낌을 받았다. 병을 다시 쳐다보았을 땐 검은 액체는 온데간데없이 유리병은 투명했다. 유리병 안에 있었던 것이 무엇인지는 모르지만 그녀 덕분에 해방이라도 된 듯 싶었다. 한나는 그 병을 다시 제자리에 놓아두었다. 침실을 돌아다니는 차가운 공기가 느껴졌고, 그 공기는 촛불을 하나씩 차례로 껐다. 어둠이 방 안으로 점점 번지자, 새로운 존재가 칠흑 사이로 다시 모습을 보였다. 헤아릴 수 없는 형체가 벽 위로 번져가면서 그 벽을 어둠으로 칠하고 있었다.

그림자였다.

한나는 방문 쪽으로 천천히 뒷걸음질 쳤다. 그리고 떨리는 손을 뒤에 있던 차가운 손잡이에 올려놓았다. 어둠을 향해 눈을 떼지 않은 채 천천히 문을 열었고, 전속력으로 방에서 나갈 준비를 했다. 무언가가 그녀를 향해 다가오고 있었다. 그녀는 그걸 느낄 수 있었다.

그녀는 손잡이를 밀어 방문을 닫았다. 그런데 그만 그녀의 목에 걸린 목걸이 줄이 문에 걸려 있던 돋을새김 중의 하나에 걸리고 말았다. 동시에 그녀의 뒤에서 굵고 오싹한 소리가 났다. 커다란 뱀이 내는 치찰음이었다. 한나는 공포의 눈물이 자기 뺨을 타고 흘러내리는 걸 느낄 수 있었다. 목걸이 줄이 끊어졌고, 그녀는 펜던트가 어둠 속으로 떨어지는 소리를 들었다. 구속에서 해방되자, 한나는 자기 앞으로 펼쳐진 어둠의 터널을 바라보았다. 저 끝에 뒤쪽 날개 계단으로 향한 문이 열려 있었다. 유령의 휘파람소리가 다시 들렸다. 이제는 더욱 가까이 들렸다. 한나는 계단 입구를 향해 뛰었다. 그리고 몇 초 후 어둠 속에서 문의 손잡이를 돌리는 소리를 확인했다. 그녀는 공포의 비명을 내지르며 계단 아래를 향해 마구 달렸다.

아래층까지 내려가는 길이 끝도 없이 길어 보였다. 한나는 숨을 헐떡거렸고 균형을 잃지 않도록 노력하면서 계단을 세 개씩 뛰어넘었다. 크래븐무어의 정원 뒤편으로 가는 문에 다다랐을 때쯤 그녀의 발꿈치와 무릎은 온통 멍들어 있었지만, 그녀는 거의 통증을 느끼지 않았다. 순식간에 아드레날린이 혈류에 분비되었다. 그녀는 계속해서 달렸다. 한 번도 사용하지 않았던 문이라 그런지 문은 굳게 닫혀 있었다. 한나는 팔꿈치로 유리를 깨서 밖에서 손잡이를 돌렸다. 너무나 긴장한 나머지 어두운 정원에 도착했을 때까지 팔 안쪽에 상처를 입은 것도 모르고 있었다.

그녀는 숲의 입구를 향해 뛰었다. 그런 동안 시원한 밤공기가 식은

땀에 축축이 젖어 몸에 달라붙어 있던 그녀의 옷을 어루만졌다. 크래븐무어의 숲을 가로지르는 오솔길로 들어가기 전에, 한나는 고개를 돌려 집을 바라보았다. 자기를 쫓아오던 그림자가 정원의 어둠을 가로질러 어디까지 왔는지 확인해보고 싶었다. 하지만 아무 모습도 보이지 않았다. 그러자 깊이 숨을 들이마셨다. 공기는 차가웠지만 그녀는 목에서 불이 타는 것 같았고, 심장에서는 시뻘겋게 달군 바늘이 꽂히는 것 같은 느낌을 받았다. 다시 뛸 준비가 되었을 때, 크래븐무어 건물의 전면에 달라붙은 그 그림자를 보았다. 형체를 갖춘 얼굴이 시커먼 판에서 모습을 드러냈고, 그림자는 마치 거대한 거미처럼 이무기돌 사이로 기어 내려오고 있었다.

한나는 숲을 가로지르는 어둠의 미로를 뛰기 시작했다. 달빛이 파란 바다안개를 은은하게 물들이고 있었다. 그녀 주위로 수천 개의 나뭇잎들이 바람에 부딪치면서 쉿쉿 소리를 내고 있었다. 딱딱하게 굳어버린 유령처럼 그녀의 발길을 기다리며 서 있는 나무들 사이로 나뭇가지들이 위협적이고 날카로운 발톱을 펼쳐 보였다. 그녀는 유령의 터널과 같은 그 길의 끝에서 불빛을 향해 미친 듯이 뛰었다. 하지만 그 광명의 문은 그녀가 다가가려고 하면 할수록 더욱 그녀에게서 멀어지는 것 같았다.

잡초 사이로 굉음이 울렸고, 그 굉음은 온 숲을 뒤덮었다. 그림자는 발에 거치적거리는 것은 모두 잘라버리면서 울창한 숲을 지나고 있었다. 그 죽음의 절단기는 그녀를 향해 오솔길을 만들고 있었다. 한나는 비명을 지르려고 했지만, 차마 나오지 않았다. 나뭇가지와 잡초들에

긁혀 그녀의 손과 팔과 얼굴이 상처로 가득했다. 망치에 맞아 모든 감각이 마비된 것처럼, 피로가 그녀를 엄습해오면서 이제 그만 그림자에게 굴복하고 싶은 마음마저 들었다. 하지만 그녀는 계속 달려야만 했다. 그곳에서 도망쳐야만 했다. 조금만 더 가면 마을로 향하는 도로에 도착할 수 있었다. 그곳에서 지나가는 자동차를 기다리고 있으면 누군가가 그녀를 도와줄 것이었다. 죽느냐 사느냐의 문제는 불과 몇 초를 더 뛰어 숲을 벗어날 수 있느냐에 달려 있었다.

영국인 해변을 따라오는 어느 자동차의 희미한 불빛이 짙은 어둠을 거두어냈다. 한나는 자리에서 일어나 도와달라고 소리쳤다. 그녀의 뒤에서 회오리바람이 잡초를 지나 나뭇가지 사이로 올라가는 것 같았다. 한나는 눈을 들어 달의 얼굴을 가리고 있는 우듬지를 쳐다보았다.

천천히 어둠이 물러갔다. 그녀는 단지 마지막 신음소리만 낼 수 있었다. 아스팔트 응고제인 타맥처럼 서서히 나무 위로 올라가더니, 그림자는 갑자기 한나를 향해 뛰어내렸다. 그녀는 눈을 감고서 웃으며 수다 떠는 어머니의 얼굴에게 도와달라고 기도했다.

잠시 후, 그녀는 자기 얼굴 위로 그림자의 차가운 숨결을 느꼈다.

안개 속의 성

이스마엘의 요트는 만의 바다표면을 어루만지는 안개의 베일 사이로 정시에 모습을 보였다. 이레네와 그녀의 어머니는 현관에 차분하게 앉아서 밀크 커피를 음미하면서 서로 눈길을 주고받았다.

"굳이 말할 필요는 없겠지만⋯⋯." 시몬이 말을 시작했다.

"말할 필요 없어요." 이레네가 대답했다.

"남자들에 관해 너와 내가 마지막으로 말했던 때가 언제지?" 어머니가 물었다.

"일곱 살 때였어요. 옆집에 살던 클로드가 자기 바지를 줄 테니 내 치마를 달라고 졸랐지요."

"그랬었지."

"겨우 일곱 살 때 일이에요, 엄마."

"일곱 살 때 그랬는데 열다섯 살 때는 어떻게 할지 상상해보렴."

"열여섯이에요."

시몬은 한숨을 내쉬었다. 벌써 열여섯 살이라니, 맙소사. 그녀의 딸은 유능한 뱃사람과 도망칠 계획을 하고 있었다.

"그럼 이제 성인 남자에 관해 말해보도록 하자."

"나보다 한 살 정도 많을 뿐이에요. 그게 무슨 상관이 있지요?"

"넌 아직 아무것도 모르는 철부지 어린 소녀야."

이레네는 인내심을 가지고 어머니에게 미소 지었다. 시몬 소벨은 뜨거운 솥뚜껑에 오른 개미처럼 안절부절못하고 있었다.

"걱정 말아요, 엄마. 어떻게 처신해야 하는지는 저도 잘 알아요."

"그게 바로 내가 걱정하는 거야."

요트는 내포를 가로질렀다. 이스마엘이 배에서 인사를 건넸다. 시몬은 한쪽 눈썹을 치켜뜨고는 놀란 표정으로 그 청년을 지켜보았다.

"왜 이리로 올라오지 않는 거니? 왜 내게 소개시키지 않는 거야?"

"엄마……."

시몬은 고개를 끄덕였다. 어쨌거나 그런 교묘한 말이 결실을 맺으리라고는 생각하지 않고 있었다.

"내가 해줘야 할 말이 있니?"

시몬은 그런 희망을 완전히 단념하고서 말했다.

"재미있게 보내라고 기도해주세요."

어머니가 대답도 하기 전에 이레네는 선창가로 달려갔다. 시몬은 자기 딸이 그 낯선 남자의 손을 어떻게 잡고 요트에 오르는지 지켜보았다. 그녀의 예리한 눈으로 보건대, 그 청년에게선 그 나이 또래의 모습을 찾아볼 수 없었다. 이레네가 고개를 돌려 엄마에게 인사를 건네자 시몬은 억지 미소를 지어 보이고는 딸에게 잘 놀다 오라는 인사를 했다. 그러고는 그들이 화창하고 잔잔한 태양 아래의 만을 향해 떠나는 것을 보았다. 현관 베란다 위에는 갈매기 한 마리, 아마도 그녀처럼 중대 국면에 처한 어미 갈매기가 체념한 표정으로 그녀를 주시하고 있었다.

"이럴 수는 없어." 그녀는 갈매기에게 말했다. "아이들이 태어날 때, 아무도 우리에게 우리가 그 나이에 했던 것을 아이들도 하게 된다는 것을 설명해주지 않았어."

새는 그런 그녀의 생각에는 아랑곳하지 않은 채 이레네를 따라 하늘로 날아올랐다. 시몬은 자신의 순진한 생각에 스스로 빙긋이 웃어 보이고는 크래븐무어로 돌아갈 준비를 했다. 일을 해야 이런 잡생각이 나지 않는 거야, 라고 그녀는 생각했다.

배를 타고 바다로 나아가던 어느 순간, 머나먼 해변은 하늘과 땅 사이에 펼쳐진 하얀 선으로 변했다. 동풍이 키아네오스의 돛을 밀었고, 요트의 뱃머리는 거의 바닥이 보이는 투명한 에메랄드빛 담요 위로 물길을 헤치며 나아갔다. 배에 타본 경험이라고는 며칠 전에 잠깐 타본 것 말고는 없었다. 이레네는 입을 벌린 채 넋을 잃을 정도로 아름다운 만을 바라보았다. 곶의 집은 바위 틈새의 하얀 자국으로 작아져 있었고, 마을의 울긋불긋한 건물들은 바다에서 올라오는 반사광 사이로 깜빡거리고 있었다. 멀리서 폭풍의 꼬리가 수평선을 향해 다가오고 있었다. 이레네는 눈을 감고 주변에서 들려오는 바닷소리를 들었다. 다시 눈을 떴을 때에도 그 광경은 변하지 않았다. 꿈이 아니라 현실이었다.

요트가 방향을 잡자, 이스마엘은 이레네를 바라보는 것 외에 딱히 할 일이 없었다. 이레네는 바다의 매력에 흠뻑 빠져 있는 것 같았다. 그는 아주 꼼꼼하고 세밀하게 그녀의 하얀 발목부터 살펴보기 시작했다. 그리고 천천히 위로 올라가기 시작하더니 특정 지점에 이르러 멈추었다. 그녀의 치마가 예사롭지 않게 드리워져 있던 허벅지 상단이었다. 그런 다음 그녀의 날씬한 상체가 적절한 균형을 이루고 있는지 감상했다. 이 과정은 무한히 길게 지속되었다. 그러다가 뜻하지 않게 그의 눈이 이레네의 눈과 마주쳤고, 이스마엘은 자기가 그녀를 유심히 관찰하고 있었던 걸 그녀가 눈치 챘다는 사실을 알았다.

"무슨 생각을 하고 있는 거야?" 이레네가 물었다.

"바람에 대해 생각하고 있어." 이스마엘은 거짓말로 둘러댔다. "방향이 바뀌면서 남쪽으로 불고 있어. 폭풍이 올 때면 흔히 일어나는 현상이야. 난 네가 만을 둘러보는 걸 좋아할 것 같다고 생각했어. 경치가 너무 멋있거든."

"무슨 경치?" 이레네가 순진하게 물었다.

이번에는 의심의 여지가 없어, 날 놀리고 있는 거야, 라고 이스마엘은 생각했다. 승객의 비아냥거림을 무시한 채, 이스마엘은 만에서 1마일 떨어져 있던 암초를 휘감고 있는 해류를 탔다. 암초를 지나자 황량하고 야생적인 커다란 해변이 눈에 들어왔다. 그 모래사막은 우뚝 솟은 생 미셸 산을 에워싼 바다안개가 있는 곳까지 펼쳐져 있었다.

"저건 검은 만이야." 이스마엘이 설명했다. "그렇게 불리는 이유는 물이 파란 만보다 훨씬 깊기 때문이야. 파란 만은 기껏해야 깊이가 칠팔 미터에 불과한 모래톱에 불과하거든. 드라이 독이야(바다 입구에 설치된 케이스 게이트에서 바닷물을 빼내고 끌어올린 선체를 노출시켜 건조하거나 수리에 사용되는 독 — 옮긴이)."

이레네는 그런 해양 용어를 알아들을 수 없었지만, 숨이 막힐 정도로 아름다운 광경을 바라보자 목덜미의 솜털이 쭈뼛쭈뼛 다 서는 것 같았다. 그녀의 시선은 바위 동굴처럼 보이던 것, 그러니까 바다를 향해 열려진 목구멍에 멈추었다.

"석호야." 이스마엘이 말했다. "해류가 들어오지 못하도록 타원형으로 이루어져 있지만, 좁은 틈을 통해 바다와 연결되어 있어. 그 반대편에는 박쥐 동굴이 있어. 그 동굴로 들어가려면 바위를 통해야 해. 1746년에 폭풍에 휩쓸려 해적선이 그곳으로 왔지. 아직도 그 배의 잔해와 해적의 유해들이 그곳에 있어."

이레네는 의심스럽다는 눈으로 그를 바라보았다. 이스마엘은 훌륭한 선장이 될 수는 있지만, 거짓말하는 것에 있어서는 순진한 하급선원에 불과했다.

"정말이야." 이스마엘이 힘주어 말했다. "난 종종 잠수하러 그곳에 가. 바위 속으로 동굴이 나 있는데, 끝이 없이 길어."

"날 그곳으로 데려가줄래?" 이레네는 이렇게 물으면서 귀신 해적의 황당한 이야기를 믿는 척했다.

이스마엘의 뺨이 약간 붉어졌다. 그건 곤란하다는 말이었다. 다시 말하면, 위험하다는 의미였다.

"박쥐들이 있어. 그래서 이름이⋯⋯." 이스마엘은 딱히 할 말을 찾지 못한 채 이렇게 얼버무렸다.

"난 박쥐를 몹시 좋아해. 날아다니는 쥐들이잖아." 그녀는 이렇게 지적하면서, 계속해서 그를 놀려댔다.

"언제든지 원한다면." 이스마엘이 어쩔 수 없다는 듯 말했다.

이레네는 깔깔거리며 웃었다. 그 웃음소리를 듣자 이스마엘은 어찌할 바를 몰랐다. 너무나 당황한 나머지 순간적으로 그는 바람이 북쪽에서 불어오고 있는지, 혹은 배의 용골을 만드는 곳이 제과점인지조차도 기억하지 못했다. 이레네가 모든 걸 눈치 채고 있는 것 같았다. 이제 방향을 바꿔야 할 시간이었다. 키를 때리면서, 이스마엘은 둥글게 빙돌았고, 동시에 가장 큰 돛을 돌리면서 요트를 기울였다. 바다표면이 이레네의 피부를 어루만지면서 차가운 기운이 엄습했다. 이레네는 비명을 지르면서 깔깔 웃었다. 이스마엘도 그녀에게 미소 지었다. 아직도 그는 그녀에게서 보았던 것이 무엇인지 모르지만, 한 가지만은 확신했다. 그것은 그녀에게서 한시도 눈을 뗄 수 없다는 사실이었다.

"등대를 향해." 그가 알려주었다.

잠시 후 파도를 타고 뒤에서 불어오는 보이지 않은 바람의 도움을 받아 키아네오스는 암초 꼭대기 위로 화살처럼 미끄러졌다. 이스마엘은 이레네가 그의 손을 꽉 잡는 걸 느꼈다. 물에 닿는 순간 요트는 꿍음을 냈다. 하얀 거품이 배가 지나간 자리에 꽃 장식 무늬를 그렸다. 이레네는 이스마엘을 쳐다보았고, 그도 역시 그녀를 쳐다보고 있음을 알았다. 순간적으로 그의 눈이 그녀의 눈에서 사라졌고, 이레네는 그가 부드럽게 손을 잡고 있다는 것을 깨달았다. 세상은 결코 그리 멀리 있는 게 아니었다.

그날 열 시경, 시몬 소벨은 라자루스 양의 개인 서재로 들어섰다. 크래븐무어의 중심에 위치한 타원형 모양의 널찍한 거실이 바로 서재였다. 무한한 책의 세계가 색유리의 채광창을 향해 웅장한 나선형의 모습으로 펼쳐지고 있었다. 수많은 미지의 세계와 미스터리한 세계들이 그 무한한 서재에서 만나고 있었다. 시몬은 잠시 입을 벌린 채 그 장관을 바라보았다. 그녀의 시선은 둥근 지붕을 향해 춤추는 덧없는 안개 속에 사로잡혀 있었다.

몇 분이 지났을까. 그녀는 그곳에 자기 혼자 있는 게 아님을 알았다.

아주 말쑥하게 옷을 차려입은 사람이 채광창에서 수직으로 떨어지는 빛을 받으며 책상 앞에 앉아 있었다. 그녀의 발소리에 라자루스는 읽고 있던 책을 덮고 고개를 돌렸다. 수백 년은 족히 됐을 법한 가죽 장정의 낡은 책이었다. 그는 그녀에게 다정하게 미소 지었다. 따스하고 전염성이 강한 미소였다.

"소벨 부인, 나의 조그만 안식처에 온 걸 환영해요."

그가 일어나면서 말했다.

"방해하고 싶지 않았는데……."

"아니에요. 오히려 이렇게 와줘서 너무 기뻐요." 라자루스가 말했다. "아서 프랜처에 주문하려던 책들에 관해 말하고 싶었어요."

"런던의 아서 프랜처 서점 말인가요?"

라자루스의 얼굴이 환하게 빛났다.

"그 서점을 아나요?"

"제 남편이 런던으로 여행을 갈 때면 그곳에서 책을 사곤 했어요. 벌링턴 아케이드에 있지요."

"이 자리에 부인처럼 적당한 사람은 없을 겁니다." 라자루스가 이렇게 말하자, 시몬의 얼굴이 빨개졌다.

"커피를 마시면서 이 문제에 관해 논의하면 어떨까요?" 라자루스가 말했다.

시몬은 수줍게 고개를 끄덕였다. 라자루스는 다시 미소를 지었고, 손에 들고 있던 두꺼운 책을 제자리에 꽂아놓았다. 그와 비슷한 다른 책들이 수백 권 꽂혀 있는 선반이었다. 그가 그렇게 하는 동안 시몬은 그를 유심히 쳐다보았다. 그녀의 시선은 책등에 적힌 손으로 세공한 제목에 꽂혔다. 단 하나의 단어만 적혀 있었는데, 전혀 들어보지도 못한 단어였다. 그것은 바로 '도플갱어'란 말이었다.

정오가 되기 조금 전에 이레네는 뱃머리에서 등대섬을 바라보았다. 이스마엘은 섬을 한 바퀴 돈 다음 진입 운전을 하고 돌투성이의 조그만 만에 정박하기로 했다. 그때 이레네는 이스마엘의 설명 덕택에 항해술을 비롯해 바람과 관련된 기초물리학에 대해서 어느 정도 정통해져 있었다. 이런 식으로 이스마엘의 지시를 따르면서, 두 사람은 해류를 타도록 돛을 조정하고 등대섬의 옛 선착장으로 이끄는 벼랑 사이의 길로 미끄러져 가는 데 성공했다.

등대섬은 만에 모습을 드러낸 황량한 바위 조각에 불과했다. 상당한 수의 갈매기가 그곳에 둥지를 틀고 있었다. 몇몇 갈매기가 궁금하다는 표정으로 침입자들을 쳐다보았다. 나머지 갈매기들은 하늘로 날아올랐다. 그곳으로 가는 길에 이레네는 수십 년 동안 풍랑에 시달리고 버려진 오래된 조그만 집 한 채를 볼 수 있었다.

등대 그 자체는 꼭대기가 프리즘 랜턴으로 장식된 가냘픈 탑이었다. 그것은 등대지기의 옛 처소인 1층짜리 조그만 집 위로 솟아 있었다.

"나와 갈매기와 게들을 빼놓고, 그 누구도 몇 년간 이곳에 발을 들여놓지 않았어." 이스마엘이 말했다.

"거기에 해적선의 유령들도 덧붙여야겠지." 이레네가 농담했다.

이스마엘은 선착장까지 요트를 조종했고, 뱃머리의 밧줄을 매기 위해 땅으로 뛰어내렸다. 이레네도 그를 따라 똑같이 했다. 키아네오스의 밧줄이 적절하게 매어지자, 이스마엘은 숙모가 준비해주었던 먹을 것이 담긴 바구니를 들었다. 그는 배고픈 상태로 아가씨에게 접근할 수는 없으며, 무엇보다도 본능적 욕구를 달래야 한다고 확신하고 있었다.

"이리 와. 귀신 이야기를 좋아한다면, 이것에 관심을 보이게 될 거야……."

이스마엘은 등대지기 집의 문을 열고서, 이레네에게 먼저 들어가라는 제스처를 했다. 이레네는 오래된 주택 안으로 들어서면서 마치 20년 전의 과거로 돌아가는 발길을 내딛기라도 한 것 같은 느낌을 받았다. 수십 년 동안 쌓인 안개 속에서 모든 게 옛날 그대로였다. 마치 유령이 등대지기를 어느 한순간에 데려간 것처럼, 수십 권의 책과 물건들과 가구들이 그대로 있었다.

"등대를 보고 싶겠지?" 그가 말했다.

이스마엘은 이레네의 손을 잡고 등대로 올라가는 나선형 계단으로 이끌었다. 이레네는 시간이 정지된 듯한 그 장소로 들어서며 자신이 침입자라는 인상을 지울 수 없었다. 그와 동시에 풀리지 않는 미스터리를 파헤칠 모험가라는 생각도 들었다.

"등대지기에게 무슨 일이라도 있었던 거야?"

이스마엘은 잠시 생각하더니 대답했다.

"어느 날 밤에 배를 타고 섬을 떠났어. 자기 물건을 챙겨가려고도 하지 않았어."

"왜 그랬을까?"

"등대지기는 아무 말도 하지 않았어." 이스마엘이 대답했다.

"넌 그 사람이 왜 그랬다고 생각해?"

"두려움 때문이었을 거야."

이레네는 침을 삼키고서 그의 어깨 너머를 바라보았다. 그러면서 빛의 악마인 루시퍼처럼 계단으로 올라가는 익사한 여자 유령이라도 만날 수 있기를 고대했다. 또한 자기를 향해 내미는 그녀의 손톱과 도자기처럼 창백하고 하얀 얼굴, 붉은 화염과 같은 눈 주위에 새겨진 두 개의 검은 원도 보고 싶었다.

"여기에는 아무도 없어. 너와 나만 빼고 말이야." 이스마엘이 말했다.

이레네는 그다지 동의하지 않는 표정으로 고개를 끄덕였다.

"단지 갈매기들과 게들만 있을 뿐이지, 그렇지?"

"맞아."

계단은 등대 발코니로 향하고 있었다. 그 발코니는 작은 섬의 전망대와 같아서 그곳에서 파란 만을 한눈에 바라볼 수 있었다. 두 사람은 밖으로 나갔다. 시원한 산들바람과 화사한 햇빛이 등대 내부가 자아내던 유령의 메아리를 모두 잠재우고 있었다. 이레네는 깊이 숨을 내쉬고서 그 장소에서만 바라볼 수 있는 경치에 매료되었다.

"이리로 데려와줘서 고마워." 이레네가 다정하게 속삭였다.

이스마엘은 고개를 끄덕이더니, 초조한 표정을 지으며 다른 곳으로 눈길을 돌렸다.

"뭔가 먹고 싶지 않아? 난 배고파 죽겠어." 그가 갑자기 말했다.

두 사람은 등대 발코니 끝에 앉아 양다리를 허공에 내밀어 달랑거리면서 바구니에 숨겨진 진수성찬을 먹기 시작했다. 그 누구도 정말로 배가 고프지는 않았지만, 먹으면서도 서로 손을 꼭 붙잡고 앉아 이런저런 생각을 하느라 여념이 없었다.

멀리서 파란 만은 세상과 동떨어진 이 조그만 섬에서 무슨 일이 일어나는지 개의치 않은 채 오후의 태양 아래서 고이 잠들어 있었다.

커피 세 잔을 마시고 그 이후에도 오랜 시간이 흘렀지만, 시몬은 시간의 흐름에 개의치 않은 채 아직도 라자루스와 함께 있었다. 단순한 우정의 대화로 시작했던 것이 이제는 책과 여행과 오래된 기억에 관한 심오한 대화로 변해 있었다. 사실상 불과 몇 시간이 흘렀을 뿐인데, 그녀는 라자루스를 평생 동안 알고 지낸 친구와 같다는 느낌을 받았다.

몇 달 만에 처음으로 그녀는 자기가 아르망의 마지막 며칠에 대한 고통스러운 기억을 파헤치면서 일종의 커다란 안도감을 경험하고 있다는 것을 알았다. 라자루스는 예의를 갖추어 조용히, 그리고 귀 기울여 그녀의 이야기를 듣고 있었다. 그는 언제 대화의 주제를 바꿔야 할지, 언제 그녀가 고통의 기억을 마음대로 이야기하게 놔둬야 할지 잘 알고 있었다.

그녀는 라자루스가 자기 주인이라는 생각이 들지 않았다. 그녀의 눈에 장난감 제작자는 주인이라기보다는 친구, 아주 좋은 친구처럼 보였다. 오후 시간이 지나가면서, 시몬은 양심의 가책과 동시에 철부지 같은 수줍음을 느끼면서, 만일 다른 상황이나 또 다른 삶이었다면 두 사람 사이의 그 이상한 교감이 우정 이상의 씨앗이 되었을지도 모른다는 생각이 들었다. 홀어머니의 그림자와 기억이 마치 폭풍우의 흔적처럼 그녀 내면에서 떠다니고 있었다. 마찬가지로 라자루스의 병든 아내의 보이지 않는 모습도 크래븐무어의 분위기를 한층 고조시키고 있었다. 또한 어둠 속에 잠긴 보이지 않는 증인들도 그 분위기를 조성하는 데 일조하고 있었다.

단지 몇 시간만 대화를 했을 뿐인데, 그녀는 장난감 제작자의 시선에서 자기와 똑같은 생각이 그의 마음을 관통하고 있다는 것을 읽을 수 있었다. 그러나 또한 그의 생각에서 아내와의 약속은 영원할 것이며, 두 사람의 미래는 단순히 우정의 관점, 그러니까 깊은 우정의 관점에서만 접근될 수 있을 것임을 읽었다. 보이지 않는 다리가 기억의 바다로 나뉜 두 세상을 연결하고 있었던 것이다.

석양이 질 것을 예고하는 황금색 햇빛이 라자루스 서재에 번지면서 두 사람 사이에 황금빛을 드리웠다. 라자루스와 시몬은 조용히 서로를 쳐다보았다.

"라자루스 씨, 개인적인 질문 하나만 해도 될까요?"

"물론이지요."

"어떻게 해서 장난감 제작자가 되었나요? 죽은 내 남편은 어느 정도 자질을 갖춘 기술자였어요. 하지만 당신이 이루어놓은 작업을 보면 정말이지 재능이 뛰어난 걸 알 수 있어요. 절대 과장된 말이 아니에요. 아마 그건 당신이 나보다 잘 알 겁니다. 왜 많고 많은 것 중에서 장난감이었지요?"

라자루스는 아무 말 없이 빙긋이 웃었다.

"반드시 대답할 필요는 없어요." 시몬이 덧붙였다.

그는 자리에서 일어나 천천히 창문가로 갔다. 황금색 햇빛이 그의 뒷모습을 물들였다.

"아주 긴 이야기지요." 라자루스가 시작했다.

"어렸을 때, 우리 가족은 파리의 고블랭 가에 있는 오래된 동네에서 살았어요. 아마 당신도 그 지역을 알 겁니다. 비위생적이고 어둡고 낡은 건물들이 들어 차 있는 그야말로 가난한 동네였지요. 유령이 나올 것 같은 칙칙한 곳으로 거리는 좁고 더러웠지요. 그 당시에는 당신이 기억하는 것보다 훨씬 더 황폐한 상황이었어요. 우리는 고블랭 가의 낡은 건물에 있는 조그만 아파트에서 살았지요. 건물 전면은 언제 떨어질지 몰라 버팀목을 댄 상태였지만, 그 건물에 살던 어떤 가족도 그 동네보다 나은 지역으로 이사할 수 있는 상황이 아니었어요. 어떻게 우리가 그 집에, 그러니까 세 형제들과 나, 그리고 부모님과 숙부 뤽이 그 코딱지만 한 집에 모두 들어갈 수 있었는지, 아직도 미스터리예요. 그런데 지금 대화가 다른 곳으로 빗나가고 있는 것 같네요……. 나는 외톨이였어요. 항상 그랬지요. 거리에서 뛰노는 대부분의 아이들은 내가 지겨워하는 것에 관심을 보이는 것 같았어요. 반면에 내가 흥미를 보이는 것은 그들이 알려고 하지 않았어요. 나는 글을 읽는 법을 배웠어요. 그건 거의 기적이나 다름없었지요. 대부분의 내 친구들은 책이었어요. 우리 어머니는 이 점을 몹시 걱정했어요. 집에는 책을 구입하는 것보다 더 시급한 문제들이 있었기 때문이지요. 어머니는 어린 시절에는 거리에서 뛰놀며 우리를 에워싼 환경들을 받아들이는 게 제일이라고 생각했지요. 우리 아버지는 우리 형제들이 어느 정도 나이가 들면 가족경제에 보탬이 되기를 바랐지요.

다른 아이들도 그다지 유복하지 못했어요. 우리 아파트에는 내 또래의 아이가 한 명 살고 있었는데, 이름은 장 네빌이었어요. 장과 홀몸인 그의 어머니는 1층 현관 옆에 있는 아주 작은 아파트에 틀어박혀 살았어요. 아이의 아버지는 평생을 일했던 푸른색 타일 공장에서 얻은 질병으로 몇 년 전에 세상을 등진 후였어요. 얼핏 보기에도 그애와 난 무언가 공통점이 있었지요. 내가 이 모든 걸 기억하는 건 시간이 흐르면서 내가 그 동네에서 장의 유일한 친구가 되었기 때문이에요. 그의 어머니 안은 그에게 건물이나 정원 밖으로 나가는 걸 허락하지 않았어요. 그의 집은 감옥이었지요.

8년 전에 안 네빌은 몽파르나스에 있는 낡은 생 크리스티앙 병원에서 쌍둥이 남자형제를 낳았어요. 장과 조셉이었지요. 조셉은 죽은 채 태어났어요. 8년을 사는 동안, 장은 자기가 태어날 때 자기 동생을 죽였다는 죄책감에 사로잡혀 지냈어요. 아니, 그렇게 생각했다고 말하는 편이 맞겠네요. 안은 장에게 그의 동생이 그의 잘못 때문에 죽은 채 태어났다고 시시각각 일깨워주었어요. 그러면서 장만 아니었다면 아주 멋지고 훌륭한 아이가 이 세상에 있었을 거라고 했지요. 장이 무슨 일을 하든지 혹은 무슨 말을 하든지 어머니의 사랑을 얻을 수는 없었어요.

물론 안 네빌은 사람들이 보는 앞에서는 자기 아들을 사랑하는 척했어요. 하지만 아파트에 단둘이 있게 되면 현실은 달랐지요. 안은 매일 장에게 게으름뱅이이며 멍청이라는 사실을 떠올려주었어요. 학교 성적은 엉망이었지요. 그는 그 어느 것에도 재능이 없었어요. 그리고 행동은 굼떴지요. 그러니까 그가 세상에 존재한다는 것 자체가 저주였어요. 한편 조셉은 사랑스럽고 열심히 공부하며 훌륭한 아이가 되었을 거라고……. 그의 어머니는 그가 결코 조셉처럼 되지 못할 거라고 말하곤 했어요.

장은 8년 전에 그 어두운 병원 침실에서 죽었어야 할 사람은 바로 자신이었음을 머지않아 깨닫게 되었어요. 자신이 죽은 동생의 자리를 대신 차지하고 있다는 사실을……. 안이 앞으로 태어날 아이를 위해 몇 년간 간직해두었던 모든 장난감은 그녀가 병원에서 퇴원한 그다음 주에 모두 아궁이의 불 속으로 들어갔어요. 그리고 그에게는 한 개의 장난감도 주지 않았어요. 그럴 자격이 없다는 것이었지요.

어느 날 밤 아이는 잠을 자다가 비명을 지르며 잠에서 깨어났어요. 어머니가 침대로 달려와 무슨 일이냐고 물었어요. 공포에 질린 장은 꿈을 꾸었으며, 사악한 영혼인 그림자가 끝도 없이 긴 터널로 자기를 뒤쫓았다고 말했지요. 그러자 안은 분명하게 대답했어요. 그 신호는 일종의 징조라고 했지요. 장이 꿈꾼 그림자는 죽은 그의 동생이며, 복수를 바라는 것이라고 말했지요. 그러니 보다 나은 아들이 되기 위해 노력하면서 어머니의 말에 순종하고, 어머니의 말이나 행동에 추호의 의심도 품어선 안 된다는 사실을 환기시켰어요. 그렇지 않을 경우에 그림자가 그의 목숨을 앗아가서 지옥으로 데려가고 말 거라고 덧붙였지요. 이런 말을 하면서 안은 아이의 손을 잡고 집의 지하실로 데려갔어요. 그리고 자기가 말한 것에 대해 묵상하라면서 그 어두운 지하실에 열두 시간을 혼자 놔두었지요. 이렇게 그는 밀폐된 공간에 살기 시작한 것이지요.

1년이 지나고 어린 장은 이 모든 걸 내게 털어놓았어요. 그러자 공포감이 나를 엄습했지요. 나는 그 아이를 도와주고 용기를 주고 그의 비참한 상황을 무언가로 보상해주고 싶었어요. 그때 내 머리에 떠오른 유일한 생각은 저금통에 몇 달 동안 모아놓은 동전을 가지고 지라도 씨의 장난감 가게로 가야겠다는 것이었어요. 내가 가진 돈은 그리 많지 않았고, 그래서 단지 낡은 종이인형, 그러니까 줄로 조작할 수 있는 도화지로 만든 천사만 살 수 있었어요. 난 그걸 반짝거리는 종이에 포장해서 다음 날 안이 먹을 걸 사러 나가길 기다렸어요. 그의 어머니가 집을 나가자 나는 문을 두드렸고, '나, 라자루스야'라고 말했어요. 장은 문을 열어주었고 난 인형을 주었지요. '선물이야'라고 말한 다음 그곳을 나왔어요.

그를 다시 만나게 된 건 3주가 지나서였어요. 나는 장이 내 선물을 가지고 즐겁게 지낼 것이라고 생각했어요. 그러나 나중에 그 도화지와 천으로 만들어진 천사는 고작 하루밖에 목숨을 부지하지 못했다는 사실을 알게 되었어요. 안이 그걸 보고서 불태워버렸던 것이지요. 어머니가 그 인형이 어디서 난 거냐고 묻자, 장은 날 연루시키지 않기 위해 자기 손으로 만들었다고 말했어요.

그날 장은 훨씬 더 가혹한 벌을 받았어요. 순간적으로 정신이 나간 안은 자기 아들을 지하실로 데려가서 그곳에 가두어버렸어요. 그러면서 이번에는 그림자가 어둠 속에서 그를 찾아와 영원히 돌아올 수 없는 곳으로 데려갈 것이라고 위협했어요.

장 네빌은 그곳에서 일주일을 보냈어요. 그의 어머니가 레알 시장에서 정신착란을 일으키는 바람에 경찰이 그녀를 다른 수많은 죄수들과 함께 경찰서 유치장에 가두었기 때문이에요. 그리고 석방되고서도 며칠 동안 거리를 마구 헤맸거든요.

집으로 돌아오자 안은 집 안이 텅 비어 있으며, 지하실 문에 빗장이 채워져 있다는 것을 알았어요. 몇몇 이웃들이 그녀를 도와 그 문을 넘어뜨렸어요. 지하실은 텅 비어 있었어요. 그 어느 곳에서도 장의 흔적을 발견할 수 없었는데……."

여기서 라자루스는 잠시 쉬었다. 시몬은 침묵을 지키면서 장난감 제작자가 이야기를 끝내길 기다렸다.

"이후 동네에서 장을 본 사람은 아무도 없었어요. 이 이야기를 알고 있는 대부분의 사람들은 그 아이가 지하실의 통풍구로 빠져 나와 가능한 한 어머니와 만날 수 없는 멀리 떨어진 곳으로 도망을 쳤을 거라 생각했지요. 나도 분명 그랬을 거라고 생각해요. 그러나 당신이 몇 주 아니 몇 달 동안 아들의 실종에 하염없이 눈물을 흘린 그 어머니에게 물어보더라도, 그녀는 틀림없이 그림자가 데려갔다고 대답했을 거예요…… 내가 아마도 장 네빌의 유일한 친구였을 거라고 말했지요. 하지만 아마 그 반대로 말하는 편이 맞을지도 몰라요. 그는 내 유일한 친구였다고 말이에요. 몇 년이 지나고 나는 내 능력이 닿는 한에서 그 어떤 아이도 결코 장난감이 없이 살게 하지 않겠다고 마음속으로 굳게 다짐을 했지요. 그 어떤 아이도 내 친구 장의 어린 시절을 괴롭혔던 악몽을 겪어서는 안 된다고 말이에요. 지금도 나는 그가 어디에 있는지, 아직 살아 있기는 한 건지 생각한답니다. 이런 것이 당신에게 너무 이상하고 황당한 설명처럼 보일지는 몰라도……"

"절대 그렇지 않아요." 그녀가 대답했다. 그녀의 얼굴은 어둠에 잠겨 있었다.

시몬은 불을 켜곤 얼굴에 환한 미소를 지으며 라자루스를 바라봤다.

"늦었네요." 장난감 제작자가 부드럽게 말했다. "아내를 보러 갈 시간이에요."

시몬은 고개를 끄덕였다.

"함께 있어줘서 고마워요, 소벨 부인."

라자루스는 이렇게 말하면서 아무 말 없이 방에서 나갔다.

그녀는 그가 방에서 떠나는 모습을 지켜보며 깊은 한숨을 내쉬었다. 고독은 이상한 미로를 그리고 있었다.

만 위로 태양이 지기 시작했고, 등대의 렌즈는 바다 위로 붉고 노란 빛을 내보내고 있었다. 시원한 바람에 하늘은 아주 맑은 푸른색을 띠고 있었다. 구름 몇 점만이 하얀 솜으로 만들어진 비행선마냥 하늘을 정처 없이 떠다녔다. 이레네는 아무 말 없이 이스마엘의 어깨에 가볍게 기대었다.

이스마엘은 천천히 한쪽 팔로 이레네를 감쌌다. 그녀는 눈을 치켜 떴다. 그녀의 입술은 살포시 열려 있었고, 거의 감지하지 못할 정도로 떨고 있었다. 이스마엘은 뱃속이 울렁거리면서 귀에서는 두근거리는 소리가 들리는 듯했다. 그것은 전속력으로 고동치고 있는 그의 심장소리였다. 천천히 두 사람의 입술이 수줍게 다가갔다. 이레네는 눈을 감았다. 지금 아니면 영원히 못해, 라는 목소리가 이스마엘 안에서 속삭이는 것 같았다. 그는 지금이라는 기회를 선택했고, 자기 입으로 이레네의 입을 살며시 애무했다. 이후 10초는 10년과도 같았다.

나중에, 그러니까 두 사람 사이에 더 이상 경계가 존재하지 않으며, 각각의 시선과 제스처는 그들만이 이해할 수 있는 한마디의 말과 같다는 것을 느꼈을 때, 이레네와 이스마엘은 등대 꼭대기에서 아무 말 없이 껴안고 있었다. 만일 그들이 모든 걸 결정할 수만 있었다면, 심판의 날까지 그곳에 그렇게 남아 있었을지도 몰랐다.

"10년 후에 어디에 있고 싶어?" 갑자기 이레네가 물었다.

이스마엘은 대답을 하기 위해 잠시 생각에 잠겼다. 쉬운 질문이 아니었다.

"황당한 질문인 것 같아. 그걸 내가 어떻게 알겠어?"

"네가 하고 싶은 일이 뭐야? 배를 타면서 숙부의 길을 계속 가고 싶은 거야?"

"그건 좋은 생각이 아닌 것 같아."

"그럼 뭐야?" 그녀가 계속 졸랐다.

"나도 몰라. 아마도 바보 같은 생각일지는 몰라도……."

"뭐가 바보 같은 생각이야?"

이스마엘은 한참 동안 침묵을 지켰다. 이레네는 초조한 마음으로 기다렸다.

"라디오 연속극. 라디오 연속극 대본을 쓰고 싶어."

마침내 이스마엘이 입을 열었다.

드디어 비밀을 털어놓은 것이었다.

이레네가 그를 향해 웃었다. 또다시 뭐라 말할 수 없는 미스터리한 미소였다.

"어떤 종류의 연속극?"

이스마엘은 그녀를 조심스럽게 살펴보았다. 그 주제에 관해서 그 누구와도 말해본 적이 없었고, 그래서 불안했다. 아마도 돛을 펼치고 항구로 돌아가는 편이 나을지 몰랐다.

"미스터리." 마침내 그가 머뭇거리며 대답했다.

"난 네가 미스터리를 믿지 않는다고 생각했어."

"그것들에 관해 쓰는 것과 믿는 것은 전혀 다른 문제야." 이스마엘이 대답했다. "오래전부터 라디오 연속극을 쓰는 사람에 관해 스크랩했어. 그 사람은 오손 웰스야. 어쩌면 그와 함께 일할 수 있도록 시도해볼 수 있을 것 같아……"

"오손 웰스라고? 한 번도 들어본 적이 없어. 하지만 쉽게 접근할 수 없는 사람이 아닐까? 어떻게 접근해야 할지 생각해봤어?"

이스마엘은 희미하게 고개를 끄덕였다.

"아무에게도 이야기하지 않겠다고 약속해야 해."

이레네는 엄숙하게 손을 들어 맹세하는 자세를 취했다. 이스마엘의 행동은 약간 유치했지만, 그녀는 궁금증을 참을 수 없었다.

"얼른 말해봐."

이스마엘은 다시 등대지기의 집으로 그녀를 이끌었다. 그곳에 도착하자, 그는 한쪽 구석에 있던 함으로 다가가서 열었다. 그의 눈이 흥분으로 빛나고 있었다.

"내가 처음 여기에 왔을 때, 잠수를 하면서 이십 년 전 그 여자가 마지막으로 탔던 보이는 보트의 잔해를 발견했어." 그는 아리송한 말투로 말했다. "네게 들려준 그 이야기 기억나?"

"9월의 빛, 폭풍 속에서 실종된 미스터리한 여인……" 이레네가 열거했다.

"맞아. 그 보트의 잔해에서 내가 뭘 발견했는지 알아?"

"뭔데?"

이스마엘은 양손을 함에 집어넣고서 가죽으로 장정된 조그만 책을 꺼냈다. 그 책은 기껏해야 담뱃갑 정도 크기의 금속 상자 같은 것 안에 들어가 있었다.

"바닷물 때문에 몇몇 페이지가 지워졌지만, 아직도 읽을 수 있는 부분들이 있어."

"책이야?" 이레네가 궁금해하면서 물었다.

"흔히 볼 수 있는 책이 아니야." 그가 설명했다. "이건 일기야. 그녀의 일기."

키아네오스는 석양이 질 무렵, 곶의 집으로 돌아가기 위해 돛을 올렸다. 별들의 들판이 만을 덮고 있던 푸른 망토 위로 펼쳐졌고, 둥그런 붉은 태양이 마치 이글거리는 쇠 원반처럼 천천히 수평선으로 가라앉고 있었다. 이스마엘이 요트를 조종하는 동안 이레네는 아무 말 없이 그를 바라보았다. 그는 이레네에게 미소를 지어 보이고는 계속해서 돛만 쳐다보았다. 석양이 질 무렵 불어오기 시작한 바람의 방향에 모든 관심을 기울이고 있었던 것이다.

이스마엘 이전에, 이레네는 두 명의 남자와 키스를 했다. 첫 남자는 학교 친구의 오빠였는데, 그것은 일종의 실험이었다. 그녀는 키스를 하면 어떤 느낌일까 알고 싶었다. 그러나 대단한 것 같지는 않아 보였다. 두 번째 남자는 제라르였다. 그는 그녀보다도 더 놀랐고, 그래서 그 경험은 키스에 대한 의구심을 해소시켜주지 못했다. 그러나 이스마엘과의 키스는 달랐다. 그의 입술을 스칠 때 온몸에 짜릿한 전기가 흐르는 걸 경험했던 것이다. 그와의 접촉은 달랐다. 그의 체취도 달랐다. 그의 모든 게 이전의 두 남자와는 달랐다.

"무슨 생각하고 있어?" 이번에는 이스마엘이 깊은 생각에 잠긴 그녀의 표정을 보자 궁금해서 물었다.

이레네는 알 수 없는 제스처를 하면서, 한쪽 눈썹을 치켜떴다.

그는 어깨를 움찔거리고서 계속해서 곶을 향해 요트를 조종했다. 한 무리의 새들이 벼랑 사이에 있는 선착장까지 그들을 호위해주었다. 집 안의 불빛이 집 바깥의 조그만 바다 위로 너울거리는 그림자를 그렸다. 멀리서 항구의 불빛이 바다 위에 반사되어 조그만 별들의 오솔길을 새기고 있었다.

"벌써 밤이야." 이레네가 약간 걱정된 표정으로 말했다. "정말 괜찮겠어?"

이스마엘이 웃었다.

"키아네오스는 길을 완전히 외우고 있어. 그러니 아무 일 없을 거야."

요트는 부드럽게 선착장에 안착했다. 벼랑에 있는 새들의 울음소리가 희미하게 울려 퍼졌다. 이제 길고 가느다란 감청색 줄이 수평선 위의 석양이 그려대는 불타는 선 위에 앉고 있었고, 달은 구름 사이로 미소 짓고 있었다.

"늦은 것 같아……." 이레네가 말을 시작했다.

"그래……."

이레네가 육지로 뛰어내렸다.

"내가 일기를 가져갈게. 조심해서 다룰게."

이스마엘은 고개를 끄덕였다. 이레네는 약간 초조한 미소를 희미하게 지었다.

"잘 가."

두 사람은 어둠 속에서 서로 바라보았다.

"잘 자, 이레네."

이스마엘이 밧줄을 풀었다.

"내일 석호를 가려고 생각했었어. 혹시 네가 가고 싶다면……."

그녀는 고개를 끄덕였다. 해류에 밀려 요트가 떠나고 있었다.

"내일 여기로 데리러 올게……."

키아네오스의 모습이 어둠 속으로 사라졌다. 이레네는 그곳에 그대로 머물러 요트가 떠나는 것을 보았다. 밤의 칠흑이 완전히 요트를 집어삼킬 때까지 그렇게 있었다. 그런 다음 곶의 집으로 사뿐사뿐 발길을 재촉했다.

그녀의 어머니는 현관 어둠 속에 앉아 있었다. 광학을 공부하지 않았어도 시몬이 선착장에서의 장면을 모두 보고 들었다는 사실을 익히 짐작할 수 있었다.

"오늘 어땠니?" 어머니가 물었다.

이레네는 긴장해서 침을 삼켰다. 그녀의 어머니는 짓궂게 웃고 있었다.

"이야기해도 괜찮아."

이레네는 어머니 옆에 앉았고, 어머니는 딸을 꼭 껴안았다.

"엄마는 어땠어요?" 이레네가 물었다.

시몬은 한숨을 내쉬면서 라자루스와 함께 보냈던 오후를 떠올렸다.

그녀는 아무 말도 하지 않고 다시 딸을 다정하게 껴안고는 혼자 미소지었다.

"이상한 날이었어. 내가 나이를 더 먹은 것 같아."

"바보 같은 소리 하지 말아요."

이레네는 어머니의 눈을 쳐다보았다.

"무슨 나쁜 일 있었어요, 엄마?"

시몬은 희미하게 웃고는 아무 말 없이 고개를 가로저었다.

"네 아버지가 보고 싶구나." 마침내 어머니가 대답했다. 그녀의 뺨에서는 한 방울의 눈물이 입술까지 흘러내리고 있었다.

"아빠는 이제 가고 없어요." 이레네가 말했다. "아빠가 편안히 가도록 놔주세요."

"내가 정말 아빠를 놓아주고 싶은지 나도 모르겠어."

이레네는 어머니를 꼭 껴안고서 시몬이 어둠 속에서 흐느끼는 소리를 들었다.

알마 말티스의 일기

다음 날은 바다안개에 뒤덮인 새벽을 맞았다. 여명의 첫 햇살을 보자, 이스마엘이 빌려준 일기에 흠뻑 빠져 있던 이레네는 소스라치게 놀랐다. 몇 시간 전에 단순히 호기심에서 읽기 시작했는데, 그런 호기심은 밤이 흐르면서 더욱 커졌고, 그녀는 그 일기를 손에서 놓을 수 없게 되었다. 수많은 시간이 흘러 흐릿해진 첫 줄부터 만의 바닷물 속으로 실종된 그 미스터리한 여인의 글자는 최면성의 상형문자가 되었던 것이다. 해답이 없는 수수께끼와 같아서 이레네는 전혀 졸음의 기미도 느끼지 못하고 온 밤을 지새웠다.

…… 오늘 나는 처음으로 그림자의 얼굴을 보았다. 그림자는 어둠 속에서 꼼짝도 하지 않은 채 조용히 나를 노려보고 있었다. 나는 그 눈에 들어있는 게 뭔지 알고 있다. 그것은 그림자를 살아 숨 쉬게 만드는 힘, 즉 증

오다. 나는 그의 존재를 느낄 수 있었고, 조만간 이곳에서 악몽이 시작될 거라는 사실을 알고 있었다. 그가 어떤 도움을 필요로 하는지 모조리 알게 된 지금, 나는 무슨 일이 있어도 그를 혼자 놔둘 수 없다……

페이지를 넘길 때마다 그 여자의 비밀스러운 목소리가 이레네에게 속삭이며, 오랜 세월 동안 바다에 가라앉아 잊혀진 비밀을 전해주는 것 같았다. 일기를 읽기 시작한 지 여섯 시간이 지나자, 그 미지의 여인은 눈에 보이지 않는 친구가 되어 있었다. 안개 속에 좌초한 목소리는 다른 위안을 찾지 못해 그녀를 선택했고, 자신의 비밀과 기억과 등대섬의 차가운 물속에서 죽음을 맞이했던 그날 밤, 즉 9월의 밤에 있었던 수수께끼를 그녀에게 간직하게 했던 것이다.

……다시 일이 생기고 말았다. 이번에는 내 옷이었다. 룸의 내 옷장이 활짝 열린 채 그가 수년에 걸쳐 내게 선물했던 모든 옷들이 마치 백 개의 칼날로 난도질한 것처럼 모두 갈기갈기 찢겨 있었다. 일주일 전에는 내 약혼반지가 그랬다. 나는 그 반지가 일그러지고 부서진 채 바닥에 내팽개쳐져 있는 것을 보았다. 다른 보석들은 사라지고 없었다. 내 방의 거울들은 깨져 있었다. 갈수록 그가 더욱 자주 나타나고, 그의 분노는 더욱 분명해진다. 이제 그는 내 물건들에 손대는 것을 넘어서 내게 공격을 해올 것이다. 단지 시간문제일 뿐이다. 그가 증오하는 사람은 나다. 그가 죽이고자 하는 사람은 바로 나다. 이곳에는 두 사람이 함께 있을 장소가 없다……

새벽이 바다 위로 구릿빛 융단을 드리웠을 때, 이레네는 일기의 마지막 페이지를 읽었다. 순간적으로 그녀는 자기가 그 누구에 대해 그토록 많이 알고 있는 경우는 없을 것이라고 생각했다. 그 어떤 사람도, 심지어 그녀의 어머니조차 그토록 솔직하게 자기 영혼에 담고 있는 모든 비밀을 밝히지 않았었다. 그 일기는 솔직하게 그 여자의 생각을 낱낱이 드러내고 있지만, 아이러니컬하게도 그 여자는 그녀가 모르는 사람이었다. 그녀가 태어나기 오래전에 죽은 여자였다.

……나는 대화할 사람이 아무도 없다. 매일 내 영혼을 엄습하는 공포를 마음 편히 털어놓을 수 있는 사람이 내게는 아무도 없다. 가끔 나는 과거로 돌아가 시간을 거슬러 내 발자취를 다시 만들고 싶다. 그럴 때면 나는 내 두려움과 슬픔은 그의 것과 비교할 수 없으며, 그는 나를 필요로 하고 있고, 내가 없다면 그의 빛은 영원히 꺼지리라는 사실을 더욱 잘 이해하게 된다. 나는 단지 하느님에게 우리가 살아남을 수 있는 힘을 달라고, 우리를 위협하는 그림자의 손아귀에서 벗어날 수 있도록 해달라고 기도한다. 이 일기에 쓰는 모든 문장이 내게는 마지막 문장처럼 느껴진다.

어떤 이유에서인지는 모르지만, 이레네는 갑자기 울고 싶어졌다. 아무 소리도 내지 않고, 이레네는 자기 내면을 활활 타오르게 만든 그 일기를 썼던 보이지 않는 여인을 기억하며 눈물을 흘렸다. 작가의 신원에 관해서 일기가 밝히고 있는 것이라고는 첫째 페이지의 상단 끝부분에 적힌 다음의 두 단어뿐이었다.

알마 말티스

잠시 후 이레네는 키아네오스의 돛을 보았다. 안개를 헤치면서 곶의 집을 향해 오고 있었다. 그녀는 일기를 집고서 이스마엘과 약속한 장소를 향해 까치발로 걸어갔다.

몇 분도 채 지나지 않아 요트는 곶의 끝에서 부서지는 바닷물 사이를 헤쳐 나가서 검은 만으로 들어갔다. 아침 햇살이 노르망디 해변의 대부분을 이루고 있는 벼랑의 벽, 그러니까 바다를 마주보고 있는 바위 벽에 여러 모습을 새기고 있었다. 햇볕이 바다에 반사되어 거품과 어우러진 눈부신 은빛을 그리고 있었던 것이다. 북풍은 요트를 힘껏 밀었고, 용골은 마치 단도처럼 바다 표면을 갈랐다. 이스마엘에게 그것은 일상이었다. 하지만 이레네에게는 『천하룻밤의 이야기』처럼 경이로웠다.

그녀와 같은 신참내기 여선원의 눈에 비친 그 장관은, 바다 아래서 발견되기만을 기다리는 수많은 미스터리와 모험 이야기가 있으리라는 무언의 약속인 것 같았다. 키를 잡은 이스마엘은 평소와 달리 웃는 얼굴로 요트를 석호 방향으로 조종하고 있었다. 바다의 매력에 흠뻑 빠진 이레네는 알마 말티스의 일기를 처음 읽고서 확인했던 내용을 재잘재잘 읊어대고 있었다.

"분명한 건 그녀가 자기 자신을 위해 썼다는 거야." 이레네가 설명했다. "그런데 그 누구의 이름도 나오지 않는다는 게 흥미로워. 마치 보이지 않는 사람들의 이야기인 것 같아."

"보이지 않는 게 아니라 헤아릴 수 없는 사람들이지." 이스마엘이 지적했다. 그는 이레네보다 훨씬 전에 일기를 읽었지만, 그 일기의 글자가 흐릿하여 도중에 그만두었다.

"절대 그렇지 않아." 이레네가 반박했다. "문제는 여자만이 그녀를 이해할 수 있다는 거야."

이스마엘의 입술은 부선장의 단정적인 말에 반박하려는 것처럼 보였지만, 무슨 이유에서인지 그냥 잠자코 있는 편이 낫다고 생각한 것 같았다.

잠시 후 선미를 밀어주는 바람 덕택에 그들은 석호 입구에 도착했다. 바위 사이의 좁은 통로는 자연적으로 만들어진 항구의 내포와 같은 모습이었다. 기껏해야 깊이가 삼사 미터 정도에 불과한 석호는 마치 투명한 에메랄드의 정원과도 같았다. 그리고 모래바닥은 마치 발밑에 있는 얇은 하얀 천처럼 나풀거리고 있었다. 이레네는 그 마술적인 광경을 입을 벌린 채 놀란 모습으로 바라보았다. 아치형의 석호 안에 있는 것은 그야말로 마법의 산물 같았다. 한 무리의 물고기들이 키아네오스 선체 아래에서 춤을 추고 있었다. 마치 은장도가 간헐적으로 반짝이는 것과 같았다.

"믿을 수 없는 풍경이야." 이레네가 말을 더듬었다.

"석호야." 이스마엘이 아무것도 아니라는 듯이 말했다.

그녀가 처음 보는 장관에 매료되어 있는 동안, 이스마엘은 돛을 내리고 요트의 닻을 내렸다. 고요한 저수지의 나뭇잎처럼 키아네오스는 천천히 흔들렸다.

"그건 그렇고 그 동굴을 보고 싶지?"

그에 대한 대답으로 이레네는 도전적인 미소를 지었다. 그러곤 그의 눈에서 자기 눈을 한시도 떼지 않은 채, 천천히 옷을 벗었다. 이스마엘의 눈동자가 마치 축구공처럼 커졌다. 그녀가 그런 행동을 하리라고는 전혀 상상도 못했던 것이다. 이레네는 짧은 수영복을 입고 있었다. 너무나 짧아서 그녀의 어머니 같았으면 절대 수영복에 걸맞다고 여기지 않았을 정도였다. 그녀는 이스마엘의 표정을 보며 웃었다. 그런 모습으로 그를 잠시 아찔하게 만든 후, 이레네는 물로 뛰어들어 햇빛이 너울거리는 수면 아래로 잠수했다. 이스마엘은 침을 삼켰다. 그가 굼뜬 것인지, 아니면 이레네가 너무 빨리 진도를 나가는 건지 알 수 없었다. 어쨌거나 그도 주저하지 않고 이레네를 따라 물로 뛰어들었다. 정신을 차릴 필요가 있었다.

이스마엘과 이레네는 박쥐 동굴 입구로 헤엄쳤다. 터널은 마치 바위를 뚫어 만든 성당처럼 땅속으로 들어가고 있었다. 안에서 흘러나온 은은한 물결이 물밑의 피부를 어루만졌다. 바다동굴 내부는 둥근 천장 형태를 이루고 있었고, 천장은 수백 개의 긴 종유석으로 뒤덮여 있었다. 그것들은 마치 고드름처럼 허공에 매달려 있었다. 바닷물에 비친 햇빛은 동굴이 바위 사이로 수없이 굴곡져 있다는 것을 보여주었고, 모래바닥은 귀신과 같은 인광을 발하면서 내부로 빛의 카펫을 드리우고 있었다.

이레네는 물밑에서 눈을 떴다. 희미한 빛의 세계가 그녀 앞에서 너울거리고 있었다. 이상하고 매력적인 물고기와 해초로 가득한 세계였다. 빛이 반사되는 방향에 따라 비늘의 색깔이 바뀌는 조그만 물고기들과 바위에 붙은 무지갯빛의 해초들, 그리고 바다 밑의 모래 위로 뛰어다니는 조그만 게들이 보였다. 이레네는 숨이 찰 때까지 동굴 안에서 살고 있는 물고기들과 해초들을 쳐다보았다.

"계속 그렇게 하면, 네 엉덩이에서 물고기 꼬리가 나올지도 몰라. 인어처럼 말이야." 이스마엘이 말했다.

그녀는 그에게 윙크를 해보인 뒤 동굴의 은은한 빛 아래서 그에게 키스했다.

"난 인어야." 그녀는 이렇게 중얼거리면서 박쥐 동굴로 들어갔다.

이스마엘은 태연한 게와 시선을 교환했다. 게는 바위에 자리를 잡고 그를 자세히 쳐다보았다. 마치 그 장면이 몹시 궁금하다는 표정이었다. 게의 현명한 시선을 보자 그는 너무나 분명하다고 생각했다. 그 게들이 자신을 놀리고 있는 것이었다.

하루 종일 보이질 않네, 라고 시몬은 생각했다. 한나는 아무런 말도 없이 몇 시간째 모습을 보이지 않고 있다. 시몬은 그게 순전히 한나가 게을러서 그런 게 아닐까 생각했다. 차라리 그랬으면 좋을 것 같았다. 그녀는 일요일 내내 한나의 소식을 기다리면서 보냈다. 그러고서 한나의 집으로 가봐야 할 것 같다고 생각했다. 그때 일이 생겨 갈 수 없었다. 갑작스러운 약속 때문이었다. 이런저런 핑계를 대면서 자신을 합리화했지만, 사실은 마음이 내키지 않았던 것도 있다. 몇 시간을 기다린 후, 그 문제를 정면으로 돌파하기로 마음먹었다. 그래서 한나의 집에 전화를 걸기로 했다. 그런데 그때 전화벨이 울렸다. 전화에서 들려오는 목소리는 그녀가 들어보지 못한 목소리였다. 전화를 건 사람이 신원을 밝혔지만, 그녀의 마음을 진정시킬 수는 없었다.

"안녕하십니까, 소벨 부인. 제 이름은 앙리 포르입니다. 파란 만 경찰지서 소장입니다." 그는 이렇게 알려주었다. 그런데 갈수록 그의 말은 침울해지고 있었다.

갑자기 말이 멈추었고, 전화선 양쪽에 긴장된 침묵이 흘렀다.

"부인?" 경찰이 물었다.

"듣고 있어요."

"이런 말을 하기가 쉽지 않군요. 그런데……."

도리안은 이미 그날의 심부름을 모두 마친 후였다. 시몬이 부탁한 심부름을 모두 처리했고, 자유롭게 오후를 보낼 수 있다는 생각에 가슴이 부풀었다. 그가 곳의 집에 도착했을 때, 시몬은 아직 크래븐무어에서 돌아오지 않았고, 누나 이레네는 마음에 든 애인과 저 멀리 있을 게 분명했다. 급히 시원한 우유 두 잔을 연달아 마셨다. 그런데 집에 여자들이 없으니 좀 이상한 기분이 들었다. 여자들이 있는 세상에 너무나 익숙해진 나머지 그들이 없는 조용한 집은 어딘지 모르게 불안하게 느껴졌다.

아직 해가 지려면 몇 시간이 남아 있었다. 도리안은 그 시간을 이용해 크래븐무어의 숲을 탐험하기로 작정했다. 시몬이 예견했던 대로 대낮에 보니 불길하고 사악해 보였던 것들은 그저 나무와 관목과 잡초에 불과했다. 이런 생각을 하면서 그는 곳의 집부터 라자루스 얀의 저택 사이에 펼쳐진 빽빽하고 꼬불꼬불한 숲의 중앙을 향해 걸었다.

약 10분 동안 그는 구체적인 방향 없이 그냥 걸었다. 그런데 그때 발자국의 흔적이 벼랑에서 숲 속으로 들어갔다가 공터 입구에서 사라지고 없는 것을 발견했다. 도리안은 무릎을 꿇고서 숲 속의 바닥에 패인 그 자국, 아니 그 모호한 흔적을 손으로 만져보았다. 그 자국을 남긴 사람이 누구인지는 몰라도 꽤 무게가 나가는 사람인 듯했다. 도리안은 다시 그 발자국이 사라지고 없는 마지막 구간을 살폈다. 자신이 본 게 분명하다면 그 자국의 주인공은 그 지점까지 걷다가 증발되었음이 분명했다.

그는 눈을 들어 크래븐무어 숲의 우듬지에서 얽히고설키게 짜여 있는 빛과 그림자의 그물을 유심히 살폈다. 라자루스가 만든 어느 새가 나뭇가지를 가로질렀다. 도리안은 온몸에서 오싹함을 느끼지 않을 수 없었다. 그 숲에는 살아 있는 동물이 한 마리도 없는 것일까? 그가 느낄 수 있고 만질 수 있는 유일한 존재는 어둠 속에서 나왔다가 사라지는 기계 인형들뿐이었다. 아무도 그것들이 어디서 나와 어디로 가는지 상상조차 할 수 없었다. 그는 숲 속의 목재들을 계속해서 면밀히 살폈다. 그리고 근처에 있는 나무에 깊은 자국이 새겨 있다는 것을 알았다. 도리안은 그 나무 몸통으로 다가가 흔적을 살폈다. 나무에 깊은 상처가 나 있었고, 그 상처는 위쪽을 향하고 있었다. 도리안은 침을 삼키고서 그곳에서 빠져나오기로 결심했다.

이스마엘은 이레네를 동굴 중앙에서 두 뼘 정도 튀어나온 반반한 바위가 있는 곳으로 안내했다. 두 사람은 그 위에 누워 휴식을 취했다. 동굴 입구로 들어온 햇빛이 내부에서 반사되면서 동굴의 둥근 천장과 벽에 그림자를 드리웠다. 그곳의 물은 바닷물보다 더 따스한 것 같았고, 약간의 김을 내뿜고 있었다.

"동굴 입구가 더 있어?" 이레네가 물었다.

"하나가 더 있지만 위험해. 동굴에 안전하게 들어오고 나가는 방법은 바다를 통해, 그러니까 석호를 통해서야."

이레네는 희미한 빛을 받아 드러난 동굴 안의 장관을 살펴보았다. 그 장소는 몽환적이고 모든 걸 휩쓸어버리는 분위기를 발산하고 있었다. 잠시 이레네는 바위 안에 만들어진 어느 궁전, 그러니까 꿈에서나 존재할 법한 전설 속 장소의 커다란 홀 안에 있는 것 같은 느낌을 받았다.

"정말이지…… 환상적이야." 그녀가 말했다.

그러자 이스마엘이 고개를 끄덕였다.

"난 종종 이곳으로 와서 바위에 앉아 몇 시간씩 보내. 그러면서 물밑에서 빛이 어떻게 색깔을 바꾸는지 지켜봐. 이곳은 내 개인 성소나 다름없어……"

"세상으로부터 멀리 떨어진 성소야, 그렇지?"

"네가 상상할 수 있는 만큼 먼 곳이지."

"넌 사람들을 별로 안 좋아하지, 그렇지?"

"어떤 사람이냐에 따라 달라." 그가 입술에 미소를 머금고 대답했다.

"그럼 난 괜찮은 사람이라는 거야?"

"아마 그럴 거야."

이스마엘은 시선을 다른 곳으로 돌려 동굴 입구를 살폈다.

"지금 가는 게 좋을 것 같아. 해수면이 조만간 높아질 거야."

"그게 무슨 소리야?"

"조수가 높아지면, 바닷물이 동굴 안으로 밀려들어 와. 그러면 동굴 천장까지 물이 차거든. 치명적인 덫인 셈이지. 그걸 모르면 넌 이곳에서 옴짝달싹 못한 채 마치 쥐새끼처럼 물에 빠져 죽게 되는 거야."

갑자기 매혹적인 그 장소가 위협적으로 다가왔다. 이레네는 도망칠 길도 주지 않고 차가운 바닷물로 가득 차는 동굴을 상상했다.

"서두를 필요는 없어……." 이스마엘이 말했다.

이레네는 두 번 생각할 것도 없이 출구를 향해 헤엄쳤고, 태양이 다시 미소를 지을 때까지 한 번도 멈추지 않았다. 그는 그녀가 전속력으로 헤엄치는 것을 지켜보더니 혼자 빙긋이 웃었다. 근성이 있는 여자였다.

돌아가는 여행 동안 두 사람은 아무 말도 하지 않았다. 마치 사라지지 않으려고 몸부림치는 메아리처럼 알마 말티스의 일기가 이레네의 마음속에 울려 퍼지고 있었다. 짙은 구름이 하늘을 뒤덮었다. 태양은 구름 뒤에 숨었고, 바다는 납빛을 띠며 반짝이고 있었다. 바람은 더욱 차가웠고, 이스마엘은 그녀가 옷을 입는 동안에도 별로 그녀를 눈여겨보지 않았다. 그것은 그가 어떤 생각을 하고 있는지는 모르지만, 자신의 생각에 파묻혀 있다는 신호였다.

키아네오스는 오후가 끝날 무렵에 곶을 돌아 뱃머리를 소벨 가족의 집으로 향했다. 그런 동안 등대섬은 안개에 묻혀갔다. 이스마엘은 요트를 선착장에 댄 다음, 평소처럼 능수능란하게 배를 맸다. 하지만 그의 마음은 완전히 딴 곳에 있었다.

작별의 순간이 되자, 이레네는 이스마엘의 손을 잡았다.

"동굴 구경시켜줘서 고마워." 그녀는 땅으로 펄쩍 뛰어내리면서 말했다.

"넌 항상 내게 고맙다고 하는데, 왜 그런 말을 하는 건지 잘 모르겠어…… 고맙다고 해야 할 사람은 나야. 나와 함께 있어줬으니까."

이레네는 언제 다시 만날 거냐고 묻고 싶은 생각이 간절했지만, 다시 한 번 그녀는 입을 다무는 게 좋겠다고 직감했다. 이스마엘은 뱃머리의 밧줄을 풀었고 키아네오스는 해류를 타고 멀어져갔다.

요트가 떠나는 것을 쳐다보면서, 이레네는 벼랑에 설치된 돌계단에 발길을 멈추었다. 한 무리의 갈매기들이 부두의 불빛을 향해 가는 그를 호위하고 있었다. 그 너머의 구름 사이로, 달은 바다 위로 은빛 다리를 펼치면서 마을로 돌아가는 요트를 안내하고 있었다.

이레네는 돌계단을 지나 집으로 향했다. 그녀의 입술에는 환한 미소가 아로새겨져 있었지만, 그걸 볼 수 있는 사람은 아무도 없었다.

제기랄, 왜 저 남자가 갈수록 마음에 드는 걸까…….

집에 들어가자마자 이레네는 뭔가 좋지 않은 일이 일어났음을 직감했다. 모든 게 너무 잘 정돈되어 있었으며, 너무나 고요했고 차분했다. 1층 거실의 불빛이 구름 낀 그날 오후의 푸르스름한 어둠을 물들이고 있었다. 안락의자에 앉은 도리안은 아무 말 없이 벽난로의 불을 응시하고 있었다. 문을 등지고 있는 시몬은 부엌 창가에서 손에 차가운 커피를 든 채 바다를 멍하니 바라보고 있었다. 유일하게 들려오는 소리라고는 지붕의 팔랑개비를 어루만지는 바람의 속삭임뿐이었다.

도리안과 이레네는 서로를 쳐다보았다. 이레네는 어머니가 있는 곳으로 가서 한 손을 어깨에 올려놓았다. 시몬 소벨이 뒤를 돌아보았다. 그녀의 눈에는 눈물이 고여 있었다.

"무슨 일이에요, 엄마?"

그녀의 어머니가 그녀를 껴안았다. 이레네는 어머니의 손을 꼭 잡았다. 차가운 손은 떨고 있었다.

"한나가……" 시몬이 중얼댔다.

그러고는 한참 동안 침묵이 흘렀다. 바람이 곶의 집의 쪽문을 긁으며 지나갔다.

"죽었어." 마침내 어머니가 말했다.

카드로 쌓은 성처럼 세상은 천천히 이레네 주변으로 무너지고 있었다.

그림자의 길

영국인 해변과 나란히 가는 도로는 석양빛을 반사하면서 마을까지 붉은 빛을 드리우고 있었다. 동생의 자전거 페달을 밟으면서 이레네는 고개를 돌려 곶의 집을 쳐다보았다. 해가 질 무렵 이레네가 급히 집을 떠나는 것을 바라보는 시몬의 눈에는 말할 수 없는 공포가 서려 있었다. 어머니의 말과 눈에 서린 공포심이 아직도 이레네를 억누르고 있었지만, 그런 것보다 한나가 죽었다는 사실을 접하고는 슬퍼하고 있을 이스마엘의 모습이 더 강하게 그녀를 사로잡고 있었다.

시몬은 이레네에게 몇 시간 전에 두 관광객이 숲 근처에서 한나의 시체를 발견했다고 말해주었다. 그 순간부터 그 수다쟁이 아이를 알고 있는 사람들은 비탄에 잠기고 고통스러워하면서 수군거리기 시작했다. 딸의 죽음을 접하고 충격을 받은 한나의 어머니 엘리사베는 지로 박사가 처방해준 진정제를 먹고 나서야 겨우 정신을 차릴 수 있었다.

한나의 죽음은 여기서 끝나지 않았다.

오래전 그 지역 사람들의 삶을 동요시켰던 연쇄살인에 관한 소문이 다시금 표면으로 부상한 것이다. 그런 불행 속에서도 마을에는 1920년대에 크래븐무어의 숲에서 일어났던 미해결 살인사건의 새로운 희생자를 보고 싶어 하는 사람들도 있었다.

또한 그 비극을 에워싼 상황에 대해 보다 자세히 알고 싶어 하는 사람들도 있었다. 그러나 거센 소문의 폭풍은 사망 원인에 대해 그 어떤 실마리도 제공하지 못했다. 시체를 발견했던 관광객 두 명은 경찰지서에서 여러 시간 동안 진술했고, 라로셀에서 유능한 두 명의 법의학자가 이곳을 찾는다는 말도 있었지만 한나의 죽음은 여전히 미스터리인 채로 남아 있다.

있는 힘을 다해 이레네는 마을에 도착했다. 태양은 이미 천천히 수평선 너머로 가라앉아 있었다. 거리는 황량했고, 거리를 돌아다니던 몇몇 사람들도 마치 주인 없는 그림자처럼 침묵을 지키고 있었다. 이레네는 이스마엘의 숙부 집이 위치한 좁은 골목길 입구를 밝히고 있던 낡은 가로등 옆에 자전거를 놔두었다. 만 옆에 있는 어부의 집은 소박했다. 마지막으로 색칠한 것이 수십 년은 지난 것 같았고, 두 개의 기름등에서 나오는 따스한 빛은 바닷바람과 소금기로 얼룩진 집 전면의 특징을 그대로 보여주고 있었다.

이레네는 간이 콩알만 해져서 그 집의 현관으로 다가갔다. 문을 두드리기가 무서웠던 것이다. 그런 순간에 고통스러운 가족을 더욱 아프게 만들 수는 없기 때문이었다.

갑자기 이레네는 발걸음을 멈추었다. 앞으로 나아갈 수도 없고 뒤로 물러설 수도 없었다. 이스마엘을 만나고 그런 순간에 그의 곁에 있어야 한다는 생각과 그 집에 가도 괜찮을까라는 머뭇거림 사이에 막혀버렸던 것이다. 바로 그때 문이 열렸고, 배가 볼록하고 근엄한 마을 의사인 지로 박사가 거리 아래로 내려갔다. 안경을 쓴 의사의 반짝이는 눈이 이레네가 어둠 속에 있다는 것을 눈치 챘다.

"넌 소벨 부인의 딸이지, 그렇지?"

그녀는 고개를 끄덕였다.

"이스마엘을 만나러 왔다면, 집에 없다는 걸 말해주고 싶구나." 지로 박사가 설명했다. "자기 사촌이 죽었다는 걸 알게 되자, 요트를 타고 떠났단다."

의사는 여자아이의 얼굴이 하얗게 변하고 있다는 걸 간파했다.

"훌륭한 뱃사람이니까 반드시 무사히 돌아올 거야."

이레네는 부둣가 끝까지 걸어갔다. 키아네오스의 외로운 모습이 달빛을 받아 빛나는 바다 안개 위로 보였다. 이레네는 방파제의 가장자리에 앉아 이스마엘의 요트가 등대섬으로 향하는 장면을 지켜보았다. 그 누구도, 그 무엇도 이제는 그가 선택한 고독에서 그를 구해낼 수는 없었다. 이레네는 배를 타고 이스마엘만이 알고 있는 비밀의 세상 끝까지 쫓아가고 싶었지만, 어떤 노력도 이제는 소용없다는 사실을 알고 있었다.

한나의 죽음으로 인한 충격이 어떻게 자기 마음속에서 아로새겨지는지 느끼면서, 이레네는 자기의 눈에 눈물이 가득 차고 있다는 것을 깨달았다. 키아네오스가 어둠 속으로 모습을 감추자, 그녀는 다시 자전거를 타고 집으로 향했다.

해변 도로를 타고 오면서, 그녀는 이스마엘이 등대 탑에 조용히 혼자 생각에 빠진 채 앉아 있는 모습을 상상했다. 그러면서 자기도 스스로의 내면을 향해 수없이 그런 여행을 했다는 것을 떠올렸고, 무슨 일이 있더라도 이스마엘이 그 어둠의 길에서 길을 잃지 않도록 옆에 있어 주리라 다짐했다.

그날 밤 저녁식사는 짧았다. 저녁식사의 주인은 침묵과 길을 잃은 시선의 의식이었다. 시몬과 두 아이들은 각자의 방으로 물러가기 전에 무언가 먹는 시늉을 했다. 열한 시경에, 복도를 어슬렁거리는 사람은 아무도 없었으며, 온 집에는 단지 등불 하나만이 달랑 켜져 있었다. 도리안의 나이트테이블에 있는 조그만 등불이었다.

차가운 바람이 도리안의 열려 있는 침실 창문으로 들어왔다. 침대에 누워 있던 도리안은 어둠을 멍하니 바라보면서 숲에서 들려오는 유령의 목소리를 들었다. 밤 열두 시가 되기 조금 전에, 그는 불을 끄고 창문으로 다가갔다. 숲 속의 어두운 나뭇잎들이 바람에 흔들리고 있었다. 도리안은 숲 속에서 춤추고 있는 혼란스러운 그림자들을 뚫어져라 쳐다보았다. 그는 어둠 속에서 돌아다니는 그 존재들을 느낄 수 있었다.

숲 너머로 크래븐무어의 음산한 모습과 북쪽 날개 마지막 창문의 황금빛 사각형이 눈에 들어왔다. 갑자기 숲에서 깜빡거리는 황금빛이 솟아났다. 숲 속의 불빛이었다. 가로등의 불빛이거나 아니면 잡초 속에서 나오는 어느 램프의 불빛인 것 같았다. 도리안은 침을 삼켰다. 조그만 불빛의 흔적이 나타났다가 사라지면서 숲 안에 둥그런 원을 그렸다.

1분 후, 두꺼운 스웨터를 입고 가죽 장화를 신은 채, 도리안은 까치발로 계단 아래로 몰래 내려갔다. 그리고 매우 조심스럽게 현관문을 열었다. 밤기운은 차가웠고, 벼랑 기슭의 바다는 어둠 속에서 포효하고 있었다. 그의 눈은 달이 그려주는 흔적을 쫓았다. 숲 속을 향해 있는 색 테이프처럼 은빛의 꾸불꾸불한 길이었다. 배에서 꼬르락거리는 소리가 나자 그는 따스하고 안락한 침실이 떠올랐다. 도리안은 한숨을 내쉬었다.

불빛은 숲의 입구에서 마치 하얀 바늘처럼 바다안개에 구멍을 뚫고 있었다. 도리안은 한쪽 발 앞에 다른 발을 내딛는 식으로 하면서 앞으로 나아갔다. 그런데 그가 깨닫기도 전에 숲의 그림자들은 그를 에워쌌고, 그는 뒤에 있는 곳의 집이 한없이 멀리 있는 것처럼 느꼈다.

이 세상에서 가장 어둡고 가장 조용한 밤이었지만, 이레네는 잠을 이룰 수 없었다. 결국 열두 시경에 잠자는 것을 포기하고 나이트테이블의 조그만 램프를 켰다. 알마 말티스의 일기가 그녀의 아버지가 몇 해 전에 선물했던 조그만 펜던트 옆에 놓여 있었다. 은으로 세공된 천사의 모습이 아로새겨져 있었다. 이레네는 양손으로 일기를 들고 다시 첫 페이지를 펼쳤다.

뾰족하고 굽이치는 글씨체가 그녀를 맞았다. 누렇게 빛이 바랜 종이는 마치 바람에 휘날리는 호밀밭처럼 보였다. 한 줄 한 줄을 되짚으며 이레네는 천천히 다시 알마 말티스의 비밀스러운 기억으로 여행을 시작했다.

　첫째 페이지로 돌아가자 매력적인 말들에 매혹된 이레네는 자기가 있는 현실을 완전히 잊어버렸다. 파도가 부서지는 소리나 숲 속의 바람 소리도 들을 수 없었다. 그녀의 정신은 다른 세상에 있었다.

　…… 어젯밤에 나는 서재에서 그들이 싸우는 소리를 들었다. 그는 소리치면서 제발 마음 편히 있게 해달라고, 제발 영원히 그 집에서 떠나달라고 애원했다. 그러면서 그림자에게 우리를 괴롭힐 권리는 없다고 말했다. 나는 그 웃음소리를 영원히 잊지 못할 것이다. 벽 뒤에서 갑자기 터진 그 웃음소리는 분노와 증오로 가득한 동물의 울부짖음이었다. 굉음이 온 집 안에 울렸다. 수천 권의 책들이 서재에서 떨어져 마구 날아다니는 소리였다. 그의 분노는 갈수록 커진다. 그 괴물은 내가 풀어준 순간을 기점으로 해서 갈수록 기운이 세지고 있다.

　그는 매일 밤 내 침대 발밑에서 보초를 선다. 그는 날 한순간이라도 혼자 놔뒀다간 그림자가 가만두지 않을 거라며 두려워했다. 며칠 전부터 그는 자기가 무슨 생각을 하고 있는지 내게 말하지 않지만, 구태여 내가 알아내려고 할 필요는 없다. 그는 몇 주째 잠을 이루지 못했다. 매일 밤이 그에게는 끔찍하고 끝나지 않는 기다림이다. 그는 집 안 전체에 수백 개의 초를 놓고 구석구석마다 빛을 비추려고 노력한다. 그렇게 어둠이 그림자의 도피처가 되지 못하도록 애쓴다. 한 달도 안 되는 시간에 그의 얼굴은 10년은 족히 늙어버렸다.

　종종 나는 모든 게 내 잘못이며, 내가 사라진다면 그의 저주도 나와 함께 사라질 것이라고 믿는다. 아마도 내가 그에게서 멀어지고 그림자와 피할 수 없는 약속에 응하는 게 내가 해야 할 일인지도 모른다. 단지 그것만이 우리에게 평화를 가져다 줄 것이다. 하지만 그를 버린다는 생각은 도저히 참을 수 없다. 그것이 바로 내가 그림자를 향해 발걸음을 내딛지 못하게 방해하는 유일한 것이다.

이레네는 천천히 일기에서 눈을 들었다. 그는 알마 말티스의 머뭇거림이 다소 당황스러웠고, 그 머뭇거림의 미로가 불안하게도 가까이 있는 것 같은 느낌을 받았다. 죄책감과 살고자 하는 소망 사이의 경계선은 마치 독 묻은 칼처럼 예리하고 분명해 보였다. 이레네는 불을 껐다. 그러나 그 모습, 그러니까 독 묻은 칼은 그녀의 뇌리에서 사라지지 않았다.

도리안은 잡초 사이로 반짝이는 불빛의 흔적을 따라 숲 속으로 들어갔다. 수풀이 무성하게 우거진 곳에서 나오는 불빛이었다. 안개에 축축이 젖은 잎사귀들은 형언할 수 없는 아지랑이로 변하고 있었다. 이제 그의 발자국 소리는 그 자신을 향해 울리는 고통스러운 소리가 되어 있었다. 마침내 그는 깊이 숨을 들이마시고서 자기의 목표를 떠올렸다. 숲 속에 숨겨진 것이 무엇인지 알게 될 때까지 그곳에서 절대 나가지 않겠다는 것이었다. 그게 전부였다.

도리안은 전날 발자국을 발견했던 그 공터 입구에서 발을 멈추었다. 흔적은 흐릿해져 간신히 알아볼 수 있을 정도였다. 그는 깊은 상처를 입은 나무 몸통으로 다가가 그 자국을 만졌다. 그러면서 그는 나무 사이를 전속력으로 기어오르는 어느 동물, 그러니까 지옥에서 나온 고양이 과의 동물을 상상했다.

얼마가 지났을까. 뒤에서 처음으로 바스락거리는 소리가 들렸다. 그 소리는 누군가, 혹은 어떤 동물이 가까이 있다는 사실을 알려주고 있었다.

도리안은 잡초 사이로 숨었다. 관목의 뾰족한 끝이 마치 핀처럼 그를 할퀴었다. 그는 숨을 멈추고 자신에게 접근해오는 게 무엇이든 쿵쾅거리는 심장 소리를 들키지 않게 해달라고 기도했다. 잠시 후 멀리서 보았던 깜빡이는 불빛이 잡초의 틈 사이로 다가와 공기 중에 서린 안개를 붉은 빛으로 물들였다.

관목 저편에서 발자국 소리가 들렸다. 도리안은 마치 돌부처처럼 꼼짝하지 않은 채 눈을 감았다. 발자국 소리가 멈추었다. 도리안은 숨이 콱 막힌 채 그 자리에서 얼어붙고 말았다. 마침내 심장이 터져버릴 것 같은 순간에 누군가 그를 숨겨주고 있던 관목의 가지들을 헤치고 들어섰다. 무릎이 후들후들 떨렸다. 램프의 불빛 때문에 눈이 부신 나머지 그는 앞을 제대로 볼 수 없었다. 도리안에게 끝없이 보이던 그 짧은 순간이 지나가자, 램프의 주인은 램프를 바닥에 놓고서 그의 앞에 무릎을 굽혔다. 왠지 낯이 익은 얼굴이었지만, 너무나 놀란 나머지 도리안은 그를 알아볼 수 없었다. 그러자 그 얼굴이 미소를 지었다.

"지금 여기서 뭘 하고 있었는지 물어봐도 될까?" 그는 차분하고 다정한 목소리로 말했다.

잠시 후 도리안은 자기 앞에 있는 사람이 바로 라자루스라는 사실을 깨달았다. 그제야 비로소 크게 안도의 한숨을 내쉬었다.

십오 분이라는 긴 시간이 지나서야 비로소 도리안은 마음을 가라앉힐 수 있었다. 라자루스는 그의 양손에 따스한 초콜릿 잔을 쥐어주고서 그의 앞에 앉았다. 라자루스는 장난감 공장 곁에 있는 곁채까지 함께 가주었었다. 그곳에 도착하자, 서두르지 않고 초콜릿 두 잔을 준비했었다.

두 사람이 요란하게 초콜릿을 마시며, 잔 너머로 서로 쳐다보았다. 라자루스가 갑자기 웃음을 터뜨렸다.

"너 때문에 놀라서 죽는지 알았어." 그가 말했다.

"제 말이 믿기실지 모르겠지만, 선생님 때문에 오늘 제가 느낀 공포와 두려움은 그 어느 것과도 비교할 수 없을 거예요." 도리안이 덧붙였다. 그러면서 뜨거운 초콜릿이 어떻게 자기 뱃속을 따스하게 데우는지 느꼈다.

"그건 의심의 여지가 없지." 라자루스가 웃었다. "그럼 이제 밖에서 뭘 하고 있었는지 말해줄래."

"불빛을 봤어요."

"내 램프 불빛을 봤구나. 그래서 집에서 나온 거야? 한밤중에? 한나에게 무슨 일이 벌어졌는지 잊어버렸니?"

도리안은 긴장한 나머지 침을 삼켰다.

"아니요."

"그래, 알았어. 절대로 잊지 말도록 해라. 깜깜한 밤에 이곳을 돌아다니는 건 위험해. 며칠 전부터 누군가 숲을 배회한다는 느낌이 들어."

"선생님도 자국을 보셨어요?"

"무슨 자국?"

도리안은 숲 속에 불길한 뭔가가 있는 것 같아 두렵다고 말했다. 처음엔 도리안도 그런 말을 할 용기를 내지 못했지만, 라자루스와 말하기 시작하자 마음이 차분해지는 게 비밀을 털어놓아도 좋을 것 같은 생각이 들었다. 그래서 모든 것을 이야기했다. 라자루스는 도리안의 이야기를 주의 깊게 들으면서 믿기지 않는 듯한 표정으로 미소를 지어 보였다.

"그림자라고?" 라자루스가 아무렇지도 않게 물었다.

"선생님은 제가 말한 것을 한마디도 믿지 않으시는군요." 도리안이 대답했다.

"아니야, 아니야. 네 말을 믿어. 아니, 믿으려고 노력하고 있어. 하지만 지금 네가 말하고 있는 게 너무나…… 허무맹랑하고 괴상하다는 걸 넌 알아야 해." 라자루스가 말했다.

"하지만 선생님도 무언가를 보셨잖아요. 그래서 숲에 계셨던 게 아닌가요?"

라자루스는 빙긋이 웃었다.

"그래. 나도 역시 무언가를 보았어. 하지만 너처럼 그렇게 자세히 보지는 못했어."

도리안은 급히 초콜릿을 마셨다.

"더 마실래?" 라자루스가 권했다.

도리안은 고개를 끄덕였다. 장난감 제작자와 함께 있는 것이 좋았다. 새벽에 초콜릿 한 잔을 더 마시자는 제안을 받자, 그는 흥미로운 경험을 할 수 있을 것이라고 생각했다.

그들이 있던 공장을 한 바퀴 휙 둘러보자, 도리안은 어느 작업 테이블 위에 커다랗고 딱딱한 무언가가 담요로 덮여 있다는 것을 알았다.

"새로운 장난감을 만들고 있나요?"

라자루스는 고개를 끄덕였다.

"보고 싶어?"

도리안의 눈이 휘둥그레졌다. 대답할 필요도 없었다.

"좋아, 하지만 아직 미완성이라는 사실을 명심해야 해." 장난감 제작자는 이렇게 말하면서, 담요로 다가가 램프를 갖다 댔다.

"로봇이에요?" 도리안이 물었다.

"어느 정도는 그렇다고 봐야지. 사실 나는 이게 너무 큰 것 같아. 오랫동안 내 머릿속을 맴돌던 거야. 네 또래의 한 아이가 오래전에 제안했던 거지."

"친구예요?"

라자루스는 향수에 젖은 표정으로 웃었다.

"준비됐어?" 그가 물었다.

도리안은 힘차게 고개를 끄덕였다. 라자루스는 그 물건을 덮고 있던 베일을 거두었는데…… 도리안은 너무나 놀란 나머지 한 발짝 뒤로 물러섰다.

"도리안, 그냥 기계일 뿐이야. 놀랄 필요 없어."

도리안은 그 강인한 모습을 뚫어지게 바라보았다. 쇠로 만든 천사였다. 두 개의 커다란 날개를 지닌 2미터가량의 거대한 천사였다. 강철로 만든 얼굴은 끌로 조각되어 덮개 아래서 빛나고 있었다. 그의 손은 어마어마했다. 주먹 쥔 손이 도리안의 머리보다도 컸다.

라자루스가 천사의 목덜미 아래에 있는 스프링 버튼을 누르자, 그 기계가 눈을 떴다. 이글거리는 석탄처럼 새빨간 두 개의 루비였다. 그 눈이 그를 쳐다보고 있었다.

도리안은 뱃속이 뒤틀리는 것 같았다.

"제발 멈춰주세요⋯⋯!" 그가 애원했다.

라자루스는 겁에 질린 도리안의 시선을 눈치 채고서 급히 다시 로봇을 덮개로 덮었다.

그 악마와 같은 천사가 시야에서 사라지자, 비로소 도리안은 안도의 한숨을 내쉬었다.

"미안해." 라자루스가 말했다. "너한테 보여주지 말았어야 하는 건데. 그냥 기계일 뿐이야, 도리안. 쇠로 만든 거지. 그러니 그렇게 놀랄 필요는 없어. 그저 장난감에 불과하니까."

도리안은 그다지 확신 없이 고개를 끄덕였다.

라자루스는 서둘러 김이 모락모락 나는 초콜릿 한 잔을 다시 주었다. 도리안은 장난감 제작자가 유심히 지켜보는 가운데서 진하고 기운을 돋우는 액체를 소리 내며 마셨다. 반쯤 마시자 그는 라자루스를 쳐다보았고, 두 사람은 미소를 교환했다.

"많이 놀랐지?" 라자루스가 물었다.

그러자 아이는 머쓱한 표정으로 웃었다.

"제가 겁쟁이라고 생각하셨을 것 같아요."

"아니야, 그 반대야. 한나가 사고를 당한 후에 무언가를 살펴보러 숲으로 나올 사람은 별로 없어."

"무슨 일이 일어났을 거라고 생각하세요?"

라자루스는 어깨를 들어보였다.

"말하기 힘들어. 아마도 경찰이 수사를 마무리할 때까지 기다려야만 할 것 같아."

"그래요, 하지만……."

"하지만?"

"숲에 정말로 무언가가 있다면 어떻게 하지요?" 도리안이 포기하지 않고 물었다.

"그림자 말이야?"

도리안이 심각하게 고개를 끄덕였다.

"도플갱어란 말 들어본 적 있니?" 라자루스가 물었다.

아이는 고개를 가로저었다. 라자루스는 곁눈으로 그를 쳐다보았다.

"독일 말이야." 그가 설명했다. "어떤 이유로 인해 사람에게서 떨어져 나온 사람의 그림자를 지칭하는 데 사용하지. 이것에 관한 재미있는 이야기가 있는데 들어볼래?"

"네……."

라자루스는 도리안의 앞에 있는 의자에 앉아 긴 시가를 꺼내들었다. 도리안은 영화에서 그런 어뢰와 같은 것의 이름이 '시가'라는 것을 배웠다. 그게 엄청나게 비싸다는 것 이외에도, 불에 타면서 시큼하고 지독한 냄새를 내뿜는다는 것도 알고 있었다. 사실 그레타 가르보 다음으로 그가 좋아하는 주인공은 그루초 막스였다. 가난한 사람들은 남이 피우는 연기를 맡아보는 게 고작이었다. 라자루스는 시가를 한번 살펴보더니 다시 제자리에 넣어두었다. 그러고서 이야기를 들려주었다.

"그래, 오래전에 내 학급친구가 들려준 이야기야. 1915년이었지. 장소는 베를린이었는데⋯⋯. 베를린의 모든 시계상들 중에서 헤르만 블뤼클린처럼 자기 일에 열심이며 완벽주의자였던 사람은 없었어. 가장 정밀한 메커니즘을 만들고자 하는 강박관념을 가지고 있었기 때문에, 그는 시간과 속도의 관계, 즉 빛이 우주에 의해 대체된다는 이론을 전개하게 되었지. 블뤼클린이 사는 곳은 헨리히슈트라세에 있는 점포의 안쪽에 있는 방이었는데 그는 그 조그만 방에서 시계에 둘러싸여 살고 있었지. 그는 외톨이였어. 가족도 없었고 친구도 없었어. 그의 유일한 동반자는 늙은 고양이 '살만' 뿐이었지. 그가 작업실에서 여러 시간, 혹은 여러 날을 지식을 쌓기 위해 전념할 때면, 고양이는 조용히 그의 곁을 어슬렁거렸어. 그렇게 몇 년이 흐르자, 그의 관심은 이내 강박관념이 되어버렸어. 며칠 동안 가게 문을 닫고 손님을 받지 않는 것도 별로 이상한 일이 아니었지. 스물네 시간 동안 한시도 쉬지 않고 그는 며칠 동안이나 자기가 꿈꾼 계획에 전념했어. 그건 바로 완벽한 시계, 즉 한 치의 오차도 없이 시간을 측정하는 세계적인 시계를 만드는 것이었지.

그 즈음에, 그러니까 추위와 폭설을 몰고 온 폭풍이 베를린을 강타하기 보름 전에, 이상한 고객이 그 시계상을 방문했어. 안드레아스 코렐리라는 아주 훌륭한 신사였지. 코렐리는 반짝거리는 하얀색 고급 양복을 입고 있었고, 그의 길고 보드라운 머리카락은 은색이었어. 그는 검은 안경을 쓰고 있었지. 블뤼클린은 그에게 가게 문을 닫았기 때문에 손님을 받지 않는다고 알려주었지만, 코렐리는 고집을 부리면서 그를 방문하기 위해 아주 먼 곳에서 왔다고 말했단다. 그러면서 자기는 그가 어떤 기술적 업적을 이루었는지 잘 알고 있으며, 심지어 그걸 아주 자세히 설명해주기까지 했어. 그러자 그때까지 자기가 발견한 것을 세상 사람들은 전혀 모르고 있을 거라고 확신하던 시계상은 그의 말에 매우 호기심을 느꼈어.

코렐리가 부탁한 게 그다지 어려운 건 아니었어. 블뤼클린에게 주문한 것은 자기만을 위한 시계지만 아주 특별한 시계를 만들어달라는 것이었어. 그 시곗바늘이 반대방향으로 돌아야만 했으니깐. 이런 특별한 시계 제작을 의뢰한 이유는 코렐리가 치명적인 질병을 앓고 있어서 몇 달 안에 죽을 것이기 때문이었어. 그런 이유로 그는 남은 시간과 분과 초를 거꾸로 되돌릴 수 있는 시계를 가지고 싶었던 것이야.

너무나 황당한 부탁이었지만, 그는 엄청난 금액의 대가를 약속했어. 다시 말하면, 코렐리는 그에게 평생 동안 연구비를 충당하고도 남을 돈을 주겠다고 했어. 대신에 몇 주 동안은 그 기계를 만드는 데만 전념해야 한다는 조건이었지.

말할 필요도 없이 블뤼클린은 그 제안을 수락했어. 그렇게 그는 보름 동안 작업실에서 열심히 일했지. 블뤼클린이 작업에 열중하고 있는데, 며칠 후 안드레아스 코렐리가 다시 가게 문을 두드렸어. 시계는 완성되어 있었지. 코렐리는 미소를 띠면서 그 시계를 살폈고, 시계상의 노고를 치하한 다음, 그에게 자기가 줄 돈을 받아도 마땅하다고 말했지. 기진맥진해 있던 블뤼클린은 그 시계를 만드느라고 모든 힘과 영혼을 다했다고 토로했어. 코렐리는 고개를 끄덕였지. 그런 다음 태엽을 감고서, 시계를 작동시켰단다. 그러고 나서 그는 금화로 가득 담은 포대를 블뤼클린에게 주고 그곳을 떠났어.

시계상은 너무나 기쁜 나머지 탐욕에 이끌려 제정신이 아닌 상태로 금화를 세었어. 그런데 그때 거울에서 자기 모습을 보았어. 보름 전보다 훨씬 쇠약하고 늙어 있었어. 너무 열심히 일했던 것이지. 그래서 그는 결심하고서 며칠간 쉬었어.

그 며칠이 지난 다음 날 아침, 화사한 햇빛이 창문으로 스며들었어. 그때까지도 피로가 가시지 않았던 블뤼클린은 세수를 하러 갔고, 다시 거울에 비친 자기 모습을 보았어. 그러나 이번에는 온몸이 오싹했어. 지난밤만 하더라도, 그러니까 그가 잠자리에 들었을 때만 하더라도 그의 얼굴은 피로에 지친 마흔한 살 정도의 얼굴이었지만, 그런대로 젊은 축에 끼었는데 그날 아침 거울을 보니 거의 환갑이 다 되어가는 남자의 얼굴을 하고 있었던 거야. 너무나 질겁하여 그는 공원으로 나가 신선한 공기를 마셨어. 그리고 집에 돌아와서 다시 거울을 보았지. 거울에서는 어느 노인이 그를 쳐다보고 있었어. 그러자 공포에 사로잡혀 그는 다시 거리로 나갔고 이웃사람과 마주쳤어. 그런데 그 이웃사람이 시계상 블뤼클린을 보았느냐고 물었어. 헤르만은 미친 듯이 마구 뛰기 시작했어.

그는 좋지 않은 명성을 누리는 범죄자와 여러 불한당들과 함께 역겨운 냄새가 풍기는 술집 한쪽 구석에서 그날 밤을 보냈지. 그는 무엇보다도 혼자 있고 싶었어. 시간이 흐를 때마다 그는 자기 피부가 오그라드는 것 같은 느낌을 받았어. 그리고 그의 뼈는 부서지는 것 같았지. 또한 갈수록 숨쉬기도 힘들었어.

한밤중이 될 무렵, 한 사람이 그의 테이블에 함께 앉아도 괜찮겠느냐고 물었어. 블뤼클린은 그를 쳐다보았지. 대략 스무 살가량 먹은 젊은이로 용모가 깔끔했어. 전혀 모르는 얼굴이었어. 하지만 그의 눈을 덮고 있는 검은 안경만은 눈에 익었어. 블뤼클린은 심장이 멎을 것만 같았어. 바로 코렐리였지.

안드레아스 코렐리는 그의 앞에 앉아 블뤼클린이 며칠 전에 만든 시계를 꺼냈어. 절망에 빠진 시계상은 그에게 도대체 왜 이런 이상한 일이 자기에게 일어나는 것이냐고, 왜 이렇게 빨리 늙어가는 거냐고 물었어. 그러자 코렐리는 시계를 보여주었어. 시계바늘은 천천히 반대방향으로 돌고 있었어. 코렐리는 그의 말을 상기시켰어. 그가 자신의 영혼을 그 시계에 바쳤다는 말이었지. 그래서 시간이 흐를 때마다 그의 육체와 영혼은 빠른 속도로 늙어가고 있는 것이었어.

너무나 두려운 나머지 아무 생각 없이 블뤼클린은 그에게 도움을 청했어. 젊음과 영혼을 되찾을 수만 있다면 무엇이든 할 것이며, 무엇이든 포기하겠다고 말했지. 코렐리는 그에게 미소 짓고는 틀림없냐고 물었어. 시계상은 다시 한 번 다짐했지. 무슨 일이든 하겠다고.

그러자 코렐리는 시계와 그의 영혼을 되돌려주겠다고 말했어. 하지만 한 가지 조건을 붙였어. 그건 불뤼클린에게 아무런 소용도 없는 것이었는데, 그게 바로 그림자였어. 뜻밖의 말에 당황한 시계상은 그게 그가 지불해야 할 전부냐고, 그림자면 되느냐고 재차 물었지. 코렐리는 고개를 끄덕였고, 블뤼클린은 기꺼이 그 제안을 수락했어.

이상한 고객은 유리 상자를 꺼내더니 뚜껑을 제거하고는 그것을 테이블 위에 올려놓았어. 즉시 블뤼클린은 자기의 그림자가 어떻게 그 상자 안으로 빨려 들어가는지 지켜보았어. 마치 회오리치는 가스와 같았어. 코렐리는 상자를 닫고, 블뤼클린에게 작별인사를 건네고는 어두운 밤 속으로 떠났지. 그가 술집의 문으로 사라지자마자, 그의 손에 있던 시계는 방향을 바꾸었고, 그 방향으로 시계바늘이 돌아갔어.

블뤼클린은 새벽녘에 집으로 돌아왔어. 그의 얼굴은 다시 예전처럼 혈기왕성한 젊음을 되찾았지. 시계상은 안도의 한숨을 내쉬었어. 하지만 또 다른 놀라운 일이 아직 그를 기다리고 있었어. 그의 고양이 살만이 그 어느 곳에도 없었던 거야. 그는 온 집 안을 샅샅이 뒤진 끝에 마침내 고양이를 찾았단다. 하지만 온몸에 전율이 엄습했어. 고양이는 작업실의 전등과 함께 목이 전선에 묶인 채 매달려 있었거든. 작업 테이블은 쓰러져 있었고, 작업 도구들은 방 안에 마구 헝클어져 있었어. 마치 토네이도가 그 장소를 휩쓸고 지나간 것 같았지. 모든 게 망가져 있었어. 하지만 그뿐만이 아니었어. 벽에 흔적이 새겨져 있었던 거야. 누군가가 서툰 글씨로 벽에 도저히 이해할 수 없는 단어를 써놓았던 거야.

시계상은 그 난잡한 글자를 자세히 살폈고, 이내 그 의미를 깨닫게 되었어. 바로 자신의 이름이 거꾸로 적혀 있었던 것이지. 린클뤼블, 그 건 블뤼클린이었어. 그때 어느 목소리가 뒤에서 속삭였고, 블뤼클린은 뒤를 돌아보았어. 그리고 자기 자신의 어두운 그림자를 보았어. 그의 얼굴이 악마와 같은 모습을 하고 있었던 거야.

그제야 시계상은 깨달았어. 그를 지켜보고 있는 게 바로 자신의 그림자라는 걸. 도전적으로 노려보고 있는 그의 그림자였어. 그는 그림자를 붙잡으려고 했지만, 그림자는 마치 하이에나처럼 비웃으면서 벽으로 흩어졌지. 블뤼클린은 벌벌 떨면서 자기 그림자가 커다란 칼을 잡더니 문으로 도망쳐 어둠 속으로 사라지는 걸 보았어.

헨리히슈트라세 거리의 첫 번째 범죄는 바로 그날 밤에 일어났어. 여러 증인들이 시계상 블뤼클린이 새벽에 뒷골목을 지나고 있던 어느 병사를 냉혹하게 칼로 마구 난자하는 것을 보았다고 말했지. 경찰은 그를 체포해서 오랫동안 심문했어. 다음 날 밤에, 그러니까 블뤼클린이 감방에 수감되어 있는 동안 두 명이 다시 죽었어. 사람들은 베를린의 어두운 밤에 일어나는 미스터리한 살인사건에 대해 말하기 시작했어. 블뤼클린은 경찰에게 무슨 일이 일어나고 있는지 설명하려고 했지만, 아무도 그의 말을 들으려고 하지 않았지. 신문들은 어떻게 살인자가 밤이면 밤마다 가장 감시가 철저하다는 감옥을 빠져나와 그렇게 끔찍한 범죄를 저지를 수 있는지 알 수 없다고 말하기 시작했어.

베를린에서 그림자에 대한 공포는 정확하게 이십오 일 동안 지속되었어. 그 이상한 사건은 시작과 마찬가지로 너무나 뜻밖에, 그리고 너무나 설명할 수 없이 종말을 맞았어. 1916년 1월 12일 새벽에 헤르만 블뤼클린의 그림자가 비밀경찰의 을씨년스러운 감옥으로 몰래 잠입했어. 감방 옆에서 경비를 서고 있던 보초는 블뤼클린이 그림자와 처절하게 싸웠으며, 싸우던 도중에 시계상이 그림자를 칼로 찌르는 것을 목격했다고 맹세했지. 새벽녘에 교체된 보초는 블뤼클린이 가슴에 상처를 입고 감옥에서 죽어 있는 걸 발견했어.

며칠 후 미지의 인물인 안드레아스 코렐리가 베를린의 일반 공동묘지 무덤에 매장될 블뤼클린의 장례비용을 모두 치르겠다고 나섰어. 매장인과 검은 안경을 쓰고 다니던 그 이상한 작자 이외에는 그 누구도 장례식에 참석하지 않았지.

헨리히슈트라세 거리의 범죄 사건은 아직도 미해결되고 종결되지 않은 채 베를린 경찰서의 문서철에 보관되어 있단다……."

"와 멋지다……." 라자루스의 이야기가 끝나자 도리안이 속삭이듯 말했다. "그게 정말로 있었던 일이에요?"

장난감 제작자는 빙긋이 웃었다.

"아니야. 하지만 네가 이 이야기를 좋아할 것 같아서 들려준 거야."

도리안이 자기의 컵을 뚫어지게 바라보았다. 라자루스가 기계 천사의 공포를 지우기 위해 이야기를 지어낸 게 분명했다. 아주 훌륭한 장난이었다. 하지만 어쨌건 그건 계책에 불과했다. 라자루스는 경쾌하게 도리안의 어깨를 톡톡 쳤다.

"내가 보기에 탐정 놀이를 하기에는 조금 늦은 시간인 것 같아." 그가 말했다. "자, 가자. 내가 집까지 바래다줄게."

"우리 어머니에게 아무것도 말하지 않겠다고 약속해주시겠어요?" 도리안이 애원했다.

"네가 앞으로 밤에는 절대로 혼자서 숲을 돌아다니지 않겠다고 약속하면 그렇게 해주지. 적어도 하나의 사건이 분명히 밝혀지지 않은 동안에는 말이야."

두 사람은 서로를 쳐다보았다.

"좋아요, 약속해요." 도리안이 동의했다.

라자루스는 훌륭한 사업가처럼 악수했다. 그러곤 미스터리한 웃음을 지어 보이며 장난감 제작자는 작은 장 속에서 나무상자 하나를 꺼냈다. 그리고 그 상자를 도리안에게 주었다.

"뭐예요?" 도리안이 궁금해하면서 물었다.

"비밀이야. 어서 열어봐."

도리안은 상자를 열었다. 두 개의 램프 불빛이 그의 손바닥 크기만한 은으로 만든 사람 모습을 보여주었다. 도리안은 입을 벌린 채 라자루스를 바라보았다. 장난감 제작자는 빙긋 웃었다.

"어떻게 작동하는지 내가 가르쳐주지."

라자루스는 그 장난감을 집어 테이블 위에 올려놓았다. 단지 손가락으로 탁 눌렀을 뿐인데, 그것이 펴지더니 본모습을 드러냈다. 천사였다. 도리안이 방금 전에 보았던 것과 똑같았다.

"이 정도 크기면 놀라지 않겠지?"

도리안은 관심을 보이며 고개를 끄덕였다.

"앞으로 이 천사가 네 수호천사가 될 거야. 그림자들의 위협에서 너를 보호할 수 있는 천사가……."

라자루스는 숲을 지나 곳의 집까지 도리안과 함께 갔다. 그러면서 로봇 제작과 그 메커니즘의 신비와 기술을 설명했다. 그 복잡성과 독창성은 도리안에겐 거의 마술의 경지와도 같았다. 라자루스는 모르는 게 없었으며 아주 골치 아픈 어려운 질문에 대해서도 척척 대답해줄 것만 같았다. 그는 그 어떤 질문에도 곤혹스러워하지 않았다. 숲 끝에 도착할 때 즈음 도리안은 새로운 친구에게 매료되었고, 그가 자랑스러웠다.

"우리 약속 기억하지?" 라자루스가 조그만 소리로 말했다. "더 이상 밤에 돌아다니면 안 돼."

도리안은 그렇게 하겠다고 고개를 끄덕였고 집을 향해 걸어갔다. 장난감 제작자는 도리안이 방에 도착할 때까지 그곳에 머물렀다. 도리안이 창문에서 작별 인사를 하자, 그도 인사를 한 다음 다시 숲의 어둠 속으로 사라졌다.

침대에 누운 도리안의 얼굴에서는 아직도 미소가 가시지 않고 있었다. 그의 모든 걱정과 근심이 사라진 것 같았다. 긴장을 풀고 그는 상자를 열어 라자루스가 선물한 기계 천사를 꺼냈다. 그것은 초자연적인 아름다움을 지닌 완벽한 천사 인형이었다. 복잡한 기계 장치는 신비스럽고 매력적인 과학의 메아리를 간직하고 있었다. 도리안은 그 천사를 바닥에, 그러니까 침대 발밑에 놔두고서 불을 껐다. 라자루스는 천재였다. 그것이 그가 라자루스에 관해 말할 수 있는 유일한 단어였다. 천재라는 말을 수백 번도 더 들으며 자란 도리안은 사실상 그런 칭찬을 받을 만한 자격도 없는데 자신에게 그런 말을 사용한다는 데 놀라곤 했다. 하지만 마침내 그는 진정한 천재를 만났다. 게다가 이제는 그의 친구이기까지 했다.

너무나 흥분하고 감격했던지 순간 피로가 엄습해왔다. 거스를 수 없는 잠의 세계로 빠져들며 도리안은 꿈속에서 라자루스의 후계자가 되어 그림자를 사로잡고 세상을 악의 무리로부터 해방시키는 기계를 발명하는 꿈을 꾸었다.

도리안이 잠들자 천사상은 천천히 날개를 폈다. 금속 천사는 머리를 기울이고서 한쪽 팔을 들었다. 천사의 검은 눈과 흑요석으로 만든 두 눈물방울이 어둠 속에서 빛나고 있었다.

미지수

사흘이 흘렀지만 이레네는 이스마엘에 관한 소식을 전혀 듣지 못했다. 마을에서 이스마엘의 흔적을 찾을 수 없었고, 그의 요트도 부둣가에서 모습을 보이지 않았다. 폭풍이 노르망디 해변을 휩쓸면서 만 위로 거의 일주일 동안 지속될 잿빛 담요를 펼쳤다.

거리가 보슬비 속에서 잠들어 있던 날 아침, 한나는 조그만 공동묘지에 묻혔다. 그곳은 파란 만의 북동쪽에 솟은 언덕배기에 있었다. 장례행렬은 공동묘지 입구에 도착했고, 유가족의 소망에 따라 가족들만이 모인 가운데 마지막 의식이 치러졌다. 장례식이 치러지는 동안 마을 사람들은 비를 맞으며 죽은 소녀를 기억했다. 그러곤 아무 말 없이 묵묵히 집으로 돌아갔다.

라자루스는 시몬과 두 아이들에게 곶의 집까지 데려다주겠다고 말했다. 다른 참석자들은 새벽녘에 일찌감치 흩어졌다. 바로 그때 이레네는 이스마엘이 외롭게 서 있는 모습을 보았다. 공동묘지를 에워싼 벼랑 꼭대기의 커다란 바위 위에 서서 납빛 바다를 바라보고 있었다. 그녀는 시몬과 단 한 번 시선을 교환했지만 그것으로 충분했다. 시몬이 고개를 끄덕이며 그녀에게 가도 좋다고 했던 것이다. 잠시 후 라자루스의 자동차는 생롤랑 암자로 가는 길을 따라 출발하는 동안, 이레네는 벼랑으로 향하는 오솔길로 올라갔다.

수평선에서는 바다 위로 번갯불과 천둥소리가 들렸다. 마치 활활 달아오른 금속 기름통처럼 번개는 구름 뒤로 시뻘건 불빛을 토해냈다. 이레네는 바다를 멍하니 바라보고 있는 이스마엘을 만났다. 저 멀리서 등대섬이 안개 속으로 사라지고 있었다.

마을로 돌아오자, 이스마엘은 지난 사흘 동안 자기가 어디에 있었는지 이야기했다. 그는 한나의 죽음을 알게 되었던 순간부터 이야기를 시작했다.

그는 키아네오스를 타고 등대섬으로 출발했다. 그렇게 그는 도저히 빠져나올 수 없었던 감정 상태에서 도망치려고 했던 것이다. 이후 새벽 무렵이 되어서야 그는 제정신을 되찾을 수 있었고 터널 끝에서 비추는 새로운 불빛에 주의를 집중할 수 있었다. 그 불빛은 다름 아닌 그 비극의 책임자를 밝혀내 그 대가를 치르게 하는 것이었다. 복수에 대한 열정만이 고통을 완화시킬 수 있는 유일한 해독제라는 생각이 들었다.

그는 경찰의 설명에 전혀 만족하지 못했다. 지방 경찰 당국이 취한 비밀주의는 의심스럽기 짝이 없었다. 다음 날 해가 뜨기 조금 전에, 이스마엘은 스스로 조사에 착수하기로 마음먹었다. 그 어떤 대가를 치르더라도 범인을 밝혀내리라 마음먹었다. 그 순간부터는 어떤 법칙도 없었다. 그날 밤 이스마엘은 임시로 차려진 지로 박사의 법의학 실험실에 잠입했다. 그곳에서 이스마엘은 두 개의 집게가위의 도움을 받아 쇠사슬을 비롯해 그의 발길을 가로막는 모든 것을 절단하는 대담함을 발휘했다.

이레네는 믿을 수 없다는 놀라운 표정으로 어떻게 그 음침하면서도 음산한 장소로 들어갔는지 들었다. 그는 지로가 퇴근하기를 기다렸고, 포르말린의 안개와 유령이 튀어나올 것 같은 어둠 속에서 의사의 서류철에 보관된 한나의 관련 서류를 조심스럽게 찾았다.

그는 대담하게도 한나의 사망서류를 보기 위해 그런 짓을 저질렀지만, 그것 이외에도 뜻하지 않게 베일에 둘러싸인 두 명의 시체와도 마주쳤다. 그들은 지난밤에 라로셸 해협의 벼랑에 부딪쳐 좌초한 배에서 짐을 꺼내려고 하다가, 지하 해류에 잠수하는 불운을 겪었던 두 명의 잠수부였다.

도자기 인형처럼 창백한 모습으로 이레네는 그 음산한 이야기를 처음부터 끝까지 들었다. 심지어 이스마엘이 수술대 중의 하나와 부딪친 이야기도 포함되어 있었다. 그의 이야기가 무사히 빠져나온 것으로 돌아오자, 이레네는 안도의 한숨을 내쉬었다. 이스마엘은 그 서류를 자기 요트로 가져갔고, 두 시간 동안 지로 박사의 의학 용어와 수많은 말들을 해독했다.

이레네는 침을 삼켰다.

"어떻게 죽은 거야?" 그녀가 자그마한 목소리로 물었다.

이스마엘은 그녀의 눈을 똑바로 쳐다보았다. 그의 눈에서 이상한 빛이 났다.

"어떻게 죽었는지 그건 그도 모르고 있었어. 하지만 왜 죽었는지 사인은 밝혀져 있었어. 그 보고서에 의하면, 공식적인 사인은 심장마비였어." 그가 설명했다. "하지만 지로 박사의 개인적인 의견으로는 한나가 무언가를 보았고, 그로 인해 공황 상태를 겪은 것 같다고 적고 있어."

공황. 이 단어는 그녀의 마음속에서 메아리쳤다. 그녀의 친구 한나는 두려움에 사로잡혀 죽었고, 그런 공포를 야기했던 것은 아직도 숲에 머물러 있었다.

"일요일이었지?" 이레네가 물었다. "그날 낮에 무슨 일이 일어났을 거야……."

이스마엘은 천천히 고개를 끄덕였다. 그녀보다 그가 먼저 그런 생각을 했음이 분명했다.

"아니면 전날 밤이었는지도 몰라." 이스마엘이 다른 의견을 제시했다.

이레네는 이상하다는 시선을 보냈다.

"한나는 그날 밤 크래븐무어에서 보냈어. 다음 날에 이미 그녀의 흔적은 없었어. 숲에서 그녀가 죽은 것을 발견했을 때까지."

이스마엘이 말했다.

"그게 무슨 뜻이지?"

"숲을 가봤는데 뭔가 흔적이 있었어. 나뭇가지들이 부러져 있는 게 누군가와 싸운 것 같았어. 누군가가 집에서부터 한나를 뒤쫓은 거야."

"크래븐무어에서부터 말이야?"

이스마엘은 다시 고개를 끄덕였다.

"우리는 한나가 사라지기 전날 밤에 무슨 일이 일어났는지 알아내야 해. 아마도 그러면 숲에서 누가, 혹은 무엇이 그녀를 뒤쫓았는지 밝혀낼 수 있을 거야."

"그런데 우리가 어떻게 그런 일을 할 수 있어? 그러니까 그건 경찰이 해야 할……." 이레네가 지적했다.

"한 가지 방법밖에 생각나지 않아."

"크래븐무어겠지." 그녀가 중얼거렸다.

"맞아. 오늘밤……."

수평선에서부터 이동하고 있던 폭풍우 구름 사이로 구릿빛 틈새를 만들면서 석양이 모습을 드러냈다. 점점 어둠이 만 위로 펼쳐지자, 밤하늘에서는 거의 완벽한 원의 윤곽을 지닌 상현달의 달빛을 감상할 수 있었다.

이레네의 방 안으로 은색 달빛이 새겨지고 있었다. 이레네는 잠시 알마 말티스의 일기에서 눈을 떼고서 창공에서 미소 짓고 있는 둥근 원을 바라보았다. 스물네 시간 후면 달의 원주는 완전히 동그랗게 될 것이었다. 여름에 보는 세 번째 보름달이 될 것이었다. 보름달이 뜨는 밤에 파란 만에선 가면무도회가 열릴 것이었다.

그러나 이 보름달은 그녀에게 또 다른 의미를 띠었다. 몇 분 후면 그녀는 집에서 나와 숲 입구에서 이스마엘과 몰래 만날 예정이었다. 칠흑 같은 숲을 가로지르며 크래븐무어의 헤아릴 수 없는 깊은 어둠 속으로 들어가려는 생각은 신중하지 못해 보였다. 아니 황당함 그 자체였다. 그러나 다른 한편으로는 바로 그날 오후에, 그러니까 이스마엘이 한나의 죽음에 대한 해답을 얻기 위해 라자루스 얀의 저택으로 가겠다는 의도를 밝혔을 때 느꼈던 것처럼, 바로 그 순간에도 이스마엘과의 약속을 저버릴 수 없다고 생각했다. 자기 생각을 분명하게 정리할 수 없었기 때문에, 그녀는 다시 알마 말티스의 일기를 집어 그 안으로 빠져들었다.

……사흘 전부터 나는 그에 관해 아무런 소식도 듣지 못했다. 그는 내게서 멀어지면 그림자도 접근해오지 않을 거라 확신하며 아무런 예고도 없이 한밤중에 사라졌다. 어디로 가는지 말해주지 않았지만, 그는 분명 등대섬에 갔을 것이다. 그는 항상 마음의 평화를 찾고 싶을 때면 그 고독한 장소로 달려가곤 했기 때문에 이번에도 왠지 그가 공포에 사로잡힌 어린아이처럼 자신의 악몽과 대적하기 위해 그곳으로 갔을 거라는 생각이 들었다. 하지만 그가 이곳에 없자, 나는 지금까지 믿었던 모든 것을 의심하게 되었다. 그림자는 최근 사흘 동안 모습을 보이지 않았다. 나는 불빛과 초와 기름 등불에 둘러싸인 채 내 방에 틀어박혀 있었다. 내 방 안의 그 어느 곳도 어둡지 않았다. 나는 간신히 잠을 잘 수 있었다.

내가 한밤중에 이 글을 쓰는 동안, 나는 내 창문에서 안개에 휩싸인 등대섬을 볼 수 있다. 바위 사이로 한 줄기 빛이 반짝거린다. 나는 그것이 그의 불빛이라는 걸 안다. 그는 자기가 선고 받은 그 감옥에 혼자 갇혀 있다. 나는 이곳에 한 시간도 더 이상 머무를 수 없다. 만일 우리가 그 악몽과 싸워야만 한다면, 혼자가 아닌 우리 두 사람이 함께 싸우길 바란다. 만일 그렇게 하다가 죽어야만 한다면, 마찬가지로 나는 우리가 함께 하나가 되어 죽길 바란다.

이제 더 이상 이런 광기에 사로잡혀 하루를 더 살건 더 일찍 죽건, 난 개의치 않는다. 나는 그림자가 우리와 한 시도 휴전하지 않을 것이라고 확신한다. 더 이상 이번 주처럼 또다시 한 주를 보낼 수 없을 것 같다. 내 양심은 깨끗하고, 내 영혼은 그 양심과 함께 평온하다. 처음 며칠 동안은 두려웠지만, 이제는 단지 피로와 절망만 느낄 뿐이다.

내일, 그러니까 마을 사람들이 중앙광장에서 가면무도회를 치르는 동안, 나는 항구에서 보트를 타고 그를 찾아 떠날 것이다. 그 결과가 어떻게 되든 나는 개의치 않을 것이다. 그 결과가 어떤 것이든 나는 기꺼이 받아들일 준비가 되어 있다. 그의 옆에 있고, 마지막 순간까지 그를 도와줄 수 있다는 것으로 내겐 충분하다.

내 안의 무언가가 아직도 우리에게 정상적이고 행복하고 평화로운 삶을 살 수 있는 가능성이 있다고 말하는 것 같다. 나는 그 이상 아무것도 바라지 않는다······.

이레네의 창문에 조그만 돌이 부딪쳤고, 그녀는 일기 읽기를 멈추었다. 이레네는 일기를 덮고 밖을 내다보았다. 이스마엘이 숲 입구에서 기다리고 있었다. 그녀가 두꺼운 카디건을 입는 동안, 달은 천천히 구름 뒤로 모습을 감추었다.

이레네는 계단 위에서 조심스럽게 자기 어머니를 지켜보았다. 또다시 시몬은 그녀가 좋아하는 안락의자에 앉아 잠들어 있었다. 만이 내다보이는 커다란 창문 옆에 있는 의자였다. 책 한 권이 그녀의 무릎 위에 놓여 있었고, 독서용 안경은 마치 트램펄린에 있는 조그만 썰매처럼 코 위로 떨어져 있었다. 한쪽 구석에는 아르누보 스타일로 아무렇게나 만든 나무틀의 라디오가 탐정연속극의 끔찍스러운 음악을 조그맣게 내뱉고 있었다. 그런 상황을 이용해 이레네는 까치발로 시몬 앞을 지났고, 곶의 집 뒤뜰과 연결된 부엌으로 들어갔다. 모든 작전이 거의 15초도 안 되는 시간에 이루어졌다.

이스마엘은 아무 무늬도 없는 가죽 재킷과 작업복 바지, 그리고 콘스탄티노플까지 여섯 번을 왕복하고도 남았을 것처럼 보이는 허름한 장화를 신은 채 밖에서 기다리고 있었다. 밤의 산들바람이 만에서부터 차가운 안개를 휩쓸면서 숲 위로 너울거리는 어둠의 화환을 드리웠다.

이레네는 카디건 끝까지 단추를 채웠고, 아무 말 없이 이스마엘의 조심스러운 눈길에 고개를 끄덕였다. 말없이 두 사람은 울창한 숲을 가로지르는 오솔길로 들어갔다. 보이지 않는 여러 벌레들의 소리가 숲의 어둠 속에서 새어나오고 있었다. 바람에 휘날려 나뭇잎들이 서로 스치는 소리가 벼랑에서 부서지는 바닷소리를 잠재우고 있었다. 이레네는 수풀 사이로 이스마엘의 발걸음을 뒤쫓았다. 만 위로 밀려오는 구름 사이로 달이 가끔씩 희미하게 얼굴을 내밀었다. 숲은 달빛을 받아 유령이 나올 것처럼 컴컴한 어둠 속으로 가라앉고 있었다. 가는 도중에 이레네는 이스마엘의 손을 잡았고, 크래븐무어의 모습이 그들 앞에 나타날 때까지 그 손을 놓지 않았다.

이스마엘이 신호하자, 두 사람은 번개를 맞아 죽은 나무의 몸통 뒤에서 발길을 멈추었다. 부드러운 구름의 커튼 사이로 잠시 달빛이 비추자 크래븐무어 저택이 환해지면서 그 모습을 드러냈다. 흡사 저주받은 숲 속에 버려진 기괴한 성당과도 같은 모습이었다. 그러나 그런 모습은 얼마 가지 않았고, 이내 어둠의 호수 속으로 파묻혔다. 그리고 황금빛 사각형이 저택 발치에 그려졌다.

현관 입구에서 라자루스 안의 희미한 모습이 보였다. 장난감 제작자는 문을 닫고서 천천히 계단을 내려와 숲을 가로지르는 오솔길로 향했다.

"라자루스야. 매일 밤 숲으로 산책을 나가." 이레네가 속삭였다.

이스마엘은 조용히 고개를 끄덕이면서 이레네가 움직이지 못하도록 했다. 그의 눈은 숲의 입구를 향해, 그러니까 자기들 쪽으로 걸어오는 장난감 제작자의 모습을 뚫어지게 바라보았다. 이레네는 이스마엘에게 궁금하다는 눈길을 던졌다. 그는 한숨을 내쉰 뒤 초조하게 주변을 살폈다. 라자루스의 발자국 소리가 들렸다. 이스마엘은 이레네를 팔로 껴안고서 죽은 나무의 몸통 안으로 밀었다.

"여기야, 빨리!" 그가 속삭였다.

나무 몸통 안은 습기와 썩은 냄새로 진동했다. 바깥의 불빛이 죽은 나무 주변에 있던 조그만 틈을 통해 들어오면서 도저히 있을 법하지 않은 빛의 계단을 그리고 있었다. 빛의 계단은 동굴 같은 몸통 내부로 올라가고 있었다. 이레네는 뱃속에서 무언가가 올라오는 것처럼 느껴졌다. 그들에게서 2미터 정도 위에 두 개의 반짝이는 점이 보였다. 눈이었다. 그녀의 목구멍에서 비명이 새어나오려고 했지만, 이스마엘의 손이 먼저 그녀의 입을 막았다. 이스마엘이 이레네를 붙잡고 있는 동안 그녀의 비명은 목구멍 안에서 꺼져갔다.

"박쥐야! 가만히 있어!" 라자루스의 발길이 나무 몸통을 돌아 숲을 향해 갈 무렵 그가 속삭였다.

현명하게도 이스마엘은 크래븐무어의 주인이 숲으로 완전히 모습을 감출 때까지 이레네의 입을 막았다. 어둠 속에서 박쥐들이 보이지 않는 날개들을 휘저었다. 이레네는 자기 얼굴 위로 바람과 박쥐의 역겨운 냄새를 느꼈다.

"난 네가 박쥐 따위는 무서워하지 않을 거라고 생각했어." 이스마엘이 말했다. "자, 이제 어서 가자."

이레네는 크레븐무어의 정원을 가로지르는 그를 따라서 저택의 뒤쪽으로 갔다. 한발 한발 내디딜 때마다 집에는 아무도 없으며, 누군가가 자기를 쳐다본다는 생각은 단지 마음의 허상에 불과하다고 되뇌었다.

두 사람은 라자루스의 옛 장난감 공장과 연결된 쪽에 이르렀고, 작업장이나 조립 공장의 문처럼 보이는 것 앞에서 발길을 멈추었다. 이스마엘은 잭나이프를 꺼내 칼날을 폈다. 칼날이 어둠 속에서 빛났다. 그는 칼끝을 자물쇠에 집어넣고 조심스럽게 자물쇠의 내부를 더듬었다.

"한쪽으로 비켜줘. 빛이 필요해."

이레네는 몇 발짝 물러났고, 공장 내부를 지배하던 어둠을 자세히 쳐다보았다. 창문은 오랫동안 버려진 탓에 성에가 낀 것처럼 흐려져 있었고, 그래서 실제로 그 안에 무엇이 있는지 밝혀내기란 불가능했다.

"자, 자, 열려라……."

이스마엘이 혼잣말로 중얼거리면서 자물쇠를 열려고 애썼다. 이레네는 그를 지켜보았고, 타인의 소유물에 불법으로 들어가는 건 좋은 생각이 아니라고 말하기 시작하던 마음속의 목소리를 잠재웠다. 마침내 자물쇠가 거의 들리지 않을 정도로 삐걱 소리를 내며 문이 2센티미터가량 열렸다.

"식은 죽 먹기야." 이스마엘이 말하면서 천천히 문을 열었다.

"서둘러." 이레네가 말했다. "라자루스는 그리 오래 밖에 있지는 않을 거야."

이스마엘은 안으로 들어갔다. 이레네는 숨을 크게 들이마시고서 그를 따라 들어갔다. 수증기처럼 떠다니고 있던 희미한 빛을 통해 내부에 먼지가 수북이 쌓여 있는 걸 알 수 있었다. 여러 화학 물질의 냄새가 그곳에 스며들어 있었다. 이스마엘이 문을 닫자 두 사람은 형언할 수 없는 어둠의 세계와 마주섰다. 라자루스 얀의 장난감 공장 나머지 부분은 어둠 속에 누워 영원한 꿈속에 빠져 있는 듯했다.

"아무것도 보이지 않아." 이레네가 가능한 한 빨리 그곳에서 나가고 싶은 욕망을 억누르면서 중얼거렸다.

"우리 눈이 어둠에 익숙해질 때까지 기다려야 해. 몇 초만 있으면 될 거야." 이스마엘이 별다른 확신도 없이 제안했다.

몇 초가 흘렀지만 아무 소용이 없었다. 라자루스 공장 안을 덮고 있는 시커먼 어둠은 사라지지 않았다. 이레네는 더듬거리며 안으로 들어가는 길을 찾으려 애썼다. 바로 그때 그녀의 눈은 몇 미터 떨어지지 않은 곳에 꼼짝하지 않고 서 있는 어느 형상에 멈추었다.

몸이 덜덜 떨릴 정도의 공포가 뼛속까지 스며들었다.

"이스마엘, 여기 누군가가 있어……."

그녀는 그의 팔을 힘껏 부여잡으며 말했다.

이스마엘은 어둠을 자세히 살펴보면서 침을 꿀꺽 삼켰다. 팔을 벌린 한 형상이 공중에 매달린 채 떠다니고 있었다. 그 희미한 모습은 마치 시계의 추처럼 천천히 흔들렸고, 긴 머리카락이 어깨까지 드리워져 있었다. 그는 떨리는 손으로 재킷 주머니를 뒤져 성냥갑을 꺼냈다. 그 형상은 움직이지 않고 그대로 있었다. 마치 성냥을 켜기만 하면 그들을 덮치겠다고 작정한 살아 있는 석상 같았다.

이스마엘은 성냥을 켰고, 순간적으로 불빛에 눈이 부셔 제대로 보이지 않았다. 이레네는 그를 힘껏 잡았다.

몇 초 후, 자기 앞에 펼쳐진 광경을 보자 그녀는 힘을 잃고 말았다. 강력한 차가운 바람이 그녀의 온몸을 휩쓸었다. 성냥불의 너울거리는 불빛을 받아 마찬가지로 흔들리고 있던 자신의 모습 앞에 어머니 시몬이 있었다. 그녀의 몸은 양팔을 벌린 채 지붕에 매달려 있었다.

"맙소사……."

그 형상은 천천히 빙그르르 돌았고, 얼굴 반대쪽을 보여주었다. 전선과 톱니바퀴가 은은한 빛 속에서 빛났다. 얼굴은 정확하게 두 쪽으로 나뉘어져 있었고, 단지 한쪽만이 완성되어 있었다.

"기계일 뿐이야, 그저 기계일 따름이라고." 이스마엘은 이렇게 말하면서 이레네를 안심시키려고 애썼다.

이레네는 시몬을 본떠 만든 소름끼치는 작품을 뚫어지게 바라보았다. 눈 색깔과 머리카락 색깔이 똑같았다. 그리고 피부의 모든 점들까지 똑같았으며 얼굴에 새겨진 모든 주름과 선이 소름끼치도록, 무표정한 가면에 그대로 재생되어 있었다.

"도대체 무슨 일이 벌어지고 있는 거지?" 그녀가 물었다.

이스마엘은 작업장 반대쪽 끝에 있는 입구를 가리켰다. 공장의 또다른 입구 같았다.

"여기야." 그는 이렇게 말하며 이레네를 이끌었다.

아직도 그 형상의 출현에 어리둥절해 있던 이레네는 얼떨떨한 상태로 겁에 질린 채 그를 따라갔다.

잠시 후, 이스마엘이 들고 있던 성냥불이 꺼졌고, 그들 주변은 다시 어둠에 휩싸였다.

그들이 크래븐무어의 내부로 안내하는 문에 이르렀을 때, 그들의 발밑에 펼쳐져 있던 그림자는 그들 뒤에서 검은 꽃처럼 늘어져서 커지더니 벽 위로 미끄러졌다. 그림자는 작업장의 작업 테이블로 향했고, 그 어두운 흔적은 라자루스가 전날 밤에 도리안에게 보여주었던 기계 천사의 모습을 덮고 있던 하얀 담요 위로 지나갔다. 천천히 그림자는 시트의 틈 아래로 스며들었고, 흐느적거리는 그 덩어리는 금속 구조물의 접합부분으로 들어갔다.

그림자의 모습이 그 금속물체 내부에서 완전히 사라졌다. 그러자 금속 인형 위로 성에가 끼면서 차가운 거미줄이 만들어졌다. 그런 다음 어둠 속에서 천천히 천사가 눈을 떴다. 시트 아래로 붉게 달아오른 두 개의 루비였다.

그 거대한 형상은 천천히 일어나 날개를 펼쳤다. 그리고 차분하게 두 발을 바닥에 디뎠다. 발톱이 나무 바닥을 할퀴면서 그가 가는 곳마다 흔적을 남겼다. 공중을 부유하던 푸른빛이 이스마엘의 꺼진 성냥에서 솟아오르던 나선형의 연기를 감쌌다. 천사는 그 연기를 가로질러 어둠 속으로 사라지면서 이스마엘과 이레네의 뒤를 따라갔다.

일그러진 밤

멀리서 끊임없이 울려대는 종소리의 희미한 메아리에 시몬은 어렴풋이 잠에서 깼다. 그녀는 아직 너울거리는 태양과 달이 이글거리는 은화로 변하는 세상에 있었다. 종소리가 다시 그녀의 귀에 맴돌았다. 몽롱한 상태에서 완전히 깨어난 시몬은 깜빡 잠이 드는 바람에 한밤이 되기 전에 책 몇 페이지를 읽겠다는 노력이 수포로 돌아갔음을 깨달았다. 독서용 안경을 집는 동안 시몬은 뭔가 소리를 듣고 고개를 돌려 확인했다. 누군가가 가볍게 현관으로 향하는 창문을 가볍게 두드리고 있었다. 시몬은 자리에서 일어나 창문 너머로 라자루스가 웃고 있는 모습을 보았다. 순간 그녀는 자기 뺨이 불그레해지는 걸 느낄 수 있었다. 문을 열어주는 동안 그녀는 현관 입구의 거울에 비친 자기 모습을 바라보았다. 엉망이었다.

"안녕하세요, 소벨 부인. 방문하기에 적당한 시간은 아닌 줄 알지만……." 라자루스가 말했다.

"괜찮아요. 사실은…… 책을 읽고 있다가 그만 깜빡 잠들고 말았어요."

"그렇다면 읽고 있는 책을 바꿔야겠네요." 라자루스가 대답했다.

"그래야 할 것 같아요. 자, 들어오세요."

"불편하게 만들고 싶지는 않습니다."

"그런 말 하지 마세요. 자, 어서 들어오세요."

라자루스는 다정하게 고개를 끄덕이고서 집 안으로 들어왔다. 그리고 재빠르게 집 안을 살펴보았다.

"곳의 집이 지금처럼 훌륭했던 적은 없었어요." 그가 말했다. "축하합니다."

"모두가 이레네 덕분이에요. 그 아이가 우리 집 안의 장식을 도맡았거든요. 차 한 잔 하시겠어요? 아니면 커피?"

"차가 좋을 것 같아요. 하지만……."

"더 이상 덧붙이지 마세요. 저 역시도 차 한 잔 마시고 싶었거든요."

두 사람의 눈길이 순간적으로 마주쳤다. 라자루스는 온화한 미소를 지었다. 시몬은 갑자기 당황한 나머지 눈을 아래로 떨구며, 마실 차를 준비하는 데 온 정신을 집중했다.

"내가 왜 왔는지 생각하고 있겠지요?" 장난감 제작자가 말을 꺼냈다.

사실 시몬도 마음속으로 궁금해하고 있었다.

"나는 매일 밤 숲 속을 산책하곤 해요. 긴장을 푸는 데 도움이 되거든요." 라자루스의 목소리가 들렸다.

주전자의 물 끓는 소리에 두 사람은 잠시 말을 멈추었다.

"파란 만에서 매년 개최되는 가면무도회에 대해 들어보셨나요, 소벨 부인?"

"여름의 마지막 달인 8월의 보름달이 뜰 때에……." 시몬이 기억했다.

"그래요. 생각해봤는데……. 그러니까 내 제안에 그 어떤 압력도 느낄 필요는 없습니다. 만일 그럴 거라면, 이런 제안을 하려고 생각하지도 않았을 거예요. 그러니까, 내 말은……."

라자루스는 마치 초조한 중고등학생처럼 말을 해야 할지 말아야 할지 망설이는 것 같았다. 그녀는 조용히 미소 지었다.

"올해 제 파트너가 되어달라고 부탁해도 괜찮을지 모르겠네요."

마침내 그가 방문 목적을 이야기했다.

시몬은 침을 삼켰다. 라자루스의 미소가 천천히 허물어지고 있었다.

"미안해요. 이런 부탁을 하지 말았어야 하는 건데. 죄송합니다."

"설탕을 넣으시나요?" 시몬이 다정하게 그의 말을 끊었다.

"예?"

"차에 설탕을 넣으시냐고요."

"두 스푼 넣어주세요."

시몬은 고개를 끄덕이고서 천천히 설탕 두 스푼을 차에 탔다. 설탕이 녹자, 그녀는 라자루스에게 찻잔을 내밀면서 웃었다.

"아마 저의 제안에 기분이 상했을지도……."

"아니에요. 데이트 초대를 받는 데 익숙하지 않아서 그래요. 하지만 그 무도회에 당신과 함께 가면 저도 기쁠 것 같아요." 그녀는 이렇게 대답하면서, 자신의 결정에 스스로 놀랐다.

라자루스의 얼굴에 커다란 미소가 아로새겨지면서 환하게 빛났다. 순간적으로 시몬은 자기가 30년은 더 젊어진 것 같았다. 그것은 쑥스러우면서 동시에 매우 뿌듯한 느낌이었다. 위험할 정도로 넋을 잃는 것 같은 느낌이었다. 그것은 절조나 도덕 혹은 양심의 가책보다 더 강력한 느낌이었다. 누군가가 그녀에게 관심을 보인다는 느낌을 갖는 게 위안이 되고 힘이 된다는 것을 그녀는 잊고 지냈던 것이다.

10분 후, 대화는 곶의 집 현관 입구에서 계속 이어지고 있었다. 바닷바람에 벽에 걸린 기름 램프의 불꽃이 너울거리고 있었다. 나무 베란다에 앉아 라자루스는 속삭이는 검은 바다처럼 숲 속에서 바스락거리는 나무 우듬지를 지켜보고 있었다.

시몬은 장난감 제작자의 얼굴을 쳐다보았다.

"집이 마음에 든다니 기쁘네요." 라자루스가 말했다. "아이들은 파란 만의 생활에 어떻게 적응하고 있나요?"

"아무 불만이 없어요. 아니 정반대예요. 사실 이레네는 벌써 마을의 어느 청년과 사귀고 있는 것 같아요. 이스마엘이라고 하더군요. 그를 아시나요?"

"이스마엘이라…… 물론이지요. 아주 훌륭한 청년이라고 알고 있어요." 라자루스가 차갑게 말했다.

"그랬으면 좋겠어요. 분명한 것은 아직도 난 그 아이를 소개 받지 못했다는 거예요."

"요즘 아이들이 다 그래요. 그냥 잠자코 지켜보는 게······."

라자루스가 충고했다.

"모든 어머니들이 그렇겠지만 저도 마찬가지예요. 열다섯 살이나 먹은 딸아이를 과보호하는 우스꽝스러운 짓을 하고 있지요."

"하지만 그건 너무나 자연스러운 일이에요."

"이레네도 같은 생각인지는 모르겠네요."

라자루스는 아무 말도 하지 않고 그저 웃기만 했다.

"그 아이에 관해 알고 있나요?" 시몬이 물었다.

"이스마엘 말인가요?······ 그다지 아는 건 없지만······." 그가 말하기 시작했다. "하지만 훌륭한 뱃사람인 것만은 자신 있게 말할 수 있어요. 사람들은 그가 내성적인 아이로 친구가 많지 않다고들 말하죠. 분명한 것은 나 역시 이 지방의 삶에 대해 그다지 알고 있는 게 없다는 거예요······. 하지만 걱정할 필요는 없을 것 같군요."

이야기 소리가 완전히 꺼지지 않은 담배꽁초의 연기마냥 창문 틈 사이로 간간이 새어나오고 있었다. 그걸 무시할 수는 없는 일이었다. 파도소리가 찰랑찰랑 속삭이고 있었지만, 라자루스와 그의 어머니가 현관에서 나누는 말을 완전히 삼켜버리지는 못했다. 하지만 도리안은 될수 있으면 귀를 막아버리려고 애썼다. 각 구절마다, 억양이 변할 때마다, 그의 마음은 왠지 모르게 불안해졌다. 그들이 대화하는 말투 속에 딱히 말할 수 없는 감정의 기류가 흐르고 있는 것만 같았다.

아무리 도리안이 친하다고 생각하는 라자루스일지라도, 어머니가 아버지가 아닌 다른 남자와 호젓이 얘기하는 게 받아들이기 힘든 일이었기 때문이었다. 혹은 두 사람의 말 속에 묻어나는 은밀하면서도 친근한 느낌이 싫었을 수도 있다. 하지만 도리안은 자기 어머니가 다른 남자와 만나지 않기를 바란다는 것은 일종의 질투이자 멍청한 강박관념일 뿐이라고 마음을 고쳐먹었다. 그렇게 생각하는 거야말로 이기적이고 부당한 것이었다. 어쨌거나 시몬은 그의 어머니이기도 하지만 또한 살아 숨 쉬는 여자이자, 우정을 필요로 하는 한 인간이었다. 높은 평가를 받는 책들을 보면 그런 사실을 분명히 밝히고 있다. 도리안은 그런 이유의 이론적 측면을 떠올렸다. 이론적 차원에서는 모든 게 완벽해 보였다. 하지만 그걸 실천할 수 있느냐는 또 다른 문제였다.

침실의 불을 켜지 않은 채 도리안은 소심하게 창가로 다가가서 현관을 슬쩍 쳐다보았다. '이기주의자이자 스파이'라고 그의 내면의 목소리가 속삭이는 것 같았다. 어둠 속에 모습을 감춘 채 도리안은 현관 바닥 위로 투사된 어머니의 그림자를 바라보았다. 라자루스는 서서 시커멓고 헤아릴 수 없는 바다를 쳐다보고 있었다. 도리안은 침을 꿀꺽 삼켰다. 산들바람이 그를 가려주고 있던 커튼을 흔들었고, 그는 본능적으로 한걸음 뒤로 물러났다. 어머니가 알아들을 수 없는 몇 마디를 했다. 하지만 그는 비밀리에 훔쳐보고 있다는 사실에 창피해하면서 자기가 관여할 일이 아니라고 결론지었다.

도리안은 살며시 창문에서 떠나려고 했다. 그런데 문득 어둠 속에서 무언가 움직이는 게 보였다. 그는 머리카락이 온통 쭈뼛 서는 것을 느끼면서 별안간 뒤로 돌았다. 방은 어둠에 잠겨 있었고, 너울거리는 커튼 사이로 스며드는 희미한 불빛만이 그 어둠을 가르고 있었다.

천천히 그의 손이 나이트테이블을 더듬으면서 램프의 스위치를 찾았다. 나이트테이블은 차가웠다. 손가락이 그 버튼을 찾는 데 2초가량의 시간이 걸렸다. 도리안은 스위치를 눌렀다. 전구 안의 나선형 필라멘트가 순간적으로 켜지더니, 한숨을 내쉬며 꺼졌다. 뿌연 섬광에 순간적으로 눈이 부셨다. 그런 다음 어둠은 마치 검은 물로 가득한 깊은 우물처럼 더욱 짙어졌다.

'전구가 나갔어.' 도리안은 생각했다. '그다지 특별한 일은 아니야. 텅스텐 재질의 나선형 필라멘트는 수명이 정해져 있으니까.'

학교에서 그는 이런 모든 걸 배웠다.

이렇게 그는 마음을 놓으면서 생각했지만, 그런 생각은 그가 어둠 속에서 다시 무언가 움직인다는 것을 간파하는 순간 씻은 듯이 사라졌다. 보다 구체적으로 말하자면, 그건 그림자였다.

어떤 그림자가 어둠 속에서, 그것도 그의 앞에서 움직이는 것 같다는 사실을 확인하자 그는 온몸에 소름이 끼쳤다. 검고 분명치 않은 형상이 방 한가운데 멈추었다. '날 지켜보고 있어'라고 도리안이 마음속으로 중얼거렸다. 그림자는 어둠을 헤치며 앞으로 나아가는 것 같았고, 도리안은 움직이는 건 방바닥이 아니라 자기 무릎이라고, 한 발짝 한 발짝씩 다가오는 칠흑의 유령 앞에서 두려워 벌벌 떠는 그의 무릎이라는 걸 확인했다.

도리안은 희미한 빛이 들어오는 곳까지 몇 발짝 뒤로 물러섰다. 창문으로 들어오는 희미한 빛이 그를 감쌌다. 그러자 그림자는 어둠과 빛의 경계선에서 발길을 우뚝 멈추었다. 그는 자기 이빨이 덜덜 떨리는 것 같았지만, 힘껏 입술을 깨물면서 눈을 질끈 감아버리고 싶은 걸 간신히 참았다. 갑자기 누군가가 입을 열었다. 그리고 몇 초가 지나서야 말하고 있는 사람은 바로 자기 자신이라는 사실을 확인할 수 있었다. 두려움의 흔적이 없는 단호하고 굳은 말투였다.

"여기서 나가!" 도리안이 그림자가 있는 방향으로 중얼거렸다. "여기서 나가라고 했어!"

으스스한 웃음소리가 그의 귓가에 맴돌았다. 멀리서 웃어대는 불길하면서도 잔인한 웃음소리였다. 순간 그 그림자의 얼굴이 시커먼 물의 환영처럼 어둠 속에 모습을 드러냈다. 검은 악마 같았다.

"여기서 나가!" 그가 다시 한 번 말했다.

검은 수증기와 같은 모습이 그의 눈앞에서 사라졌고, 그 그림자는 마치 불타는 가스 구름처럼 전속력으로 방 안을 가로질러 문 쪽으로 향했다. 그러고는 나선형의 형상을 취하더니 이내 자물쇠 틈 속으로 사라졌다. 보이지 않는 힘이 어둠의 토네이도를 빨아들인 것 같았다.

그제야 전구의 필라멘트에 다시 불이 켜지면서 방 안을 밝혔다. 순간 그는 공포의 비명을 내지를 뻔했지만, 다행히 입 밖으로 나오지는 않았다. 그는 방 안을 샅샅이 살펴보았지만, 몇 초 전에 보았다고 생각했던 귀신의 흔적은 온데간데없었다.

도리안은 깊이 숨을 들이마시고서 방 문으로 향했다. 그리고 손잡이에 손을 올려놓았다. 손잡이는 얼음처럼 차가웠다. 마음을 굳게 먹고 문을 열어 복도의 어둠을 자세히 살폈다. 아무것도 없었다.

그는 다시 부드럽게 침실 문을 닫고서 창가로 돌아갔다. 아래 현관에서는 라자루스가 그의 어머니와 작별의 인사를 나누고 있었다. 떠나기 전에 장난감 제작자는 고개를 숙이더니 그녀의 뺨에 키스를 했다. 짧은 키스, 거의 입과 뺨이 스치는 정도의 키스였다. 도리안은 자신의 위장이 완두콩만 해질 때까지 줄어들고 있다는 것을 느꼈다. 잠시 후, 어둠에서 그 남자는 눈을 들더니 그를 향해 미소 지었다. 그러자 도리안은 너무 놀라 피가 얼어붙을 것만 같았다.

장난감 제작자는 달빛을 받으며 천천히 숲 속을 향해 걸어갔다. 도리안은 그의 모습을 지켜보려고 애썼지만, 라자루스의 그림자가 어디에 비추는지 볼 수 없었다. 잠시 후 그는 어둠 속으로 완전히 사라졌다.

장난감 공장과 저택을 연결하는 긴 복도를 지난 후, 이스마엘과 이레네는 크레븐무어의 심장부로 들어갔다. 밤의 망토를 두른 라자루스의 저택은 마치 어둠의 궁전처럼 보였다. 수십 개의 기계 장난감들로 가득한 복도들이 어둠을 향해 사방으로 뻗어 있었다. 저택 한가운데의 나선형 계단 꼭대기에 달려 있는 램프가 붉고 푸르고 노란 빛을 사방으로 비추고 있었고, 그 빛들은 마치 만화경에서 빠져나온 거품처럼 크레븐무어의 내부를 향해 반사되고 있었다.

이레네는 로봇과 벽에 걸린 생명 없는 얼굴들의 무기력한 모습이 그 저택에 살았던 사람들의 영혼을 사로잡았을 것만 같은 이상한 느낌이 들었다. 생각보다 단순한 이스마엘은 그 모습 속에 깃든 복잡하고 헤아릴 수 없는 영혼을 사실 눈치 채지 못하고 있었다. 그러나 그의 그런 태도도 그녀를 안심시킬 수는 없었다. 오히려 반대로 라자루스 양의 사적인 공간에 발을 들여놓으며 장난감 제작자의 보이지 않는 힘이 그 어느 때보다도 강렬하게 느껴졌다. 기괴한 건축물의 숨겨진 구석구석마다 그의 개성이 묻어났다. 유명한 이야기의 장면을 보여주는 프레스코화가 그려진 둥근 천장부터 그들이 밟고 있는 바닥에 이르기까지 모두 그의 취향을 반영하고 있었다. 특히 무한한 체스판으로 이루어진 바닥은 끝도 없이 깊어 보이는 엄청난 시각적 효과를 자아내면서 우리의 눈을 기만했다. 크래븐무어로 들어서는 건 넋을 잃을 정도로 매력적인 동시에 끔찍하게 두려운 꿈으로 들어가는 것만 같았다.

이스마엘은 어느 계단 발치에서 걸음을 멈추고는 높은 곳으로 올라가면서 자취를 감추는 나선형의 길을 조심스럽게 올려다봤다. 그가 그렇게 하는 동안, 이레네는 라자루스가 만든 태양 모양을 한 시계 얼굴이 눈을 뜨고 그들에게 미소 짓고 있다는 사실을 깨달았다. 시침이 수직이 되어 자정임을 가리키자, 시계 문자반은 한 바퀴 빙 돌았고 태양은 기괴한 빛을 내뿜는 달로 바뀌었다. 달의 검고 반짝이는 눈이 천천히 이쪽저쪽으로 돌았다.

"위층으로 가자." 이스마엘이 속삭였다. "한나의 방은 2층이었어."

"이스마엘, 이 집에는 방이 수십 개나 돼. 그런데 어떤 게 한나의 방인지 어떻게 알아내지?"

"한나는 자기 방이 복도 끝의 만을 바라보고 있다고 했어."

이레네는 그 정보가 확실할까 의심스러우면서도 이내 고개를 끄덕였다. 이스마엘도 이레네와 마찬가지로 그 장소의 분위기에 완전히 압도된 것 같았지만, 100년이 지나도 그런 사실을 인정하지 않을 것이었다. 두 사람은 마지막으로 시계를 쳐다보았다.

"벌써 열두 시야. 라자루스가 곧 돌아올 거야." 이레네가 말했다.

"자, 어서 걷자."

계단은 중력의 법칙에 도전하는 것 같은 스타일의 나선형 모양으로 올라가면서, 커다란 대성당의 둥근 천장을 가로지르는 아치처럼 점차 활처럼 휘었다. 어지러울 정도로 빙빙 돌아 올라가면서 두 사람은 1층 입구를 지났다. 이스마엘은 이레네의 손을 잡고서 계속 올라갔다. 벽들은 점점 심하게 휘어지고 있었고, 그들이 가는 길은 점차로 바위를 관통하는 식도食道처럼 변해가고 있었다.

"조금만 더 가면 돼." 이스마엘은 이레네가 걱정스러운 침묵을 지키고 있다는 것을 알고는 이렇게 말했다.

30초밖에 안 되는 시간이었지만, 그들에겐 그 시간이 영원처럼 길게 느껴졌다. 두 사람은 그 질식할 것 같은 파이프에서 빠져나와 크래븐무어의 2층과 연결된 문에 도달했다. 그들 앞에는 동쪽 날개의 중심 복도가 펼쳐져 있었다. 돌처럼 굳어버린 한 무리의 인물들이 어둠 속에서 그들을 노려보고 있었다.

"헤어져서 찾아보는 게 좋을 것 같아." 이스마엘이 말했다.

"그 말을 할 줄 알았어."

"어느 쪽을 살펴볼 건지 먼저 선택하도록 해." 이스마엘은 선심이라도 쓰듯 장난스럽게 말했다.

이레네는 양쪽을 바라보았다. 동쪽으로는 거대한 식기 주변에 두건을 두른 세 사람, 즉 마녀들의 모습이 눈에 띄었다. 그녀는 반대편을 가리켰다.

"저쪽으로."

"그냥 기계에 불과해, 이레네." 이스마엘이 말했다. "생명이 있는 존재들이 아니라, 그저 장난감이라고."

"그런 건 아침에나 먹힐 얘기야."

"알았어. 난 이쪽을 살펴볼게. 15분 후에 여기서 만나. 우리가 아무것도 발견하지 못하면, 운이 없다고밖에 할 수 없지." 그가 양보했다.

"약속할게."

그녀는 고개를 끄덕였다. 이스마엘은 성냥갑을 내밀었다.

"혹시 필요할지 몰라."

이레네는 재킷 주머니에 그걸 보관하고서 이스마엘을 마지막으로 쳐다보았다. 그는 고개를 숙이더니 그녀의 입술에 가볍게 키스했다.

"행운을 빌어." 그가 속삭였다.

이레네가 대답을 하기도 전에, 그는 어둠에 파묻힌 복도 끝을 향해 멀어져갔다. '네게도 행운이 깃들길'이라고 이레네는 생각했다.

이스마엘의 발소리가 그녀 뒤로 사라졌다. 이레네는 깊이 숨을 들이마시고서 저택의 중앙 축을 가로지르는 복도의 끝을 향해 걸어갔다. 그녀는 아래층까지 내려가는 심연을 슬쩍 바라보았다. 한 줄기 빛이 꼭대기에 달린 램프에서 수직으로 떨어지면서, 어둠을 할퀴는 무지개를 그리고 있었다.

그 지점에서 복도는 두 방향으로 갈라지고 있었다. 남쪽과 서쪽이었다. 서쪽 날개만이 만을 바라볼 수 있는 유일한 방향이었다. 그녀는 한시도 머뭇거리지 않고, 긴 복도로 들어서며 램프에서 새어나오는 불빛을 지났다. 그런데 갑자기 이레네는 반투명의 베일이 복도를 가로막고 있다는 것을 깨달았다. 성기고 얇은 천으로 만든 커튼으로 그 너머에 있는 복도는 지금까지완 전혀 다른 면모를 띠고 있었다. 어둠 속에서 그녀를 노리고 있는 그 어떤 모습도 보이지 않았다.

글자 하나가 칸막이 커튼 꼭대기에 새겨져 있었다. 이니셜이었다.

A

이레네는 손가락으로 커튼의 베일을 거두고서 서쪽 날개를 둘로 나누는 것처럼 보이는 그 이상한 경계선을 지나쳤다. 눈에 보이지 않는 차가운 힘이 얼굴을 쓰다듬었고, 처음으로 그녀는 벽이 복잡하게 얽혀 있는 나무 돋을새김으로 뒤덮여 있는 걸 보았다. 그곳에는 오로지 문세 개만 보였다. 두 개는 복도 양쪽에 있었고, 세 번째 문, 그러니까 셋 중에서 가장 큰 문은 맨 끝에 있었으며, 커튼에서 보았던 이니셜이 새겨져 있었다.

이레네는 천천히 그 문을 향해 걸었다. 주변의 돋을새김들은 이상한 창조물들을 의인화한 장면을 보여주고 있었다. 각각의 장면은 동시에 다른 장면과 병치되면서 상형문자와도 같은 인상을 풍겼는데, 그 의미는 전혀 짐작도 할 수 없었다. 복도 끝에 있는 문에 다다랐지만 이레네는 한나가 이런 곳에 있었을 리 없다고 생각했다. 그러나 그곳엔 사람을 끌어들이는 뭔가가 있었다. 금지된 성역의 음산하면서도 음침한 분위기가 사람을 압도했다. 무언가 강력한 존재가 공중을 떠다니는 것 같았다. 만질 수 있을 것처럼 분명한 존재였다.

이레네는 맥박이 마구 뛰고 있다는 것을 느끼면서, 떨리는 손으로 문의 손잡이를 돌렸다. 순간 불길한 예감이 들었다. 아직 뒤로 돌아가 이스마엘과 만나 라자루스가 그들의 침입을 눈치 채기 전에 그 집에서 빠져나갈 시간은 있었다. 손잡이가 그녀의 손가락 아래서 부드럽게 돌아가고 있었다. 손에서 미끄러졌다. 이레네는 눈을 감았다. 그곳에 들어갈 이유가 없었다. 다시 발길을 되돌리는 것으로 충분했다. 그녀에게 문을 열고 돌아올 수 있는 문턱을 넘어가라고 속삭이는 그 비현실적이고 몽상적인 분위기에 굴복할 이유가 없었다.

이레네는 눈을 떴다. 복도는 어둠 사이로 그녀가 돌아갈 길을 보여주고 있었다. 이레네는 한숨을 쉬었고, 잠시 얇은 망사천의 커튼을 물들이고 있는 램프의 불빛을 멍하니 바라보았다. 바로 그때 검은 실루엣 하나가 커튼 뒤로 모습을 드러냈다.

"이스마엘?" 이레네가 조그만 소리로 물었다.

그림자는 잠시 그곳에 머물러 있는가 싶더니 아무 소리도 내지 않고 다시 어둠 속으로 물러갔다.

"이스마엘이야?" 그녀는 다시 물었다.

그녀의 혈관에 서서히 공포의 독이 스며들기 시작했다. 커튼에서 눈을 떼지 않은 채, 그녀는 침실 문을 열고 들어가 문을 닫았다. 순간 길쭉한 창문을 통해 스며든 사파이어 빛에 눈이 부셨다. 하지만 이내 그 침실의 희미한 불빛에 적응했다. 이레네는 떨리는 손으로 이스마엘이 주었던 성냥갑에서 성냥을 꺼내 불을 붙였다. 성냥 불빛의 도움으로 호화로운 궁중의 거실과 같은 방이 모습을 드러냈다. 화려하고 휘황찬란한 게 마치 동화의 한 페이지에서 빠져나온 것만 같았다.

미로 같은 격천장으로 장식된 지붕에는 침실 한가운데를 중심으로 복잡하고 기괴한 그림이 그려져 있었다. 한쪽 끝에는 긴 황금빛 베일로 둘러싸인 침대가 하나 있었다. 방 한가운데에는 대리석 탁자가 놓여 있었고, 그 위에는 커다란 체스 판이 있었으며, 체스 알은 모두 유리로 세공되어 있었다. 또 다른 한쪽 끝에서 이레네는 그 무지갯빛 분위기를 자아내는 데 일조하는 또 다른 빛을 보았다. 커다란 나무 장작이 시뻘겋게 타오르고 있는 벽난로였다. 그것은 마치 동굴과 같은 입의 모양을 하고 있었다. 그 위에는 커다란 초상화가 걸려 있었다. 우리가 상상할 수 있는 한 가장 섬세한 용모를 지닌 하얀 얼굴이었다. 눈부시게 아름다운 여인의 눈엔 깊이를 알 수 없는 우수가 어려 있었다. 초상화의 여인은 길고 하얀 옷을 두르고 있었으며, 그녀 뒤로 파란 만의 등대섬이 보였다.

이레네는 불 켜진 성냥을 높이 들고 천천히 초상화 아래로 다가갔다. 그런데 그만 성냥불에 손가락이 데이고 말았다. 그녀는 데인 부분을 입술로 핥으면서 책상 위에서 촛대를 보았다. 구태여 그럴 필요는 없었지만, 그녀는 또 다른 성냥으로 초에 불을 붙였다. 불꽃은 다시 그녀 주변으로 은은한 빛을 밝혔다. 책상 위에는 가죽으로 장정된 책의 중간 부분이 펼쳐져 있었다.

이레네는 글자체를 알아볼 수 있었다. 양피지 같은 종이 위에 적힌 글자체는 너무나 눈에 익었다. 그 페이지에 적힌 단어들은 간신히 읽힐 수 있을 만큼 먼지로 뒤덮여 있었다. 그녀가 입으로 가볍게 후 하고 불자 반짝반짝한 수천 개의 먼지 입자가 구름을 이루며 책상 위로 흩어졌다. 이레네는 그 책을 집어들어 첫 페이지를 펼쳤다. 그러고서 그 책을 촛불 아래로 가져가서 은색 글씨를 읽었다. 그 모든 게 뭘 의미하는지 서서히 깨달아가는 동안, 강렬한 한기가 마치 차가운 바늘처럼 이레네의 목덜미에 꽂혔다.

알렉산드라 알마 마티스
라자루스 요세프 얀
1915

불타고 있던 장작 하나가 탁탁 거리면서 조그만 불꽃을 내뱉었고, 그 불꽃은 바닥에 닿자마자 꺼져버렸다. 이레네는 책을 덮어 책상에 다시 올려놓았다. 바로 그때 방 안 맞은편에서, 그러니까 침대를 에워싼 너울거리는 황금빛 베일 뒤로 누군가 자기를 지켜보고 있는 것 같았다. 가냘픈 누군가가 침대에 누워 있는 게 희미하게 보였다. 여자였다. 이레네는 그녀를 향해 몇 발짝 다가갔다. 여자가 한쪽 손을 들었다.

"알마?"

이레네는 자그맣게 물었고, 자기 자신의 목소리에 흠칫 놀랐다.

그녀는 몇 미터 떨어진 침대로 달려가 그 앞에 멈추었다. 심장이 터질 것만 같아 그녀는 숨을 몰아쉬었다. 천천히 커튼을 거두었다. 그 순간 갑자기 차가운 바람이 방 안을 가로지르더니 침대에 걸린 베일을 심하게 흔들어댔다. 이레네는 뒤로 돌아 문을 바라보았다. 그림자 하나가 바닥에 길게 드리워져 있었다. 마치 커다란 잉크 자국 하나가 문 밑으로 번져가는 것 같았다. 희미하면서도 증오로 가득한 목소리, 그러니까 귀신의 소리가 어둠 속에서 들려왔다.

잠시 후 문이 갑자기 쾅하고 열리더니 침실 안쪽 벽에 부딪치면서, 문을 지탱해주던 경첩을 완전히 뜯어버렸다. 긴 쇠칼처럼 날카로운 손톱이 어둠에서 나타나자, 이레네는 있는 힘을 다해 비명을 질렀다.

이스마엘은 한나의 침실이 어디에 있는지 마음속으로 위치를 더듬으며 찾았지만 뭔가 잘못되어가는 듯했다. 예전에 한나가 집을 설명해줬을 때, 그는 스스로 크래븐무어의 평면도를 그렸었다. 그러나 일단 집으로 들어서자, 저택이 미로와도 같은 구조를 띠고 있어 도저히 판독이 불가능했다. 그가 살펴보기로 했던 날개의 모든 방들은 굳게 닫혀 있었다. 그의 기술로는 단 하나의 자물쇠도 열 수 없었다. 무정하게 흘러가는 시간은 그의 시도가 완전히 실패로 돌아갈 것을 예고하는 것 같았다.

약속한 15분이 헛되이 사라지면서 그날 밤에는 조사를 중지해야 할 것 같다는 생각이 그의 머리를 스쳤다. 그곳의 음산한 장식을 슬쩍 둘러만 봐도 그곳에서 빠져나갈 핑계는 수없이 만들 수 있었다. 저택을 떠나야겠다고 마음먹었을 때쯤, 이레네의 비명소리가 들렸다. 깊이 숨겨진 어느 구석에서부터 크래븐무어의 어둠을 뚫고 들려오는 한 줄기 작은 외침이었다. 그 메아리는 사방으로 흩어졌다. 이스마엘은 순간 피가 거꾸로 솟는 것처럼 흥분해선 거대한 복도의 반대편 끝을 향해 있는 힘껏 달려갔다.

그는 어둡고 음산한 복도를 지나며 그 어느 것에도 눈길을 주지 않았다. 그는 둥근 지붕에 달린 램프의 유령과 같은 불빛 아래를 지나 중앙 돌계단 주변의 복도 갈림길을 지났다. 재빠르게 복도를 지나려고 했지만 타일 바닥 구간은 마치 무한으로 확장되어가듯 한없이 길어지고 있었다.

이레네의 비명이 또다시 들렸다. 이번에는 더욱 가까운 곳에서 들려왔다. 이스마엘은 반투명의 커튼을 지나 마침내 서쪽 날개 끝에 있는 침실 입구를 발견했다. 생각할 겨를도 없이 그는 방 안으로 들어갔다. 그 안에서 무엇이 기다리고 있는지 전혀 상상도 하지 못하고 있었다.

탁탁 불똥을 튀기는 장작의 불빛 덕에 거대한 방의 모습이 한눈에 들어왔다. 파란 빛으로 물든 커다란 창문에 기댄 이레네의 모습을 보자 그는 순간적으로 마음이 놓였다. 하지만 그녀의 엄청난 공포를 읽을 수 있었다. 이스마엘은 본능적으로 뒤로 고개를 돌렸고, 자기 앞에 있는 것을 보자 정신이 까마득해졌다. 마치 뱀의 몽환적인 춤을 본 것처럼 옴짝달싹할 수 없었다.

어둠 사이로 거대한 형상이 일어나더니 두 개의 커다란 검은 날개를 펼쳤다. 박쥐의 날개였다. 아니 악마의 날개인지도 몰랐다.

천사는 긴 두 팔을 펼쳤다. 길고 검은 손가락 위에서 두 개의 검은 손톱이 눈에 띄었다. 칼처럼 단단하고 날카로운 손톱이 덮개를 덮고 있는 얼굴 앞에서 반짝거렸다.

이스마엘이 벽난로가 있는 쪽으로 한 발짝 물러서자 천사가 고개를 들어올렸다. 장작 불빛으로 그의 얼굴이 환히 드러났다. 그 음산한 모습에는 단순한 기계 이상의 무언가가 있었다. 저주스럽고도 불길한 뭔가가 기계를 지옥의 꼭두각시처럼 조종하고 있었다. 이스마엘은 부릅 뜬 눈으로 반쯤 타고 있던 장작을 집었다. 그리고 그 장작을 천사에게 휘두르면서 방문을 가리켰다.

"천천히 문으로 가." 그는 이레네에게 속삭였다.

이레네는 공포에 질린 나머지 꼼짝도 할 수 없었기에 그의 말대로 할 수 없었다.

"내가 말한 대로 해." 이스마엘이 목소리를 높여 말했다.

그가 큰 소리로 말하자 이레네는 정신을 차렸다. 벌벌 떨면서 고개를 끄덕인 후, 그녀는 문 쪽으로 다가갔다. 그때 천사의 얼굴이 마치 먹잇감에 온 정신을 집중하면서 인내심을 가지고 기다리던 육식동물처럼 그녀를 향해 고개를 돌렸다. 이레네는 자기 발이 바닥에 들러붙은 것 같은 느낌을 받았다.

"쳐다보지 말고 계속 앞으로 가." 이스마엘은 이렇게 말하며 쉬지 않고 천사 앞에서 장작을 휘둘렀다.

이레네는 한 발짝 더 내디뎠다. 천사가 그녀 쪽으로 고개를 돌렸고, 이레네는 자기도 모르게 신음소리를 냈다.

천사가 한눈파는 틈을 이용해 이스마엘은 장작으로 천사의 머리를 가격했다. 그 충격으로 불똥이 사방으로 튀었다. 그가 장작을 거두어들이기도 전에, 천사는 그 나무를 붙잡더니 5센티미터 정도 길이의 사냥칼처럼 단단한 손톱으로 그가 보는 앞에서 장작을 부숴버렸다.

천사는 이스마엘을 향해 한 발짝 내디뎠다. 그는 바닥이 적의 몸무게를 이기지 못해 덜덜 떨리고 있다는 것을 느낄 수 있었다.

"넌 빌어먹을 기계일 뿐이야. 넌 양철 쪼가리일 뿐이라고." 그는 이렇게 중얼거리며 천사의 덮개 아래서 모습을 드러낸 두 개의 붉은 눈을 애써 외면하려 했다.

악마와 같은 천사의 눈동자가 핏빛 각막 위로 가늘어지면서 커다란 맹수의 날카로운 눈으로 변했다. 천사는 그를 향해 한 발짝 다가갔다. 이스마엘은 문 쪽을 급히 바라보았다. 문까지는 8미터 이상의 거리가 있었다. 그가 도망칠 방법은 없었지만, 이레네는 충분히 도망갈 수 있었다.

"내가 말하면 문으로 뛰어가서 이 집 밖을 나갈 때까지 절대 멈추지 마."

"무슨 말을 하고 있는 거야?"

"지금은 이렇다 저렇다 말할 때가 아니야." 이스마엘이 천사에게서 눈을 떼지 않은 채 그녀의 말을 막았다. "자, 뛰어!"

이스마엘은 머릿속으로 창문까지 뛰어가는 데 걸릴 시간을 재면서, 뜻밖의 일이 일어날 경우 건물 앞면의 삐져나온 돌 사이로 도망칠 수 있는지를 궁리했다. 그런데 이레네는 문을 향해 뛰어 가는 대신 시뻘건 불이 붙은 장작을 쥐고서 천사와 맞서는 걸 택했다.

"날 봐, 이 빌어먹을 놈아." 그녀는 소리치면서 장작으로 천사를 덮고 있던 덮개에 불을 붙였다. 그러자 안에 숨어 있던 그림자가 분노의 비명을 질렀다.

놀란 이스마엘은 이레네 쪽으로 몸을 날렸다. 그리고 다섯 개의 칼 같은 손톱이 허공을 휘저으며 그녀를 갈기갈기 찢어버리기 바로 직전에 그녀를 바닥에 쓰러뜨릴 수 있었다. 불의 망토를 뒤집어쓴 천사는 이내 불길에 휩싸였다. 이스마엘은 이레네의 팔을 붙잡고서 그녀를 일으켰다. 두 사람이 함께 출구 쪽으로 뛰어가려는 순간, 천사가 덮고 있던 불의 망토를 찢어버린 후 그들의 길을 막았다. 시커멓게 그을린 쇳덩이가 불길 아래서 모습을 드러냈다.

이스마엘은 그녀가 다시는 무모한 행동을 하지 못하도록 한시도 손을 떼지 않고 창문으로 가서 의자 하나를 유리창에 던졌다. 그러자 유리는 산산조각이 났고, 차가운 밤 바람에 커튼이 천장까지 닿도록 휘날렸다. 그들은 뒤에서 다가오는 천사의 발자국 소리를 느꼈다.

"어서 서둘러! 배내기(벽 윗부분에 장식으로 두른 돌출부 — 옮긴이)로 뛰어내려!" 이스마엘이 소리쳤다.

"뭐라고?" 이레네는 믿지 못하겠다는 듯 물었다.

그러나 차근차근 설명할 시간이 없었다. 그는 이레네를 밖으로 밀었다. 이레네는 유리창의 깨진 부분을 지나면서 거의 40미터나 되는 거리를 수직으로 떨어질 것 같았다. 잠시 뒤면 자기 몸이 허공으로 수직 낙하할 것이라고 생각하자 가슴이 쿵쾅 뛰었다. 그러나 이스마엘은 그녀를 한시도 손에서 놓지 않았고, 마치 구름 사이로 난 길처럼 건물 앞면을 에워싸고 있던 좁은 배내기 위로 단숨에 그녀를 올려놓았다. 이스마엘은 이레네의 뒤를 따라 뛰어내려 배내기로 올라간 다음, 그녀를 앞으로 밀었다. 얼굴로 흘러내리던 땀이 바람에 차가워졌다.

"아래를 쳐다보지 마." 그가 소리쳤다.

두 사람이 불과 1미터가량 앞으로 나아갔을 때, 천사의 손톱이 그들 뒤로 모습을 드러냈다. 천사의 손톱은 돌에 네 개의 상처 자국을 내면서 돌 위로 수많은 불똥을 튀겼다. 이레네는 배내기 위에서 자기 발이 흔들리는 것을 느끼곤 비명을 질렀다. 몸이 허공을 향해 위험하게 흔들거리는 것 같았다.

"앞으로 갈 수가 없어, 이스마엘." 그녀가 말했다. "한 발만 더 내디뎌도 떨어질 것 같아."

"아니야, 넌 할 수 있어. 꼭 해내고 말 거야. 자, 어서 가." 그가 강요하면서, 힘껏 그녀의 손을 잡았다. "네가 떨어지면, 나도 떨어지게 되는 거야."

이레네는 미소를 지으려고 노력했다. 그런데 잠시 뒤 약 2미터 앞에서 창문 하나가 꽝음을 내며 부서지며 수천 개의 유리조각이 바깥으로 튀어나갔다. 천사의 손톱이 깨진 유리창 사이로 비집고 나오더니 몸 전체가 거미처럼 건물 앞면에 붙었다.

"맙소사……." 이레네가 신음했다.

이스마엘은 그녀를 끌어당기면서 뒷걸음질 치려고 했다. 천사는 기어서 배내기 위로 올라갔다. 그 모습은 크래븐무어의 앞면 상단의 프리즈를 지탱해주던 이무기돌의 악마 얼굴과 흡사했다.

이스마엘은 자기 주변을 재빨리 둘러보았다. 천사는 그들을 향해 조금씩 다가오고 있었다.

"이스마엘……."

"이제 됐어, 조금만 기다려!"

그는 그 높이에서 뛰어내릴 경우 살아남을 확률을 계산했다. 아무리 생각해도 제로였다. 방으로 다시 들어가기에는 시간이 많이 필요했다. 게다가 방으로 들어가기도 전에 천사가 그들을 덮칠 게 분명했다. 그는 결정해야 할 시간이 기껏해야 몇 초 안 남았다는 사실을 알고 있었다. 이레네가 그의 손을 힘껏 잡았다. 그녀의 손은 떨리고 있었다. 이스마엘은 자신들을 향해 느리지만 가차 없이 다가오고 있는 천사를 마지막으로 바라보았다. 하수관이 그의 발밑에서 건물 앞면으로 내려가고 있었다. 이스마엘은 하수관을 보며 과연 그것이 두 사람의 무게를 견딜 수 있을지를 생각하는 한편으로 그 두꺼운 하수관을 잡고 내려올 수 있는 방법을 모색했다.

"날 꽉 잡아." 마침내 그가 나지막이 속삭였다.

이레네는 그를 쳐다보았다. 그런 다음 심연과도 같은 땅바닥을 쳐다보았고, 그의 생각을 읽었다.

"맙소사!"

이스마엘은 그녀에게 윙크했다.

"행운을 빌어." 그가 속삭였다.

천사의 발톱이 그녀의 얼굴에서 불과 4센티미터 떨어진 곳에 박혔다. 이레네는 소리를 지르며 두 눈을 감은 채 이스마엘을 꼭 붙잡았다. 두 사람은 아찔할 정도로 떨어지고 있었다. 그녀가 다시 눈을 떴을 때,

두 사람은 허공에 대롱대롱 매달려 있었다. 이스마엘은 속도에 아무런 제동도 걸지 못한 채 하수관을 타고 한없이 밑으로 미끄러져 내려갔다. 그들 위에서 천사가 하수관을 마구 때리면서 짓눌러대고 있었다. 이스마엘은 하수관과의 마찰로 손과 팔의 피부가 사정없이 벗겨지면서 화상을 심하게 입고 있었다. 그들을 향해 기어오면서 홈통을 잡은 천사가 자신의 몸무게를 이용해 벽에서 하수관을 떼어냈다.

그런데 천사의 쇳덩이가 하수관과 함께 허공으로 떨어졌다. 하수관은 이스마엘과 이레네와 함께 공중에서 바닥으로 커다란 아치를 그렸다. 이스마엘은 하수관에서 떨어지지 않으려고 무진 애를 썼지만, 떨어지는 속도를 감당할 수는 없었다.

하수관이 그의 팔에서 미끄러지면서 두 사람은 크래븐무어의 서쪽 날개를 둘러싼 커다란 웅덩이 위로 떨어졌다. 두 사람은 시커먼 물의 차가운 수면 위로 거센 소리를 내며 떨어졌다. 얼마나 세게 떨어졌던지 두 사람의 엉덩이가 웅덩이의 미끈미끈한 바닥에까지가 닿을 정도였다. 이레네는 차가운 물이 콧구멍으로 들어차면서 목구멍이 불타는 것 같았다. 공포와 전율이 그녀를 엄습했다. 그녀는 물밑에서 눈을 떴고, 심한 통증을 느끼는 가운데서 검은 물만 눈에 들어왔다. 그때 어떤 희미한 모습이 그녀 옆에 나타났다. 이스마엘이었다. 그는 이레네를 붙잡고서 수면 위로 헤엄쳐 올랐다. 두 사람은 물 위에 올라 겨우 숨을 쉴 수 있었다.

"서둘러." 이스마엘이 재촉했다.

이레네는 그의 손과 팔에 상처가 나 있는 걸 알았다.

"별것 아니야." 그는 거짓말하면서 웅덩이 바깥으로 나갔다.

그녀는 그를 따라갔다. 그녀의 옷은 흠뻑 젖어 있었다. 옷은 피부에 달라붙어 있었고, 추운 날씨 탓에 그 옷은 마치 온몸에 서리를 뒤집어쓴 것처럼 피부를 아리게 했다. 이스마엘은 주변의 어둠을 자세히 살폈다.

"어디에 있지?" 이레네가 물었다.

"아마도 추락의 충격 때문에……."

그때 수풀 사이로 무언가가 움직였다. 두 사람은 즉시 핏빛의 눈을 알아보았다. 천사는 그곳에 있었던 것이다. 어찌 되었든 간에 천사 속에 깃든 악령과도 같은 존재가 그들이 목숨을 부지하고 도망치게 놔두지 않을 게 분명했다.

"뛰어!"

두 사람은 숲 입구를 향해 전속력으로 달렸다. 그녀의 젖은 옷은 달리는 데 거치적거렸고, 추위는 그녀의 뼛속까지 스며들기 시작했다. 풀숲을 헤치며 다가오는 천사의 소리가 그들 가까이로 들려왔다. 이스마엘은 이레네의 손을 잡고 숲의 가장 깊숙한 곳으로 있는 힘껏 달렸다. 안개가 자욱이 끼어 있는 곳이었다.

"어디로 가는 거야?" 이레네가 신음하듯이 물었다. 이스마엘이 잘 모르는 길로 들어서는 것 같았다.

이스마엘은 아무런 대꾸도 없이 필사적으로 그녀를 끌고 가기 바빴다. 이레네는 잡초에 발목의 피부가 까지고 있으며, 엄습해오는 피로로 기운이 소진되어가고 있었다. 그런 속도로 오래 뛸 수 없을 것 같았다. 불과 몇 초만 있으면 그 괴물이 숲 한가운데서 그들을 붙잡아 발톱으로 갈기갈기 찢어버릴 참이었다.

"더 이상 못 뛰겠어……."

"아니야, 넌 뛸 수 있어!"

이스마엘은 그녀를 질질 끌고 있었다. 불과 등 뒤로 몇 미터 떨어지지 않은 곳에 괴물이 쫓아오고 있었다. 순간적으로 그는 거의 기절할 것 같았지만 다리에 전해오는 아픈 통증이 고통스럽게 그의 의식을 되찾아주고 있었다. 천사의 발톱 하나가 관목 사이로 나타나 그의 허벅지에 상처를 입혔던 것이다. 이레네가 비명을 질렀다. 천사의 얼굴이 그들 뒤로 모습을 보였다. 이레네는 두 눈을 질끈 감고 싶었지만, 그 악마 같은 짐승에게서 시선을 뗄 수 없었다.

그 순간 수풀 사이로 가려져 있던 동굴 입구가 그들 앞에 나타났다. 이스마엘은 그녀를 질질 끌면서 그 안으로 급히 들어갔다. 그곳은 이스마엘이 이레네를 데려갔던 동굴이었다. 이스마엘은 그곳에 들어가기만 하면 천사가 뒤쫓아오지 못할 거라고 생각했다. 하지만 천사의 형상을 한 그 괴물은 그들 뒤를 바짝 쫓아와선 동굴의 바위벽을 발톱으로 마구 긁어댔다. 이스마엘은 좁은 통로로 그녀를 끌고 가더니, 바닥에 틈이 나 있는 곳 옆에 멈추었다. 텅 빈 구멍이었다. 바다 냄새를 머금은 찬바람이 그 안에서 새어나오고 있었다. 그 너머의 어두운 곳에서는 시끄러운 파도소리가 울렸다. 바닷물이었다.

"뛰어내려!" 이스마엘이 명령했다.

이레네는 검은 구멍을 쳐다보았다. 그녀의 눈에는 지옥으로 통하는 입구처럼 보였다. 그러자 궁금증이 더해졌다.

"저 아래에 뭐가 있지?"

이스마엘은 지친 표정으로 한숨을 몰아쉬었다. 천사의 발소리가 가까이 나고 있었다. 아주 가까웠다.

"이건 박쥐 동굴 입구야."

"이게 두 번째 입구야? 아주 위험한 곳이라고 했잖아?"

"다른 방법이 없어……."

두 사람의 시선이 어둠 속에서 마주쳤다. 불과 2미터 떨어진 곳에서 검은 천사가 발톱 소리를 내고 있었다. 이스마엘이 고개를 끄덕였다. 그녀는 그의 손을 잡은 다음 눈을 감고서 허공을 향해 뛰어 내렸다. 천사는 그들을 덮쳤고, 동굴 입구를 지나치면서 구멍으로 떨어졌다.

어둠 속으로 내려가는 길은 끝이 없어 보였다. 마침내 그들의 몸이 바닷물에 잠겼을 때 얼어붙을 것 같은 추위가 뼛속까지 스며들었다. 수면으로 나오자, 한 줄기 빛이 동굴 꼭대기의 구멍에서 새어나왔다. 철썩거리는 파도가 그들을 날카로운 바위벽으로 밀어냈다.

"어디에 있어?" 이레네가 물었다. 그녀는 차가운 물 때문에 몸이 덜덜 떨렸지만 애써 참고 있었다.

몇 초 동안 두 사람은 조용히 껴안고서 어느 순간에라도 그 지옥의 발명품이 물에서 모습을 드러내 동굴의 어둠 속에서 자신들의 목숨에 종지부를 찍기를 기다렸다. 그러나 그 순간은 결코 오지 않았다. 이스마엘은 먼저 그런 사실을 알아챘다.

천사의 벌건 눈이 동굴 밑바닥에서 강하게 반짝거렸다. 천사의 엄청난 무게 때문에 물 위로 떠오를 수 없었던 것이다. 분노의 고함소리가 그들이 있는 곳까지 들려왔다. 천사를 조종하는 그 존재는 자신의 살인 인형이 함정에 빠져 아무런 소용도 없다는 것을 깨닫자 분노로 몸을 비틀었다. 그 쇳덩이는 결코 수면 위로 떠오르지 못할 것이 분명했다. 천사는 영원히 동굴 바닥에 머물러야 하는 신세가 된 셈이고, 바닷물은 이내 그를 녹슨 쇳덩이로 만들 것이었다.

이레네와 이스마엘은 그곳에 있으면서 천사의 두 눈이 시뻘건 광채를 잃어버리면서 영원히 물밑에서 죽어가는 걸 지켜보았다. 이스마엘은 안도의 한숨을 내쉬었다. 이레네는 잠자코 눈물을 흘렸다.

"끝났어." 그녀가 덜덜 떨면서 속삭였다. "이젠 끝났어."

"아니야." 이스마엘이 대답했다. "저건 생명도 없고 의지도 없는 기계일 뿐이야. 저 안에서 무언가가 그걸 움직이고 있었어. 우리를 죽이려고 했던 건 아직도 저기에서……."

"그게 뭔데?"

"나도 잘 모르겠어……."

그 순간 동굴 바닥에서 무언가 폭발했다. 검은 바다거품이 수면까지 모습을 드러냈고, 이내 바위 벽을 타고 동굴 꼭대기의 입구를 향해 기어가는 검은 유령에게까지 튀었다. 그림자는 그곳에 멈추어서 그들을 지켜보았다.

"이제 저 유령이 이곳을 떠날까?" 이레네가 겁에 질려 물었다.

잔인하고 사악한 웃음소리가 동굴을 가득 채웠다. 이스마엘은 천천히 고개를 가로저었다.

"여기에 우리를 가두려는 거야……." 이스마엘이 말했다. "파도가 알아서 나머지 일을 하도록……."

그림자는 동굴 입구를 통해 도망쳤다.

이스마엘은 한숨을 쉬고서 이레네를 수면 위로 솟아나 있던 조그만 바위로 데려갔다. 두 사람이 있기에 적당한 공간이었다. 그녀를 바위 위로 올려주고서 팔로 껴안았다. 두 사람은 추위에 떨고 있었고, 상처를 입었지만 단 몇 분만이라도 바위 위에 누워 조용히 숨을 깊이 들이마셨다. 그런데 어느 순간 이스마엘은 물이 다시 자기 발을 스친다는 것을 알았고, 바닷물이 차오르고 있음을 깨달았다. 함정에 빠진 것은 천사가 아니라 바로 그들이었다.

그림자는 그들이 천천히, 끔찍한 죽음을 맞도록 그곳에 버려두고 떠난 것이었다.

갇혀버린 사람들

바다는 박쥐 동굴 입구에서 부딪치면서 울부짖고 있었다. 파란 만의 차가운 해류가 바위 틈새로 힘껏 스며들면서 귀가 멍멍할 정도의 소리를 만들고 있었다. 어둠에 빠진 동굴 안의 메아리 때문이었다. 바위 동굴 입구의 틈은 그들 위에서 마치 둥근 돔 지붕의 눈 같은 모습을 띠고 있었다. 너무나 멀어 손이 닿을 수 없는 곳이었다. 몇 분 되지도 않았는데 수면은 이미 몇 센티미터 높아져 있었다. 이레네는 마치 조난자들처럼 그들이 있는 바위 표면이 바닷물로 채워지고 있다는 사실을 이내 깨달았다. 갈수록 그들이 있던 공간은 조금씩 줄어들었다.

"바닷물이 차오르고 있어." 그녀가 속삭였다.

이스마엘은 기력을 잃은 채 고개만 끄덕였다.

"무슨 일이 일어날까?" 그녀는 무슨 대답을 들을지 뻔히 알면서도 물었다. 하지만 그러면서도 이스마엘이 마법사처럼 마지막 순간에 자신의 소매에서 결정적 카드를 꺼내지는 않을까 내심 기대하고 있었다.

그는 어두운 시선으로 그녀를 바라보았다. 그러자 이레네의 희망은 순식간에 사라졌다.

"밀물이 올라오면서 동굴 입구를 막아버려." 이스마엘이 설명했다. "이 동굴에는 저 위에 있는 틈새 이외에는 다른 출구가 없어. 하지만 여기 아래서 저 위로 올라갈 방법이 없어."

그는 말을 멈추었고 그의 얼굴은 어둠에 묻혔다.

"우린 갇혀버린 거야." 그가 결론 내렸다.

이레네는 바닷물이 천천히 올라와 마치 어둡고 차가운 악몽 속의 쥐새끼처럼 자신들을 익사시킬 것이라는 생각을 하자 몸서리쳤다. 그 기계 천사에서 도망치는 동안, 아드레날린이 혈관 속에서 흥분할 정도로 마구 솟구친 나머지 그들이 이성적으로 생각하지 못하도록 머리를 흐렸던 것이다. 이제 어둠 속에서 추위에 떨며 천천히 죽을 것이라는 생각을 하자 도저히 참을 수가 없었다.

"여기서 나갈 다른 방법이 있을 거야." 그녀가 말했다.

"없어."

"그럼 어떻게 할 건데?"

"지금으로서는 기다리는 수밖에……."

이레네는 해결방법을 찾아보라고 채근할 수 없다는 사실을 깨달았다. 아마도 동굴 속의 위험을 잘 알고 있던 그는 그녀보다도 더 놀란 모양이다. 잘 생각해보니, 대화의 주제를 바꾸는 것도 그리 나쁘지 않을 것 같았다.

"뭔가가 있어……. 우리가 크래븐무어에 있었을 때……." 이레네가 말하기 시작했다. "내가 그 침실에 들어갔을 때, 거기서 뭔가를 보았어. 알마 말티스에 관한 걸……."

이스마엘은 도저히 받아들일 수 없다는 눈으로 그녀를 쳐다보았다.

"내가 보기에는…… 알마 말티스와 알렉산드라 얀이 동일 인물인 것 같아. 알마 말티스는 알렉산드라의 미혼 시절 이름이었어. 그러니까 라자루스와 결혼하기 이전의 이름이지." 이레네가 설명했다.

"그건 있을 수 없는 일이야. 알마 말티스는 등대섬에서 오래전에 죽었어." 이스마엘이 반박했다.

"하지만 그녀의 시체를 발견한 사람은 아무도 없었어."

"어쨌거나 불가능한 일이야." 이스마엘이 주장했다.

"내가 그 방에 있을 때 그녀의 초상화를 주의 깊게 살폈는데……. 그리고 누군가가 분명 침대에 누워 있었어. 여자였어."

이스마엘은 눈을 비비며 생각을 분명하게 정리하려고 애썼다.

"잠깐만. 네 생각이 맞다고 하고 알마 말티스와 알렉산드라 얀이 동일 인물이라고 가정해보자. 그럼 크래븐무어에서 네가 본 여자는 누구일까? 라자루스의 병든 아내의 신분으로 몇 년 동안 그 장소에 틀어박혀 있는 여자는 누구일까?" 그가 물었다.

"나도 몰라……. 이 문제에 관해 파고들수록 더 이해가 되지 않아." 이레네가 말했다. "그런데 그것보다 더욱 걱정스러운 게 있어. 우리가 장난감 공장에서 보았던 얼굴들은 무슨 의미를 가지고 있는 것일까? 우리 엄마를 본따 만든 것이었어. 생각만 해도 머리카락이 주뼛주뼛 서. 라

184

자루스는 우리 엄마의 얼굴을 가지고 장난감을 만들고 있었어…….”

차가운 바닷물이 밀려와 그들의 발목을 씻어주었다. 그들이 그곳에 있은 이후 해수면은 적어도 한 뼘 정도는 올라와 있었다. 둘은 괴로운 시선을 교환했다. 바다는 다시 울부짖었고, 한 줌의 바닷물이 동굴 입구에서 갑작스럽게 큰 소리를 냈다. 그 동굴은 오늘 밤이 그들에게 아주 기나긴 밤이 될 것임을 예고하고 있었다.

한밤중이 되자 벼랑 위로 자욱한 안개가 끼었고, 그 안개는 선착장에서 곶의 집까지 층계 하나 하나마다 기어오르고 있었다. 아직도 기름 램프는 현관에서 흔들거리면서 신음하고 있었다. 바닷소리와 숲에서 들려오는 나뭇잎의 속삭임을 제외하면 그 어떤 소리도 들려오지 않았다. 그야말로 절대적인 적막 속에 있었다. 도리안은 조그만 유리잔을 들고 침대에 누워 있었다. 유리잔 안에는 촛불이 하나 켜져 있었다. 그는 어머니가 그의 방에 불이 켜진 걸 보게 하고 싶지 않았고, 지난번 그 일이 있은 후로는 나이트테이블의 램프도 믿지 않았다. 불꽃은 마치 불의 요정의 정령처럼 그가 내쉬는 숨결 아래서 너울거리고 있었고, 그 불빛은 방 안 구석구석에 있는 의심할 여지없는 모습들을 그에게 드러내고 있었다.

도리안은 한숨을 쉬었다. 그날 밤에는 세상의 모든 금을 다 준다고 해도 눈을 붙일 수 없을 것 같았다.

라자루스와 헤어지고 나서 시몬은 도리안에게 아무 일도 없는지 확인하기 위해 침실을 살짝 들여다보았다. 도리안은 완전히 옷을 입은 채 침대시트 아래서 움츠리고 순진한 아이들처럼 달콤한 잠을 자는 것 같은 기가 막힌 연기를 했고, 그의 어머니는 흡족한 미소를 지으며 침실로 돌아갔다. 도리안의 추정에 의하면, 그건 이미 몇 시간 전의 일이었다. 하지만 몇 년은 된 것 같았다. 그 끝없는 새벽에 그는 자기 신경이 피아노 줄처럼 팽팽하게 긴장되어 있다는 사실을 확인할 수 있었다. 불빛이 비친 모든 모습과 모든 삐걱거리는 소리들, 그리고 모든 그림자를 볼 때마다 그의 심장은 마구 뛰었다.

천천히 촛불이 꺼지더니 파란색의 조그만 거품이 되고 말았다. 이제 불꽃은 너무나 창백해져 어둠을 거의 밝히지 못했다. 어느 순간 어둠이 투덜대더니 잠시 물러나 있었던 그 공간을 다시 차지했다. 도리안은 뜨거운 촛농이 떨어지면서 컵 안에서 굳는 소리를 느낄 수 있었다. 그곳에서 불과 몇 센티미터 떨어지지 않은 나이트테이블에는 라자루스가 선물해주었던 납으로 만들어진 천사가 조용히 그를 지켜보고 있었다. '이제 됐어'라고 도리안은 생각하고서, 그가 가장 좋아하는 기술을 불면과 악몽과 싸우는 데 적용하기로 마음먹었다. 그 기술이란 바로 무언가 먹는 것이었다.

그는 침대시트를 빠져나와 일어났다. 신발은 신지 않기로 작정했다. 남몰래 돌아다니기 위해서였다. 곳의 집에 발을 디딜 때마다 수없이 삐걱거리는 소리가 났는데, 그 소리를 피하기 위해서였다. 그리고 아직도 그에게 남아 있는 모든 용기를 모아 까치발로 방을 지나 방문으로 갔다. 한밤중에 녹슨 이음매가 삐걱거리는 소리를 내지 않도록 문을 열기 위해서는 10초라는 긴 시간이 걸렸다. 그는 아주 천천히 문을 열었고 방 바깥을 살폈다. 복도는 어둠에 잠겨 있었고, 계단 그림자는 벽에 명암이 배합된 그림을 그리고 있었다. 공중을 떠다니는 먼지의 움직임에도 그는 관심을 기울이지 않았다. 도리안은 방을 나와 문을 닫았고, 이레네의 침실 문 앞을 지나 조심스럽게 계단 발치까지 갔다.

그의 누나는 머리가 심하게 아프다는 핑계를 대고 이미 몇 시간 전에 잠을 자러 들어갔다. 하지만 도리안은 그녀가 책을 읽고 있거나, 아니면 최근에 만난 그 선원 애인에게 보내는 유치하기 짝이 없는 연애편지를 쓰고 있을 것이라고 추측했다. 엄마 옷을 걸친 누나를 보았을 때부터, 그는 누나에게 기대할 것이라고는 하나밖에 없다는 것을 알고 있었다. 그것은 바로 그녀가 문제만 야기할 것이라는 사실이었다. 아메리카 원주민 탐험가처럼 조심스럽게 계단을 내려가는 동안, 도리안은 언젠가 자기가 사랑에 빠지는 우매한 짓을 범하는 날이면, 보다 근사하게 연애를 할 것이라고 다짐했다. 그레타 가르보와 같은 여자들은 그런 멍청한 짓을 하지 않았다. 연애편지를 쓰거나 꽃을 주는 따위의 행동은 결코 하지 않았다. 그는 겁쟁이가 될지언정, 결코 유치한 사람은 되지 않기로 작정했다.

아래층에 내려오자, 도리안은 안개가 집을 휘감으며, 모든 창문의 시야를 가리고 있다는 걸 알았다. 그러자 누나를 마음속으로 비웃으며 지은 미소가 사라졌다. '응축수야'라고 그는 생각했다. '이건 수증기가 응축수로 변한 것에 불과해. 기초화학이지.' 이런 생각으로 마음을 진정시키면서, 그는 창문 틈으로 스며드는 안개를 무시한 채 부엌으로 향했다. 그곳에 있게 되자, 그는 이레네가 선원과 사귀면서 좋은 점도 있다는 사실을 확인했다. 그의 누나가 이스마엘과 만나면서부터 시몬이 찬장의 두 번째 선반에 보관하고 있던 달콤한 스위스 초콜릿 상자를 건드리지 않았던 것이다.

도둑고양이처럼 입맛을 다시면서, 도리안은 초콜릿 하나를 먹었다. 트뤼프, 아몬드와 카카오의 진미를 느끼자 오감이 마비되는 것 같았다. 그는 지도 제작 다음으로 초콜릿이 지금까지 인간의 가장 고귀한 발명품일 것이라고 여겼다. '스위스 사람들은 정말 독창적인 민족이야'라고 도리안은 생각했다. '시계와 초콜릿, 이게 바로 인생의 진수지.' 그런데 갑작스럽게 소리가 났고, 호젓하게 관념적 경의를 표하고자 하는 그의 생각은 송두리째 사라지고 말았다. 도리안은 너무 놀라 멍한 상태에서 다시 그 소리를 들었고, 그의 손가락 안에 있던 두 번째 초콜릿은 바닥으로 떨어졌다. 누군가가 문을 두드리고 있었던 것이다.

도리안은 침을 삼키려고 했지만, 이미 입 안은 메마를 대로 메말라 있었다. 또다시 현관문을 정확하게 두드리는 두 번의 소리가 들렸다. 도리안은 현관에서 눈을 떼지 않은 채 거실로 들어갔다. 안개가 문 밑으로 스며들고 있었다. 바깥에서 다시 문을 두 번 두드리는 소리가 났다. 도리안은 현관문 앞에 멈추어서 잠시 머뭇거렸다.

"누구세요?" 그는 힘없는 목소리로 물었다.

그가 얻은 대답이라고는 또 다른 두 번의 두드림뿐이었다. 그는 창문 쪽으로 다가갔지만, 자욱이 깔린 안개 때문에 아무것도 볼 수 없었다. 현관에서는 발자국 소리도 들리지 않았다. 그 손님이 떠난 것 같았다. '아마도 길 잃은 여행자일 거야'라고 도리안은 생각했다. 그런데 그가 부엌으로 돌아가려고 할 찰나, 다시 두 번 두드리는 소리가 들렸다. 이번에는 그의 얼굴에서 불과 10센티미터 떨어진 창문이었다. 다시 심장이 벌컥벌컥 뛰었다. 도리안은 천천히 거실 중앙으로 뒷걸음치다가 그만 의자와 부딪치고 말았다. 본능적으로 그는 쇠 촛대를 힘껏 잡고 마구 휘둘렀다.

"꺼져……." 그가 모기만 한 소리로 말했다.

순간적으로 안개 사이로 유리창 저편에 어떤 얼굴이 만들어지는 것 같았다. 잠시 후 갑작스러운 돌풍의 힘에 이끌려 창문이 활짝 열렸다. 차가운 기운이 그의 뼛속까지 파고들었고, 도리안은 공포에 사로잡힌 채 검은 얼굴이 바닥으로 넓게 퍼지는 것을 보았다.

그림자였다.

그림자는 그의 앞에서 멈추더니 점차 제대로 모습을 갖추었다. 그러고서 바닥에서 일어나더니 마치 보이지 않는 줄에 걸린 어둠의 꼭두각시처럼 되었다. 도리안은 촛대를 들고 그 침입자에게 휘둘렀다. 쇠 촛대는 그 어둠의 형상을 관통했지만 모두 허사였다. 그러자 그는 한 발짝 뒤로 물러섰고, 그림자는 그에게 다가왔다. 검은 기체와 같은 두 손이 그의 목을 휘감았고, 그는 얼음장같이 차가운 기운을 느꼈다. 그의 앞에 얼굴 모양이 그려졌다. 그러자 머리끝에서 발끝까지 오싹한 기운이 느껴져 몸서리를 치지 않을 수 없었다. 아버지의 모습이 그의 얼굴에서 불과 한 뼘 정도 떨어진 곳에 만들어졌다. 아르망 소벨이 그에게 미소 지었다. 잔인하고 증오로 가득한 늑대의 미소였다.

"안녕, 도리안. 엄마를 찾으러 왔어. 엄마 있는 데까지 데려다줄래?" 그림자가 속삭였다.

그 목소리를 듣자 도리안은 영혼까지 오싹해졌다. 그것은 아버지의 목소리가 아니었다. 악마와 같은 뜨거운 눈빛은 아버지의 눈빛과 사뭇 달랐다. 그리고 입술 사이로 드러난 길고 뾰족한 이빨은 아르망 소벨의 것이 아니었다.

"넌 우리 아빠가 아니야……."

그러자 그림자에게서 늑대와 같은 미소가 사라졌고, 얼굴은 마치 불에 녹은 초처럼 흐물흐물해졌다.

분노와 증오로 가득한 동물의 울음소리가 그의 고막을 찢어버릴 듯 크게 들렸고, 보이지 않는 힘이 그를 거실의 반대쪽으로 던져버렸다. 도리안은 안락의자와 부딪치면서 바닥으로 쓰러졌다.

넋을 잃은 채 그는 힘들게 일어났다. 바로 그때 그림자가 계단으로 올라가는 것을 보았다. 살아 있는 아스팔트 웅덩이가 층계를 기어 올라가고 있었다.

"엄마!" 도리안이 계단으로 달려가면서 소리쳤다.

그림자는 순간적으로 멈추더니 그를 노려보았다. 흑요석 같은 그림자의 입술에서 알아들을 수 없는 말이 새어나왔다. 그의 이름이었다.

그때 집 안 전체의 유리창이 쾅 소리를 내면서 완전히 부서졌고, 안개는 곳의 집으로 울부짖으며 파고들었다. 그러는 동안 그림자는 위층을 향해 계속 올라갔다. 도리안은 그림자 뒤로 달려가 바닥 위로 떠다니면서 시몬의 침실 문을 향해 나아가고 있던 그 유령을 뒤쫓았다.

"안 돼!" 도리안이 소리쳤다. "우리 엄마에게 손대지 마."

그림자는 그를 조롱하듯이 웃었다. 잠시 후 검은 기체 덩어리는 회오리바람으로 변하더니 침실 문의 자물쇠 구멍으로 스며들었다. 그림자가 구멍으로 사라지자 잠시 치명적인 적막이 흘렀다.

도리안은 문을 향해 뛰어갔지만, 그가 그곳에 도착하기도 전에 나무 문이 허리케인과 같은 힘을 이기지 못해 경첩에서 빠져나와 확 열리더니, 복도 반대편 끝으로 날아가 꽝음을 내며 부딪쳤다. 도리안은 한쪽으로 몸을 날렸고, 간발의 차이로 그 문을 피할 수 있었다.

그가 일어났을 때 악몽과도 같은 광경이 눈앞에 펼쳐졌다. 그림자는 시몬의 침실 벽 위로 달려갔다. 침대에서 곤히 잠들어 있던 어머니의 그림자가 벽에 그림자를 드리우고 있었다. 도리안은 검은 형상이 벽 위로 미끄러져 나아가더니, 그 유령의 입술이 어머니의 그림자 입술을 애무하는 걸 보았다. 시몬은 꿈속에서 심하게 몸을 비틀었다. 이상한 악몽에 사로잡힌 것이었다. 두 개의 보이지 않는 손이 그녀를 붙잡더니 침대시트에서 번쩍 들어올렸다. 도리안은 그림자의 행동을 필사적으로 막았다. 그러자 다시 한 번 억누를 수 없는 분노를 터뜨리면서 그림자는 그를 방 바깥으로 던져버렸다. 팔에 시몬을 안은 그림자는 전속력으로 계단을 내려갔다. 도리안은 의식을 잃지 않으려고 안간힘을 쓰면서 다시 일어나 아래층까지 그를 뒤쫓았다. 유령은 뒤를 돌아보았고, 순간적으로 두 사람은 서로를 뚫어지게 응시했다.

"난 네가 누군지 알아……." 도리안이 중얼거렸다.

그러자 그가 모르는 새 얼굴이 나타났다. 아주 근사하게 생기고 눈이 반짝거리는 젊은이의 얼굴이었다.

"넌 아무것도 몰라." 그림자가 말했다.

도리안은 유령의 눈이 방 안을 훑어보고서 지하실로 향하는 문에서 멈추는 것을 보았다. 순간 낡은 나무 문이 갑자기 열리더니 도리안이 손 써볼 틈도 없이 보이지 않는 존재에 의해 지하실 아래로 끌려들어갔다. 그는 계단 아래의 어둠을 향해 쓰러졌다. 다시 현관문이 닫혔고, 움직일 수 없는 비석처럼 그 문은 꼼짝도 하지 않았다.

도리안은 몇 초도 안 되어 의식을 잃을 것임을 알았다. 그가 재규어 같은 그림자의 웃음소리를 듣는 동안, 그림자는 그의 어머니를 안개에 휩싸인 숲으로 데려가고 있었다.

밀물이 동굴 안의 공간을 점점 차지하면서, 이레네와 이스마엘은 죽음의 포위망이 점점 죄어오고 있다는 것을 느꼈다. 이미 두 사람은 바위 위의 임시 휴식처를 빼앗기고 있었다. 이레네는 더 이상 발로 디딜 곳이 없음을 알았다. 두 사람은 밀물에 휩쓸린 채, 자신들의 힘에만 의존하고 있었다. 그녀는 추위로 근육에서 심한 고통을 느꼈다. 마치 수백 개의 바늘이 그녀의 몸 안에서 마구 찔러대는 것 같았다. 손의 감각은 이미 사라진 지 오래고, 피로에 지친 나머지 발목에 천근만근이나 되는 것이 매달려 그녀를 아래로 끌어당기는 것 같았다. 어느 목소리가 마음속에서 항복하라고, 물밑에서 기다리고 있는 안락한 잠의 세계에 합류하라고 속삭였다. 이스마엘은 이레네가 물 위에 떠 있도록 받치고 있었고, 자기가 팔로 안고 있는 그녀의 몸이 떨고 있다는 것을 알았다. 그렇게 얼마나 버틸 수 있을지는 그도 몰랐다. 새벽이 되어 바닷물이 빠져나가기까지 얼마나 있어야 하는지는 더더욱 알 수 없었다.

"팔을 내리지 마. 움직여. 계속해서 움직여야 해." 그가 신음하듯 말했다.

이레네는 거의 무의식의 상태로 고개를 끄덕였다.

"졸려……." 잠꼬대 하듯이 그녀가 속삭였다.

"안 돼. 지금 자면 안 돼." 이스마엘이 단호하게 명령했다.

이레네는 눈을 가늘게 뜨고 그를 바라보았지만, 이미 초점을 잃은 상태였다. 그는 한쪽 팔을 들어 바위투성이의 천장을 매만졌다. 밀물에 실려 그곳까지 떠올랐던 것이다. 동굴 안의 해류는 꼭대기에 있는 구멍에서 그들을 갈수록 멀어지게 하면서 동굴의 심장부로 데려가고 있었다. 그렇게 유일한 출구는 점점 그들의 시야에서 멀어지고 있었다. 동굴 입구의 구멍 아래에 있기 위해 그들은 안간힘을 다 썼지만, 멈출 수 없는 해류의 힘에 의해 자꾸만 먼 곳으로 휩쓸려 갔다. 이제는 간신히 숨을 쉴 공간만 남았다. 무자비한 해류는 계속 상승하고 있었다.

순간적으로 이레네의 얼굴이 물 위로 떨어졌다. 이스마엘은 그녀를 붙잡고서 끌어당겼다. 그녀는 완전히 정신을 잃고 있었다. 그녀는 자기보다 훨씬 더 강인하고 경험 많은 사람들도 그런 바다의 힘을 이기지 못하고 죽었다는 사실을 알고 있었다. 추위 역시 그 누구의 목숨을 앗아가기에 충분했다. 추운 바닷물이 먼저 근육을 마비시키더니 이제는 정신을 몽롱하게 만들면서, 그녀가 죽음의 팔에 항복할 때만을 기다리고 있었다.

이스마엘이 이레네를 마구 흔들면서 자기 코앞에 들이댔다. 그녀는 아무 의미도 없는 말을 떠듬거렸다. 다급해진 이스마엘이 힘껏 따귀를 때리자 이레네는 눈을 떠서 공포의 비명을 질렀다. 순간 그녀는 자기가 어디에 있는지도 알지 못했다. 어둠 속에서, 차가운 물에 둘러싸인 채 자기를 휘감은 이상한 팔을 느끼면서, 그녀는 최악의 악몽에서 깨어나고 있었다. 그런 다음 정신을 차렸다. 크래븐무어, 천사, 동굴의 모습이 스쳐지나갔다. 이스마엘이 그녀를 꼭 껴안자 이레네는 눈물을 참지 못하면서 마치 놀란 어린 여자아이처럼 흐느꼈다.

"날 여기서 죽게 내버려두지 마." 그녀가 속삭였다.

이스마엘은 그 말을 듣자 마치 칼에 찔린 것처럼 가슴이 아팠다.

"여기서 죽지 않을 거야. 약속할게. 널 그렇게 죽도록 내버려두지 않을 거야. 곧 해수면이 내려갈 거고, 아마도 동굴은 완전히 어둠에 묻히지 않을 거야……. 조금 더 참아야만 해. 조금만 있으며 여기서 나갈 수 있을 거야."

이레네는 고개를 끄덕였고, 그를 힘껏 껴안았다. 이스마엘도 그녀처럼 자기 말을 굳게 믿을 수 있다면 좋으련만…….

라자루스 얀은 천천히 크래븐무어의 현관으로 향하는 돌계단으로 올라갔다. 이상한 존재의 기운이 꼭대기에 달린 램프의 불빛 아래서 떠다니고 있었다. 그는 공기 냄새에서 그것을 감지할 수 있었다. 먼지 입자들이 빛줄기에 사로잡혀 은색의 먼지 그물을 뜨고 있었던 것이다. 2층에 도착하자, 그의 눈은 복도 끝에 있는, 즉 반투명의 커튼 너머에 있는 문을 유심히 보았다. 문은 열려 있었다. 그의 손이 떨리기 시작했다.

"알렉산드라?"

차가운 바람이 어둠에 잠긴 복도에 걸려 있던 작은 커튼을 들어올렸다. 어두운 예감이 그를 엄습했다. 라자루스는 눈을 감고 한쪽 손을 옆구리로 가져갔다. 찌르는 것 같은 고통이 가슴까지 전해졌고, 그것은 오른쪽 팔까지 이어지고 있었다. 마치 불붙은 화약이 온몸을 훑으며 그의 신경을 산산이 부숴버리는 것 같았다.

"알렉산드라?" 그가 다시 신음하듯 물었다.

침실 문까지 달려간 라자루스가 문턱에 멈추어 서서 깨진 창문을 보았다. 숲에서 차가운 안개 바람이 깨진 창으로 불어오고 있었다. 그는 두 주먹을 꼭 쥐었다. 너무나 세게 쥔 나머지 손톱이 손바닥에 박힐 정도였다.

"빌어먹을……."

그런 다음 이마의 식은땀을 닦고서, 침대로 다가갔다. 그리고 아주 조심스럽게 침대에 걸린 커튼을 걷었다.

"미안해, 여보……." 그는 침대 모서리에 앉으면서 말했다. "미안해……."

그때 이상한 소리가 그의 주의를 사로잡았다. 침실 문이 이쪽저쪽으로 천천히 흔들리고 있었다. 라자루스는 자리에서 일어나 조심스럽게 문턱으로 다가갔다.

"누구야?" 그가 물었다.

아무 대답도 없었다. 흔들리던 문이 멈추었다. 라자루스는 복도를 향해 몇 발짝 앞으로 나아가 어둠을 살폈다. 그의 위에서 뭔가 슥슥 소리가 난다고 생각했을 땐 이미 늦어 있었다. 그의 목덜미에 무언가가 쾅 내리쳤고, 그는 거의 의식을 잃고 바닥으로 쓰러졌다. 그는 알 수 없는 손이 자기 어깨를 잡은 채 복도로 질질 끌고 가는 걸 느꼈다. 그는 눈을 치켜뜨며 그 손의 주인을 보았다. 현관을 지키는 로봇 크리스티앙이었다. 로봇의 얼굴이 그를 향해 고개를 돌렸다. 잔인한 빛이 그의 눈에서 반짝이고 있었다.

잠시 후 라자루스는 의식을 잃었다.

이스마엘은 밤새 그들을 동굴 안에 가뒀던 해류가 빠져나가는 것을 느끼고서 곧 새벽이 올 것을 알았다. 바다의 보이지 않는 손이 천천히 그들을 놔주고 있었다. 그는 의식을 잃은 이레네를 동굴의 가장 높은 부분으로 끌고 갔다. 수면이 약간 낮아진 탓에 숨 쉴 수 있는 얼마 안 되는 공간에 이를 수 있었다. 모래 바닥 위에서 반짝거리던 빛이 동굴 입구로 희미한 빛줄기를 드리우면서 밀려왔던 바닷물이 빠져나가려 하고 있었다. 이스마엘은 환희의 비명을 질렀지만 그 누구도, 심지어 그와 함께 있던 이레네조차도 그 소릴 들을 수 없었다. 그는 수면이 일단 낮아지기 시작하면, 동굴 밖으로 나가는 길이 금방 드러날 거라 생각했다.

대략 두 시간 동안 이레네는 순전히 이스마엘의 도움으로 물에 떠 있을 수 있었다. 그녀는 간신히 의식을 잃지 않고 있었다. 그녀의 몸은 이제 더 이상 떨고 있지 않았다. 그녀는 마치 생명 없는 물건처럼 물속에서 흔들리고 있었다. 조류가 물러가 안전한 통로가 확보되기를 차분하게 기다리는 동안, 이스마엘은 자기가 아니었다면 이레네는 분명 몇 시간 전에 죽고 말았을 것이라고 생각했다.

그녀를 물에 둥둥 뜨게 하면서 그는 쉴 새 없이 기운을 차리라는 말을 했지만, 이레네는 한마디도 알아듣지 못했다. 그러자 이스마엘은 바닷사람들이 죽음과의 만남을 이야기하면서, 누군가가 바다에서 비슷한 처지에 놓인 사람의 목숨을 구해주면, 그들의 영혼은 보이지 않는 끈에 의해 영원히 하나가 된다는 이야기를 떠올렸다.

점차로 바닷물이 물러가고 있었고, 이스마엘은 동굴 입구를 나와 석호를 향해 이레네를 끌고 갈 수 있었다. 새벽이 수평선 위로 황금 빛 줄기를 그리는 동안, 이스마엘은 그녀를 석호 주변으로 데려갔다. 그녀는 눈을 떴고, 자기를 쳐다보고 있는 이스마엘의 웃는 얼굴을 발견하고서 깜짝 놀랐다.

"우리는 살았어." 그가 속삭였다.

이레네는 너무나 지친 나머지 눈꺼풀을 떨어뜨리고 말았다.

이스마엘은 마지막으로 눈을 들었고, 숲과 벼랑 위로 밝아오는 새벽의 햇빛을 쳐다보았다. 평생 한 번도 본 적 없는 멋진 장관이었다. 이스마엘은 흰 모래에 있던 이레네 옆에 천천히 누웠고, 드디어 피로에 굴복하고 말았다. 그리고 그 누구도 깨울 수 없는 깊은 잠에 빠졌다.

가면 아래의 얼굴

이레네가 잠에서 깨자마자 본 건 자기를 진득하게 바라보고 있는 두 개의 헤아릴 수 없는 검은 눈이었다. 그녀가 몸을 확 비틀며 자세를 바꾸자 놀란 갈매기가 하늘로 푸드덕 날아올랐다. 바짝 마른 입술에 피부는 뜨겁고 당겨왔으며, 온몸이 심한 통증으로 시달리고 있었다. 그녀의 팔과 다리는 힘이 하나도 없이 축 쳐져 있었고, 머리는 완전히 젤라틴처럼 흐느적거려서 아무 생각도 할 수 없었다. 갑자기 위가 뒤집힐 것 같은 메스꺼운 기운이 엄습했다. 그 자리에서 일어나면서, 이레네는 살갗이 뜨겁게 쓰라린 이유가 내리쬐는 햇빛 때문이라는 걸 깨달았다. 입술에서 씁쓸한 맛이 느껴졌다. 바위 사이로 조그만 만과 비슷한 모양의 아지랑이가 회전목마처럼 그녀 주변을 떠다녔다. 평생 그토록 처참한 기분은 처음이었다.

그녀는 다시 누우면서 자기 옆에 이스마엘이 있다는 것을 알았다.

그가 간간이 내쉬는 숨소리가 아니었다면, 이레네는 그가 이미 죽었다고 생각했을 것이었다. 그녀는 눈을 비비며 상처투성이의 손을 그의 목 위에 올려놓았다. 그의 맥박이 뛰고 있었다. 이레네가 이스마엘의 얼굴을 부드럽게 어루만지자 잠시 후 그가 눈을 떴다. 순간적으로 태양에 눈이 부신 것 같았다.

"네 꼴이 엉망이야……." 그가 힘들게 웃으면서 속삭였다.

"네가 네 모습을 보지 않아서 그런 말을 하는 거야."

그녀가 대답했다.

강풍을 맞아 해변으로 밀려온 두 조난자처럼 그들은 비틀거리면서 일어나 벼랑 사이로 떨어진 나무 몸통의 잔해가 드리운 그늘에서 햇볕을 피했다. 그들의 잠자는 모습을 지켜보고 있었던 갈매기가 아직도 호기심을 풀지 못한 채 모래밭에 앉았다.

"몇 시쯤 되었을까?" 말할 때마다 욱신욱신 쑤셔오는 관자놀이의 통증을 애써 참으며 이레네는 이렇게 물었다.

이스마엘은 자기 시계를 보여주었다. 시계는 물로 가득했고, 떨어진 초침은 어항 속에서 굳어버린 장어와 똑같았다. 이스마엘은 양손을 눈 위에 갖다 대고서 태양을 바라보았다.

"이미 정오가 지났어."

"그럼 얼마 동안이나 우리가 잠자고 있었던 거지?" 그녀가 물었다.

"충분할 정도는 아니야." 이스마엘이 대답했다. "아마 일주일 내내 잠자도 모자랄 거야."

"하지만 지금은 잠이나 자며 여유 부릴 시간이 없어." 이레네가 재촉했다. 그는 고개를 끄덕이고는 벼랑을 살펴보면서 빠져나갈 출구를 찾았다.

"쉽지 않겠어. 난 이 석호까지 바다로 오는 법만 알 거든……." 그가 말하기 시작했다.

"벼랑 뒤에는 뭐가 있어?"

"어젯밤에 우리가 지나왔던 숲이야."

"그런데 뭘 망설이고 있는 거야?"

이스마엘은 다시 벼랑을 유심히 살폈다. 그들 앞엔 벼랑 위로 뾰족하게 솟아오른 밀림이 있었다. 그 벼랑을 타고 오르는 일은 그리 간단한 문제가 아니었다. 자칫하면 떨어져 머리가 깨질 수도 있었다. 그리고 성공한다고 하더라도 매우 많은 시간이 걸릴 것이었다. 바닥에 부딪쳐 계란처럼 깨지는 모습이 그의 머릿속에 그려졌다. '완벽한 죽음이지'라고 그는 생각했다.

"바위 탈 줄 알아?" 이스마엘이 물었다.

이레네는 어깨를 살짝 으쓱했다. 그는 모래로 덮인 그녀의 발을 살펴보았다. 하얀 피부의 팔과 다리가 어떤 것으로도 가려지지 않은 채 그대로 드러나 있었다.

"학교 체육 시간에 밧줄 타기가 있었는데, 그때 가장 잘했어." 그녀가 말했다. "그것과 비슷할 거 같은데."

이스마엘은 한숨을 내쉬었다. 문제는 여기서 끝이 아니었다.

불과 몇 초도 안 되는 사이에 시몬 소벨은 여덟 살로 되돌아갔다. 그녀는 구릿빛 촛불과 은빛 촛불이 연기의 수채화를 그리는 걸 볼 수 있었다. 또한 촛불에 타버린 촛농의 강렬한 냄새와 어둠 속에서 속삭이는 목소리도 다시 느낄 수 있었다. 미스터리로 가득한 마법의 궁전에서 타고 있는 수백 개의 촉불이 그리는 보이지 않는 춤도 느꼈다. 그녀를 어린 시절의 기억으로 이끈 그 궁전은 바로 셍테티엔느 성당이었다. 그러나 그 마법은 몇 초밖에 지속되지 않았다.

잠시 후, 시몬은 피로한 눈으로 자기를 에워싼 음산한 어둠을 살펴보았다. 그리고 그 촛불은 성당의 것이 아니며, 벽에 너울거리는 빛의 얼룩은 낡은 사진들이고, 멀리서 들려오던 속삭임은 자기 마음속에서나 존재하는 것임을 깨달았다. 본능적으로 그녀는 자신이 곳의 집이 아닌 알 수 없는 다른 곳에 버려져 있음을 직감했다. 그러자 시몬은 최근 몇 시간 동안 있었던 일을 떠올렸다. 현관에서 라자루스와 대화를 했던 게 기억났다. 그리고 잠자기 전에 따뜻한 우유 한 잔을 준비한 것 하며, 나이트테이블에 놓인 책에서 읽었던 마지막 구절도 기억해냈다.

불을 끈 후엔 한 아이가 소리를 지르는 꿈을 꾼 것 같기도 하고, 새벽에 선잠이 깼을 땐 그림자가 어둠 속을 걸어가는 모습을 본 것 같은 느낌도 들었다. 그 후의 기억은 마치 잘려나간 필름처럼 아무것도 기억나는 게 없었다. 그녀는 순간 아직도 자기가 잠옷을 입고 있다는 사실을 깨달았다. 시몬은 자리에서 일어나 수십 개의 하얀 초가 비추고 있는 벽으로 다가갔다. 그 초들은 촛농이 흘러내린 촛대에 가지런히 꽂혀 있었다.

불꽃은 한 소리를 내며 속삭였다. 어디선가 들어본 것 같은 목소리였다. 불타는 초의 황금빛 불꽃을 보자 그녀는 정신이 또렷해졌다. 새벽에 내린 첫 이슬처럼 모든 게 하나씩 다시 새록새록 떠올랐다. 그리고 그 기억과 더불어 처음에 가졌던 두려움과 공포는 씻은 듯이 사라졌다.

그녀는 어둠 속에서 자기를 끌고 가던 보이지 않는 손의 차가운 감촉을 떠올렸다. 그리고 그녀의 모든 근육이 마비되어 아무런 저항도 못하는 사이, 그녀의 귓가에 뭔가를 속삭이던 목소리도 기억해냈다. 또한 그녀를 숲으로 데려간 그림자의 형상도 떠올랐다. 그리고 그 유령의 그림자가 그녀의 이름을 중얼거린 것도 기억했다. 그녀는 두려움에 사로잡혀 꼼짝도 못한 채 이 모든 게 악몽이 아님을 깨달았다. 시몬은 눈을 감고 양손을 입으로 가져가 터져 나오는 비명을 간신히 억눌렀다.

시몬은 가장 먼저 아이들을 떠올렸다. 이레네와 도리안에게는 아무 일도 없는 걸까? 아이들은 계속 집에 남아 있는 걸까? 그 형언할 수 없는 유령이 아이들에게 해를 입히지 않았을까? 마음속으로 이런 질문을 던질 때마다 그녀는 심장이 갈기갈기 찢어지는 것 같았다. 시몬은 문으로 달려가 잠긴 문을 열어보려고 온 힘을 다했지만 허사였다. 그녀는 소리치고 울부짖었지만, 피로와 절망감이 그녀의 의지보다 더욱 강하게 밀려왔다.

조금씩 그녀는 냉정함을 되찾으며 차분하게 현실을 바라보았다. 그녀는 갇혀 있었다. 한밤중에 그녀를 납치한 사람이 그녀를 그곳에 가둔 게 분명했다. 그렇다면 자기 아이들도 무사할 리는 없다. 그 작자가 아이들에게 해를 끼쳤을지도 모른다는 생각 같은 건 잠시 거둬야 했다.

아이들을 위해 무언가를 하려면, 공포심을 이겨내고 차분하게 모든 걸 되짚어봐야만 했다. 시몬은 두 주먹을 불끈 쥐면서 이런 생각을 되뇌었다. 그리고 눈을 감고 깊이 숨을 몰아쉬며 자기의 심장이 정상으로 돌아올 때를 기다렸다.

잠시 후 그녀는 눈을 뜨고 차분하게 방 안을 살폈다. 무슨 일이 일어난 건지 빨리 사태를 파악해야만 이곳을 빠져나가 이레네와 도리안을 도울 수 있기 때문이다.

이레네의 눈에 가장 먼저 들어온 것은 조그맣고 소박한 가구들이었다. 단순하면서 초라해 보이는 아동용 가구였다. 이곳은 아이의 방이었지만, 그녀는 본능적으로 이곳엔 그 어떤 아이도 살지 않았음을 직감했다. 그 장소를 가득 채우고 있는 것은, 그것이 무엇이었든 간에 늙고 노쇠한 냄새를 풍기고 있었다. 시몬은 침대로 다가가 앉아 방 안을 둘러보았다. 침실에는 그 어떤 아이의 흔적도 찾아볼 수 없었다. 그녀가 감지할 수 있는 건 단지 어둠과 사악함뿐이었다.

천천히 그녀의 핏줄로 두려움의 독이 퍼지는 것 같았지만 시몬은 애써 두려움을 외면한 채 촛대 하나를 들고 벽으로 가까이 갔다. 수없이 많은 신문 스크랩과 사진들이 어둠 속의 기다란 벽을 장식하고 있었다. 그것들은 모두 지나치리만치 깔끔하게 벽에 붙어 있었다. 그녀의 눈앞에 펼쳐진 음산한 기억의 편린들이 모두 각각의 의미를 지니고 있는 것 같았다. 시몬은 촛불을 벽에서 한 뼘 정도 떨어진 곳으로 가까이 가져가 수많은 사진과 판화, 말과 그림을 보았다.

그녀는 수십 개의 신문 스크랩을 훑어보다가 그중의 하나에서 눈에 익은 이름 하나를 발견했다. 다니엘 호프만이었다. 그 이름을 보자 순식간에 기억이 떠올랐다. 베를린 출신의 그 신비로운 사람의 서신은 주인의 지시에 의해 따로 분리해놓아야만 했다. 우연히 시몬이 확인한 바에 따르면, 그 이상한 사람의 편지는 머지않아 불에 태워질 운명에 있었다. 하지만 무언가 맞아 떨어지지 않는 점이 있었다. 이 스크랩에 의하면 그 사람은 베를린에 살고 있지 않았고, 신문 출판일자로 판단한다면 지금은 확인 불가능할 정도로 많은 나이를 먹었음에 틀림없었다.

스크랩의 호프만은 부자, 그것도 보기 드물게 돈이 많은 사람이었다. 몇 센티미터 떨어진 곳에 있는 「르 피가로」 신문의 일 면은 장난감 공장의 화재 소식을 전하고 있었다. 불길이 공장 건물을 전소시켰고, 구경꾼들이 몰려와 지옥과 같은 광경 앞에서 어쩔 줄 몰라 하고 있었다. 그들 중 놀란 눈의 한 어린아이가 멍하니 카메라를 바라보고 있었다.

똑같은 시선이 다른 스크랩에도 있었다. 이번 뉴스는 한 소년의 불행한 이야기를 들려주고 있었다. 일주일 동안 지하실의 어둠 속에 갇혀 지낸 아이의 이야기였다. 경찰은 침실에서 그 아이의 엄마가 죽어 있는 걸 확인함과 동시에 그 아이를 발견했다고 전했다. 기껏해야 일곱 살이나 여덟 살 정도밖에 보이지 않는 아이의 얼굴은 공포에 질려 멍한 표정을 짓고 있었다.

강렬한 한기가 온몸을 짓눌렀다. 그러면서 그 이상하고 불길한 수수께끼가 그녀의 마음을 사로잡기 시작했다. 하지만 그것뿐만이 아니었다. 그 사진들은 그녀의 관심을 사로잡아 최면 상태에 빠지게 만들었다. 스크랩은 시간 순서대로 나아가고 있었다. 많은 스크랩이 실종된 사람들에 관해 말하고 있었지만 시몬이 한 번도 들어보지 못한 이름이었다. 그들 중에서 눈이 부시도록 아름다운 여자로 리옹 단련공의 상속녀인 알렉산드라 알마 말티스가 눈에 띄었다. 「마르세유」지는 그녀가 젊지만 유명한 기술자이며 장난감 발명가인 라자루스 얀의 약혼녀라 적고 있었다. 그 스크랩 옆에 일련의 사진들은 몽파르나스의 어느 고아원에 장난감을 건네주고 있는 멋진 부부를 보여주고 있었다. 두사람은 행복하고 화사하고 밝은 모습이었다. 사진 밑에는 '이 나라의 모든 아이들이 어떠한 상황이건 장난감 하나는 가질 수 있도록 하는 게 내 확고한 목표입니다' 라는 장난감 발명가의 말이 적혀 있었다.

다른 신문은 라자루스 얀과 알렉산드라 말티스의 결혼식을 예고하고 있었다. 결혼식 공식 사진은 크래븐무어의 돌계단 아래에서 촬영되었다. 젊음으로 가득한 라자루스가 자기 신부를 꼭 껴안고 있었다. 단한 점의 구름도 그 사진을 흐리지 않고 있었다. 젊고 진취적인 라자루스 얀은 화려한 저택을 구입해서 그곳에 신혼집을 꾸리려고 했다. 그 뉴스에는 크래븐무어의 여러 사진들이 함께 화보로 들어가 있었다.

계속되는 사진들과 스크랩은 한없이 이어지면서, 과거의 인물들과 사건들의 전시실을 확장시키고 있었다. 시몬은 발길을 멈추고 뒤를 돌아보았다. 공포에 질려 멍한 표정의 아이를 뇌리에서 지울 수 없었던 것이다. 그녀는 외롭고 쓸쓸한 눈을 쳐다보며 그 시선에서 자신에게 희망과 우정을 주었던 낯익은 눈길을 읽어냈다. 그것은 라자루스가 말했던 장 네빌의 눈이 아니었다. 그것은 그녀가 익히 알고 있는 시선이었다. 고통스럽게도 잘 알고 있던 시선이었다. 바로 라자루스 얀의 시선이었던 것이다.

그녀의 가슴 위로 검은 구름이 베일을 가렸다. 그녀는 숨을 깊이 들이마시고서 눈을 감았다. 어떤 이유에서인지는 몰라도, 뒤에서 목소리가 들리기도 전에 시몬은 방 안에 누군가 있다는 사실을 알았다.

이스마엘과 이레네는 오후 네 시가 될 무렵이 되어서야 벼랑 끝에 다다랐다. 오르막이 얼마나 힘들었는지, 그녀의 팔과 다리에 생긴 상처와 멍든 자국이 그걸 증명해주고 있었다. 그것이 바로 금지된 길을 지난 대가였다. 이스마엘은 벼랑을 오르는 일이 힘들 것이라고 예상은 했지만 그가 상상했던 것보다 훨씬 더 힘들고 위험했다. 이레네는 한순간도 투덜거리지 않았고, 자기 피부가 긁혀 상처 입는다고 한마디 불평도 하지 않았다. 그렇게 그녀는 이스마엘이 그 어떤 여자에게서도 보지 못했던 용기를 보여주었다.

이레네는 제정신으로는 누구도 발을 들여놓지 않을 그 암석 벼랑을 기어 올라가는 모험을 감행했다. 마침내 두 사람이 숲의 입구에 도착하자, 이스마엘은 아무 말 없이 그녀를 껴안았다. 그 여자의 몸 안에서 불타오르는 힘은 그 누구도 끌 수 없을 것만 같았다. 심지어 바다의 모든 물을 동원해도 그 불빛은 꺼지지 않을 것 같았다.

"피곤해?"

가쁜 숨을 몰아쉬며 이레네는 고개를 가로저었다.

"이 지구상에서 가장 고집 센 사람이 너라고 아무도 말해주지 않았지?"

그러자 이레네의 입술은 빙긋이 미소 지었다.

"우리 어머니를 알게 되면 그런 말을 함부로 하지 못할걸."

이스마엘이 대답을 하기도 전에, 그녀는 그의 손을 잡고 숲 속으로 이끌었다. 뒤에서, 그러니까 저 아래의 심연에서는 그녀의 모습이 더욱 뚜렷이 보였다.

만일 누군가가 그에게 어느 날 지옥과 같은 벼랑을 기어 올라갈 것이라고 말했다면, 그는 결코 그 말을 믿지 않았을 것이다. 그러나 이레네에 관해서는 이제 모든 걸 믿을 준비가 되어 있었다.

시몬은 천천히 어둠을 향해 돌아섰다. 침입자가 있다는 것을 느낄 수 있었다. 심지어 차분한 그의 호흡 소리도 들을 수 있었다. 촛불의 숨결은 짐작조차 할 수 없는 희미한 불빛 속으로 사라지고 있었다. 그리고 그 너머에 있는 침실은 끝없이 광활한 무대로 변하고 있었다. 시몬은 침입자가 숨은 어둠을 자세히 살폈다. 좀처럼 찾아보기 힘든 차분함을 유지하며 그녀는 사태에 침착하게 대응했다. 그녀의 감각이 주위를 둘러싼 모든 세세한 것들을 오싹할 정도로 정확하게 느끼고 있는 것 같았다. 그녀의 머리는 미세한 공기의 떨림과 작은 소리 하나, 촛불에 반사된 모습들까지 죄다 기록하고 있었다. 그녀는 이렇게 조용히 어둠과 맞서며 방문객이 모습을 드러내기만을 기다렸다.

"여기서 만나게 되리라고는 생각도 못했어요." 마침내 어둠 속에서 희미한 목소리가 말했다. "무섭나요?"

시몬은 고개를 가로저었다.

"그래요, 무서워할 필요 없어요. 무서워해서는 안 되지요."

"라자루스, 계속 그렇게 숨어 있을 작정인가요?"

아무 대답도 없이 긴 침묵이 흘렀다. 라자루스의 숨소리가 더욱 분명히 들려왔다.

"그냥 여기에 있는 게 좋아요." 마침내 그가 대답했다.

"왜 그렇죠?"

어둠 속에서 무언가 반짝거렸다. 감지하기 힘든 순간적인 빛이었다.

"앉지 않을래요, 소벨 부인?"

"서 있는 게 편해요."

"그럼 좋을 대로 하세요." 남자는 다시 말을 쉬었다. "아마도 무슨 일이 일어난 건지 어리둥절하겠지요?"

"그것뿐만이 아니라 여러 가지를 생각하고 있지요." 시몬이 그의 말을 끊었다. 그녀의 말투에 분노의 기운이 역력했다.

"아마도 당신이 궁금한 점들을 내게 질문하고, 내가 그 질문에 대답하는 편이 더 간단할 것 같군요."

시몬은 분노의 한숨을 내쉬었다.

"나의 처음이자 마지막 질문은 나갈 문이 어디에 있느냐는 거예요." 그녀가 갑자기 물었다.

"아직은 나갈 수 없어요."

"왜죠?"

"그건 또 다른 질문인가요?"

"지금 내가 있는 곳이 어디죠?"

"크래븐무어예요."

"내가 어떻게 여기까지 오게 되었고, 왜 나를 여기로 데려온 거죠?"

"누군가가 데려왔어요……."

"당신인가요?"

"아니에요."

"그럼 누구죠?"

"당신이 모르는 사람이에요……. 아직은."

"내 아이들은 어디에 있나요?"

"나도 몰라요."

시몬은 어둠을 향해 나아갔다. 그녀의 얼굴은 분노로 붉어져 있었다.

"빌어먹을 놈!"

그녀는 목소리가 들리는 쪽을 향해 발길을 옮겼다. 그녀는 안락의자에 앉아 있는 희미한 모습을 감지했다. 라자루스였다. 하지만 그의 얼굴에는 무언가 이상한 게 있었다. 시몬은 걸음을 멈추었다.

"가면이에요." 라자루스가 말했다.

"왜 가면을 쓴 거죠?" 그녀가 물었다. 그러면서 그동안 느꼈던 차분하고 침착한 정신이 놀라울 정도로 빨리 사라지는 걸 느꼈다.

"가면은 사람들의 진정한 얼굴을 보여주지요……."

시몬은 침착함을 잃지 않으려고 애썼다. 분노에 굴복하면 그 어느 것도 이룰 수 없었다.

"내 아이들은 어디에 있죠? 제발……."

"이미 말했잖아요, 소벨 부인. 나도 몰라요."

"날 어떻게 할 건가요?"

라자루스는 한 손을 펼쳤다. 융단 장갑을 끼고 있었다. 가면의 표면이 다시 빛났다. 그것은 전에 보았던 바로 그 빛이었다.

"난 당신을 해칠 생각이 없어요, 시몬. 그러니 날 두려워하지 말아요. 날 믿어야만 해요."

"지금 상황에서 너무 무리한 부탁이라고 생각하지 않아요?"

"당신을 위해서 그런 거예요. 난 당신을 지켜주고 싶어요."

"누구에게서 말이지요."

"부탁이니 앉으세요."

"지금 여기서 도대체 무슨 빌어먹을 일이 일어나고 있는 거죠? 지금 대체 무슨 일이 일어나고 있는지 왜 내게 말하지 않는 거죠?"

시몬은 자기 목소리가 어린아이처럼 부들부들 떨리고 있는 것을 알았다. 히스테리 직전의 상황에서 그녀는 다시 주먹을 불끈 쥐고서 깊이 숨을 들이마셨다. 몇 발짝 뒤로 물러서서 그녀는 텅 빈 테이블 주위의 한 의자에 앉았다.

"고마워요." 라자루스가 중얼거렸다.

그녀는 조용히 눈물을 흘렸다.

"무엇보다도 당신이 이 모든 일에 연루되어 몹시 유감이라는 말을 하고 싶군요. 이런 순간이 도래하리라고는 전혀 생각하지 못했어요." 장난감 제작자가 자기 생각을 밝혔다.

"장 네빌이라는 아이는 없는 아이지요?" 시몬이 물었다. "그 아이는 바로 당신이에요. 당신이 내게 해준 이야기는…… 바로 당신 이야기였어요."

"내가 모아놓은 신문 스크랩을 읽었군요. 아마도 그러면 아주 흥미로운 생각을 했을 겁니다. 하지만 그건 잘못된 생각이에요."

"내가 떠올린 유일한 생각은 당신이야말로 도움을 필요로 하는 환자라는 거예요. 당신이 나를 여기까지 어떻게 데려왔는지는 모르겠지만, 전 여기서 나가는 즉시 경찰지서로 찾아갈 거라고 자신 있게 말할 수 있어요. 납치는 중죄예요……."

그러나 그녀의 말은 상황에 맞지도 않을뿐더러, 우스꽝스럽게 들렸다.

"그렇다면 당신이 직장을 그만둔다는 의사로 받아들여도 좋을까요, 소벨 부인?"

비꼬는 듯한 질문에 시몬은 다시 경계 태세를 갖추었다. 그 말은 그녀가 알고 있는 라자루스라면 결코 하지 않을 말이었다. 하지만 사실대로 말하자면, 그녀는 그에 대해 아는 게 아무것도 없었다.

"마음대로 생각하세요." 그녀가 차갑게 대답했다.

"좋아요. 그렇다면 경찰에 신고해도 좋아요. 나도 거기에 동의합니다. 하지만 그 전에 이미 당신 마음속으로 짜깁기하고 있는 그 이야기의 퍼즐 조각을 완전히 맞춰주고 싶습니다."

시몬은 가면을 쳐다보았다. 창백하고 무표정한 얼굴이었다. 차갑고 희미한 목소리는 도자기 같은 얼굴에서 나오고 있었다. 그의 눈은 두 개의 어두운 우물 같았다.

"시몬 부인, 곧 알게 되겠지만 이 이야기에서 유추할 수 있는 유일한 교훈은 실제 우리의 삶은 소설과는 다르게 겉으로 보이는 것과 진혀 다르다는 것이지요……."

"한 가지만 약속해주세요, 라자루스." 그녀가 그의 말을 끊었다.

"내가 할 수 있는 일이라면……."

"내가 당신 이야기를 들어줄 테니, 내 아이들과 이곳을 무사히 떠나게 해주겠다고 약속해주세요. 경찰에 신고하지 않겠다고 맹세하겠어요. 우리 가족만 무사할 수 있다면, 영원히 이곳을 떠나겠어요. 나에 관해 당신이 결코 알지 못하도록 하겠어요." 시몬이 애원했다.

가면은 잠시 침묵을 지켰다.

"그게 원하는 겁니까?"

그녀는 눈물을 애써 참으면서 고개를 끄덕였다.

"실망스럽군요, 시몬. 난 우리가 친구라고 생각했어요. 아주 좋은 친구라고."

"제발……."

가면이 주먹을 불끈 쥐었다.

"좋아요. 아이들과 함께 있고 싶다면, 그렇게 해주겠어요. 때가 되면 말이에요……."

"소벨 부인, 당신 어머니를 기억하시나요? 모든 아이들은 마음속에 자기를 이 세상에 태어나게 해준 여자를 간직하고 있어요. 어머니는 결코 꺼지지 않은 빛과 같지요. 하늘 높이 떠 있는 별과 같아요. 하지만 나는 인생의 대부분을 그 빛을 지우려고 애쓰면서 살았어요. 완전히 잊어버리려고 했지요. 하지만 쉽지 않았어요. 결코 쉽지 않은 일이에요. 나를 심판하기 전에, 먼저 내 이야기를 들어주었으면 좋겠어요. 간단하게 말하겠어요. 좋은 이야기란 많은 말을 필요로 하지 않는 법이니까요…….

나는 1882년 12월 26일 밤에, 파리의 고블랭 동네에 있는 가장 어둡고 추잡한 거리의 낡은 집에서 태어났어요. 물론 음산하고 더러운 곳이었지요. 소벨 부인, 빅토르 위고를 읽은 적이 있나요? 만일 읽었다면 내가 지금 어떤 동네에 관해 말하고 있는지 알 거예요. 우리 어머니가 이웃집 여인인 니콜의 도움을 받아 조그만 아기를 낳은 곳이 바로 거기예요. 너무나 추운 겨울이었지요. 여느 아기들과 달리 전 태어나고 한참 후에 울음을 터트렸지요. 그래서 순간적으로 우리 어머니는 내가 죽은 걸로 생각했지요. 그러나 그렇지 않다는 것을 확인하자, 불쌍한 우리 어머니는 그걸 일종의 기적으로 받아들이며 내게 라자루스라는 이름을 붙여주었지요. 정말이지 하느님의 아이러니라고밖에 볼 수 없어요.

내 어린 시절을 회상할 때면, 오로지 거리에서 계속되는 아이들의 외침과 오랫동안 병을 앓은 이머니만 생각나요. 내가 떠올릴 수 있는 유일한 기억 중 하나는 옆집 여자인 니콜의 무릎에 앉아서 그 착한 여자가 들려주었던 내용이에요. 그녀는 내게 어머니가 몹시 아파서 나를 보살필 수 없으니 다른 아이들과 어울려 노는 게 좋겠다고 했지요. 그녀가 말하는 다른 아이들이란 아침부터 밤까지 동냥하는 누더기를 걸친 아이들이에요. 그 아이들은 일곱 살이 되기도 전에 그 동네에서 살아남으려면 범죄자나 정부관리가 되어야 한다는 것을 배웠어요. 이 두

가지 가능성 중에서 무엇을 아이들이 선호했는지는 말할 필요가 없을 겁니다.

그 당시 그 동네에서 유일한 희망은 우리의 꿈을 차지하고 있던 미스터리한 인물이었어요. 그의 이름은 다니엘 호프만이었고, 우리 모두에게 그 이름은 '환상'이라는 말과 동의어였답니다. 그래서 많은 사람들이 그의 존재를 의심하기도 했지요. 전설에 따르면, 호프만은 여러 모습으로 변장하고 신분을 가장하면서 파리의 거리를 돌아다녔어요. 그러면서 가난한 아이들에게 자기가 공장에서 만든 장난감들을 나누어주었어요. 파리의 모든 어린아이들은 그에 관한 이야기를 들으며 자랐고 언젠가 자기들에게도 그런 행운이 오리라고 꿈을 꾸었지요.

호프만은 마술과 상상의 황제였어요. 하지만 그의 마법에도 아랑곳 않는 것이 하나 있었지요. 바로 나이였어요. 아이들은 자라면서 상상하면서 노는 능력을 상실하게 되었어요. 다니엘 호프만이라는 이름은 그들의 기억 속에서 지워졌지요. 그렇게 어른이 되면, 자기 아이들의 입에서 그 이름을 듣더라도 그걸 확인할 방법이 없었지요…….

다니엘 호프만은 이 세상에 존재한 가장 위대한 장난감 제작자였어요. 그는 고블랭 동네에 커다란 공장을 가지고 있었지요. 장난감 공장은 위험과 가난으로 점철되었고 귀신이 나올 것 같은 그 동네의 어둠 사이로 우뚝 서 있는 커다란 성당과 비슷했지요. 바늘처럼 뽀족한 탑이 가운데 서 있으면서 구름을 찌를 듯했지요. 그 탑에서 종소리가 울려 매일 새벽과 해질녘의 시간을 가르쳐주었어요. 그 종소리의 메아리는 동네 전체로 퍼져 나갔지요. 동네의 모든 아이들이 그 건물을 알고 있었지만, 어른들은 그 건물을 볼 수 없었고, 그래서 그 공장은 도저히 들어갈 수 없는 거대한 늪지, 그러니까 파리의 어두운 심장부에 있는 황무지에 있다고 믿었어요.

다니엘 호프만의 진짜 얼굴을 본 사람은 아무도 없었어요. 사람들은 장난감 제작자가 탑 꼭대기의 방에 살고 있으며, 그곳에서 거의 나오는 적이 없다고 말했어요. 단지 도시의 가난한 아이들에게 장난감을 나눠주기 위해 변장을 하고서 해질녘에 파리의 거리를 돌아다닐 때만 예외라고 했지요. 그는 아이들에게 장난감을 주는 대신 한 가지를 부탁했어요. 아이들의 마음, 그러니까 사랑하고 복종하겠다는 영원한 약속만을 요구했어요. 동네의 모든 아이들은 주저 없이 그들의 마음을 그에게 건네주었어요. 하지만 모든 아이들이 그의 부름에 응했던 것은 아니었어요. 그리고 그는 신원을 숨기기 위해 수백 가지의 서로 다른 가면이나 옷으로 변장한다는 소문이 있었어요. 또한 다니엘 호프만은 결코 똑같은 옷을 두 번 입지 않는다고 말하는 사람도 있었지요.

우리 어머니 이야기로 돌아가도록 하지요. 니콜이 말하던 질병은 아직도 내게 미스터리예요. 나는 몇몇 장난감들처럼 사람들도 선천적인 흠을 지니고 태어난다고 생각해요. 때론 그 흠 하나로 망가진 인형이 되어버리는 거예요, 그렇게 생각하지 않나요? 우리 어머니의 통증은 시간이 흐르면서 신경쇠약으로 이어졌어요. 육체가 상처를 입으면, 정신도 머지않아 제 길에서 벗어나게 되지요. 이게 인생의 법칙이에요.

나는 '고독'이라는 유일한 동반자와 함께 성장했고 언젠가 다니엘 호프만이 나를 돕기 위해 올 것이라고 꿈꾸며 매일매일을 견뎌냈어요. 매일 밤 잠자리에 들기 전에 나는 수호천사에게 그가 있는 곳으로 나를 데려가 달라고 부탁했지요. 매일 밤을 그렇게 했어요. 또한 호프만의 환상에 이끌려 내 자신의 장난감을 만들기 시작했던 것 같아요.

장난감을 만들기 위해 나는 동네의 쓰레기장에서 발견한 찌꺼기들을 사용했어요. 나는 내 첫 번째 기차와 3층짜리 성을 만들었어요. 그 다음에는 도화지로 용을 만들었고, 나중에는 날아다니는 기계를 만들었지요. 하늘에서 비행기를 일상적으로 보기 이전의 일이었어요. 하지만 내가 가장 좋아하는 장남감은 가브리엘이었어요. 가브리엘은 천사였지요. 어둠으로부터 보호 받고 운명의 위험으로부터 보호 받기 위해 내 손으로 직접 만든 멋진 천사였어요. 나는 우리가 살던 곳에서 두 블록 아래에 있는 버려진 재단 공장에서 구한 다리미와 쇠붙이 조각으로 그걸 만들었어요. 하지만 내 수호천사였던 가브리엘은 그다지 오래 살지 못했어요. 우리 어머니가 내 장난감 창고를 발견했는데, 가브리엘은 바로 그날 죽음을 선고 받았거든요.

어머니는 나를 지하실로 데려갔고, 그곳에서 마치 누군가가 어둠 속에서 우리를 노리고 있는 것처럼 한시도 쉬지 않고 사방을 둘러보고 속삭이면서, 누군가가 자기에게 꿈속에서 말해주었다고 이야기했어요. 그녀가 말하는 사람은 다음과 같이 그녀에게 알려주었어요. 장난감, 모든 장난감은 루시퍼의 발명품이라고요. 그 장난감들로 루시퍼는 세상 모든 아이들의 영혼을 저주하려 한다고 말이에요. 바로 그날 밤

가브리엘과 내 모든 장난감은 아궁이의 불로 들어가게 되었지요.

우리 어머니는 우리가 함께 장난감을 파괴해야만 한다고 고집을 피웠어요. 그것들이 재로 되었다는 것을 내게 확신시켜주기 위해서였지요. 어머니는 만일 그렇게 하지 않으면 내 사악한 영혼의 그림자가 다시 날 찾아와 장난감을 만들 생각을 심어줄 것이라고 설명했어요. 내행동의 모든 오점과 모든 잘못 그리고 모든 불복종이 그 그림자에 새겨져 있다는 것이었어요. 그 그림자는 항상 나와 함께 다니고, 내가 그녀와 세상 사람들에게 범한 나쁜 짓과 버릇없는 짓들을 그대로 반영하고 있다고……

그 당시에 나는 일곱 살이었어요.

그 시기에 우리 어머니의 병이 악화되었어요. 그리고 나를 지하실에 가두기 시작했어요. 그녀는 그곳에 있으면 그림자가 오더라도 날 찾을 수 없을 거라고 말했어요. 기나긴 감금생활 동안, 나는 거의 제대로 숨도 쉬지 못했어요. 내 숨소리를 들으면 그림자, 그러니까 내 허약한 영혼의 사악한 그림자가 내게 관심을 보일지도 모르며, 나를 직접 지옥으로 데려갈지도 모른다고 두려워했기 때문이지요. 이 모든 게 당신에게 우스워 보일지도 몰라요. 아니 슬프게 보일지도 모르지요. 하지만 몇 살 되지 않은 어린아이에게는 매일 매일이 몸서리쳐지는 현실이었어요.

그 시절의 비참한 이야기를 자세히 들려주면서 당신을 따분하게 만들고 싶지는 않아요. 단 한 가지만 말하는 것으로 충분할 것 같네요. 그렇게 갇혀 있던 어느 날, 우리 어머니는 그나마 남아 있던 얼마 안 되는 정신마저 잃어버렸고, 나는 일주일 내내 그 지하실에, 그 어둠에 혼자 갇혀 있었어요. 이미 당신이 신문 스크랩을 읽었을 거라고 생각해요. 신문사 사람들이 첫 면에 싣기 좋아하는 그런 이야기 중의 하나지요. 나쁜 소식들, 특히 소름끼치고 머리카락이 쭈뼛쭈뼛 서게 만드는 소식이라면 날개 돋친 듯이 팔리니까요. 이런 모든 뉴스 앞에서 아마도 당신은 도대체 어두운 지하실에서 칠 일 밤과 낮 동안 갇혀서 어린아이가 무엇을 했을까 생각할 겁니다.

우선 빛이 없는 곳에서 몇 시간 보내면, 인간은 시간 개념을 잃어버린다는 것부터 말하고 싶군요. 시간은 분이나 초로 변하지요. 아니, 주週로 변한다고 봐도 좋아요. 시간과 빛은 아주 긴밀하게 연결되어 있어요. 사실 그 기간에 정말로 놀라운 일이 벌어졌어요. 기적이었어요. 그러니까 내게는 태어났을 때의 기적 이후로 벌어진 두 번째 기적이었지요.

내 기도는 효과를 발휘했어요. 매일 밤 나는 조용히 기도했는데, 그게 헛된 게 아니었어요. 운명이나 행운이라고 부를 수 있는 것이었지요.

다니엘 호프만이 내게로 왔던 거예요. 내게 말이에요. 파리의 모든 아이들 가운데서 내가 그날 밤 그의 은총을 받도록 선택된 것이었지요. 아직도 거리를 향해 있는 지하실 문의 조그만 빗장을 수줍게 두드리는 소리가 기억나요. 그 빗장이 문 밖에 걸려 있었기에 나는 빗장을 열어 줄 수 없었지만, 밖에서 내게 말하는 목소리에 대답할 수는 있었어요. 내가 그때까지 한 번도 들어본 적이 없는 가장 다정하고 훌륭한 목소리였지요. 어둠 속으로 사라지면서 마치 태양이 얼음을 녹이듯이 놀란 불쌍한 아이에게서 두려움을 없애주는 목소리였어요. 그런데 이것 알아요, 시몬? 다니엘 호프만은 내 이름을 불렀답니다.

나는 내 마음의 문을 그에게 활짝 열었어요. 잠시 후 지하실에 멋진 빛이 한 줄기 비추더니 갑자기 호프만이 모습을 드러냈어요. 눈부실 정도로 하얀 옷을 입고 있었어요. 천사였어요, 진정한 빛의 천사였어요. 그토록 아름답고 평화로운 분위기를 발산하는 사람은 한 번도 본 적이 없었어요.

그날 밤 다니엘 호프만과 나는 은밀하게 대화를 나누었어요. 지금 나와 당신이 하고 있는 것처럼 말입니다. 가브리엘과 나머지 내 장난감에 관해 말할 필요는 없었어요. 그는 이미 모든 걸 다 알고 있었거든요. 호프만은 그런 정보를 다 알고 있는 사람이었어요. 또한 우리 어머니가 내게 그림자에 관해 이야기한 것도 알고 있었어요. 그 점에 관해서 모두 알고 있었답니다. 나는 안심하고서 그 그림자가 정말로 나를 두려움에 사로잡히게 만들었다고 털어놓았어요. 그 사람이 얼마나 동정심과 이해심을 발산하고 있는지 당신은 상상할 수 없을 겁니다. 그는 차분하게 내게 일어난 모든 이야기를 들었고, 나는 그가 내 고통과 번민에 기꺼이 동참하고 있다는 것을 느낄 수 있었어요. 특히 그는 나의 가장 커다란 두려움, 그러니까 최악의 악몽이 무엇인지 이해해주었어요. 바로 그림자였지요. 내 자신의 그림자, 내가 어디를 가든 쫓아다니는 그 사악한 영혼, 내 안에 있는 모든 악을 지니고 있는 영혼이라는 걸…….

내가 어떻게 해야만 하는지 설명한 사람은 다니엘 호프만이었어요. 그때까지 나는 가련하고 무지한 사람이었지요. 내가 왜 이런 말을 하는지 이해해주세요. 내가 그림자에 관해 뭘 알고 있겠어요? 꿈속에서 사람들을 찾아와 미래와 과거에 관해 말하는 그 이상한 귀신들에 관해 내가 무엇을 알고 있겠어요? 난 아무것도 모르고 있었어요.

하지만 그는 알고 있었어요. 그는 모든 걸 알고 있었어요. 그리고 나를 도와줄 준비가 되어 있었어요.

그날 밤 다니엘 호프만은 내게 미래를 보여주었어요. 그는 내게 자신의 왕국의 선봉에 서서 그 왕국을 계승할 운명을 지니고 있다고 말해주었어요. 그리고 그의 모든 지식과 기술은 언젠가 내 것이 될 것이고, 나를 둘러싼 가난한 세상은 영원히 자취를 감출 것이라고 설명했지요. 그는 내가 꿈도 꾸지 못했던 미래를 내게 주었어요. 말 그대로 미래였어요. 나는 그게 무엇인지 몰랐어요. 하지만 그는 내게 미래를 선물했어요. 그 대가로 나는 한 가지만 하면 되었지요. 아무 의미도 없는 조그만 약속이었지요. 내 마음을 그에게 주어야 한다는 것이었어요. 단지 그에게, 그를 제외한 그 누구에게도 주면 안 된다는 것이었어요.

장난감 제작자는 그게 무엇을 의미하는지 아느냐고 물었어요. 나는 잠시도 머뭇거리지 않고 그렇다고 대답했어요. 물론 내 마음에 기대도 좋다고 했지요. 그는 나를 따뜻하게 대해준 유일한 사람이었어요. 내게 관심을 보인 유일한 사람이었어요. 그는 내게 만일 원하기만 한다면 그곳에서 곧 나갈 것이며, 그 집이나 그 장소, 심지어 우리 어머니도 다시는 보지 않게 될 것이라고 말했어요. 그리고 가장 중요한 것은, 그가 내게 그림자에 관해 더 이상 걱정할 필요가 없다고 말했다는 거지요. 그가 내게 부탁한 것을 해주면, 내 앞의 미래가 깨끗하고 환하게 열릴 것이라고 했어요.

나는 그의 말을 믿어야 할지 말아야 할지 내 스스로에게 물었지요. 난 고개를 끄덕였어요. 그 순간 그는 조그만 유리병을 꺼냈어요. 당신이 향수를 담을 때 사용하는 병과 비슷했어요. 그는 웃으면서 뚜껑을 열었고 내 눈은 경악할 만한 광경을 목격했어요. 벽에 비친 내 그림자가 갑자기 너울거리는 얼룩이 되었던 거지요. 그러자 어둠 덩어리가 유리병 안으로 들어가더니 그 안에 영원히 사로잡혀 있게 되었어요. 다니엘 호프만은 그 병을 닫고서 내게 내밀었어요. 유리병은 얼음장처럼 차가웠어요.

그는 그 순간부터 내 마음은 그의 것이며 아주 빠른 시간 내에 내 모든 문제가 사라질 것이라고 설명하면서, 내게 맹세를 지키겠느냐고 물었어요. 나는 맹세를 어기는 일은 결코 없을 것이라고 다짐했지요. 그는 다시 다정하게 내게 미소 지으면서 선물을 주었어요. 만화경이었어요. 그는 내게 눈을 감고 온 힘을 다해 세상에서 가장 원하는 걸 생각하라고 부탁했지요. 내가 그렇게 하는 동안, 그는 내 앞에 무릎을 꿇고서 내 이마에 키스했어요. 내가 눈을 떴을 때 그는 이미 그곳에 없었어요.

일주일 후, 익명의 정보원이 우리 집에서 일어나고 있던 일을 경찰에게 알렸고, 그런 제보에 놀란 경찰이 그 지하실에서 나를 구출했어요. 우리 어머니는 이미 죽어 있었고…….

경찰서로 가고 있는데 거리가 온통 소방차로 가득 차 있었어요. 공기 중에서 무언가 불에 탄 냄새를 맡을 수 있었어요. 나를 보호하고 있던 경찰들은 길을 바꾸었고, 그래서 난 그 장면을 볼 수 있었어요. 연기가 하늘 높이 치솟고 있었어요. 파리 역사상 전례가 없이 무시무시한 화재가 발생해 다니엘 호프만의 공장이 불타고 있었던 거예요. 그러자 모든 사람이 어린 시절에 꿈을 심어주었던 그 인물, 다니엘 호프만을 떠올렸지요. 장난감 황제의 궁전은 불타고……

사흘 밤낮을 불길과 검은 연기가 하늘로 치솟았어요. 마치 지옥이 도시의 검은 중심가에 문을 활짝 열어놓은 것 같았어요. 나는 그곳에 있었고, 내 두 눈으로 그걸 보았지요. 며칠 후 오직 재만 남아 거기에 서 있던 웅장한 건물이 있었다는 증거를 보여주고 있었어요. 그리고 신문들이 그 화재 소식을 전했지요.

시간이 흐르면서 경찰 당국은 우리 어머니의 친척 한 사람을 찾아냈고, 그 사람은 내 보호자가 되었어요. 나는 이사해서 앙티브 곶에 있는 그의 가족과 함께 살게 되었지요. 난 그곳에서 자랐고 교육을 받았어요. 지극히 정상적인 삶을 살았던 거지요. 행복했어요. 다니엘 호프만이 내게 약속했던 그대로였어요. 심지어 나는 내 과거에 관한 새로운 이야기를 만들어내 내 자신에 되뇌었어요. 그게 바로 당신에게 들려주었던 이야기예요.

열여덟 살이 되던 날, 난 편지를 받았어요. 8년 전의 소인이 찍혀 있었어요. 몽파르나스 우체국 소인이었지요. 그 편지에서 내 옛 친구는 퐁텐블로에 있는 질베르 트라방이라는 사람의 공증 사무실이 노르망디 해변에 있는 어느 주택의 집문서를 위임 받았는데, 그 집은 내가 성년이 되면 합법적으로 내 소유가 될 것이라고 말하고 있었어요. 양피지에 적힌 그 글은 'D'라는 이니셜로 서명이 되어 있었어요.

크래븐무어를 차지하기까지 이후 몇 년이 걸렸어요. 당시 나는 장래가 촉망되는 기술자였어요. 내 장난감 디자인은 당시까지 알려진 그 어떤 작품도 앞질렀어요. 이내 나는 내 공장을 차릴 순간이 되었다는 걸 알았지요. 크래븐무어에 말이에요. 모든 게 내게 예고했던 그대로 일어났어요. 사고가 일어나기 전까지 모두 그랬어요. 그 사고는 2월 13일 포르트 드 생 미셸에서 일어났어요. 그녀 이름은 알렉산드라 알마 말티스였고, 내가 보았던 여자들 중에서 가장 아름다운 여인이었어요.

그때까지 나는 다니엘 호프만이 그날 밤 고블랭 동네의 지하실에서 건네주었던 유리병을 고이 간직하고 있었어요. 그 병의 촉감은 당시처럼 너무 차가웠어요. 6개월 후, 나는 다니엘 호프만과의 약속을 저버렸고 내 마음을 그 젊은 아가씨에게 주었어요. 내 인생에서 가장 행복한 날이었어요. 크래븐무어에서 열릴 예정이었던 결혼식 전날, 나는 내 그림자가 담긴 병을 집어서 곶의 벼랑으로 향했어요. 그곳에서 그 병을 영원히 잊기로 결심하고서 어두운 바닷물에 던져버렸지요.

물론 나는 내 약속을 어겼고…….

태양이 이미 만 위로 뉘엿뉘엿 기울기 시작했을 때, 이스마엘과 이레네는 나무 사이로 곶의 집 뒤쪽 지붕을 보았다. 두 사람을 휘감고 있던 피로는 잠시 피해 있다가 그들에게 몰아갈 적절한 순간을 기다리는 것 같았다. 이스마엘은 그런 현상에 관해 들은 적이 있었다. 그것은 몇몇 운동선수들이 피로의 한계를 넘었을 때 경험하는 일종의 쾌감의 순간이었다. 한계점을 지나자 육체는 피로감을 보이지 않은 채 계속해서 앞으로 나아갈 수 있었다. 물론 그것은 육체라는 기계가 멈출 때까지 지속되었다. 그러나 기력이 떨어지자, 단숨에 상응한 벌을 받았다. 근육이 의지대로 움직이지 않았던 것이다.

"무슨 생각 하고 있어?" 이레네는 사색에 잠긴 이스마엘의 표정을 보고 물었다.

"배가 고프다는 생각을 하고 있었어."

"그리고 내 생각도 하고 있었겠지. 이런 상황에서도 배가 고프다는 게 이상하지 않아?"

"아니야, 전혀 그렇지 않아. 공포보다 식욕을 돋우는 건 없어⋯⋯."
이스마엘이 농담하는 여유를 부렸다.

곶의 집은 고요 속에 잠겨 있었고, 누군가가 있다는 신호는 전혀 보이지 않았다. 빨랫줄에 걸린 다 마른 빨래가 바람에 흔들리고 있었다. 이스마엘은 단숨에 곁눈으로 그것들이 이레네의 속옷처럼 보인다는 것을 알았다. 그러자 그의 머리는 그런 속옷을 입은 이레네의 모습이 어떨지 생각하지 않을 수 없었다.

"괜찮아?" 그녀가 물었다.

이스마엘은 침을 삼켰지만, 고개를 끄덕였다.

"피곤하고 배고파. 그게 전부야."

이레네는 수수께끼 같은 미소를 그에게 던졌다. 순간적으로 이스마엘은 모든 여자들이 비밀리에 남의 생각을 읽을 수 있지 않을까 생각했다. 하지만 배고픈 상황에서는 그런 생각에 빠지지 않는 편이 바람직했다.

그녀는 집의 뒷문을 열려고 했지만, 누군가가 안에서 자물쇠를 채워놓은 것 같았다. 이레네의 미소가 이내 불안한 표정으로 바뀌었다.

"엄마? 도리안?" 그녀는 이렇게 부르면서, 몇 발짝 뒤로 물러나 위층 창문을 살펴보았다.

"현관문으로 들어가자." 이스마엘이 말했다.

그녀는 그를 따라 집을 빙 돌아 현관으로 갔다. 여기저기 깨진 유리 조각들이 발밑으로 밟혔다. 두 사람은 걸음을 멈추었다. 망가져버린 현관문과 산산이 박살난 유리창이 그들 앞에 펼쳐졌다. 마치 가스가 폭발하면서 문이 경첩째 뽑힘과 동시에 유리 폭풍을 내뱉은 것 같았다. 이레네는 뱃속에서 올라오는 오싹한 한기를 억누르려고 했지만 소용이 없었다. 그녀는 공포에 질린 시선으로 이스마엘을 쳐다보며 집으로 들어가려고 했다. 그러자 그가 말없이 붙잡았다.

"소벨 부인?" 현관에서 이스마엘이 불렀다.

그의 목소리는 집 안쪽에서 사라져버렸다. 이스마엘은 조심스럽게 집 안으로 들어가 그곳의 광경을 살폈다. 그의 뒤에서 모습을 드러낸 이레네가 땅이 꺼질 것 같은 한숨을 내쉬었다.

집 상태를 제대로 표현할 수 있는 말이 있는지 모르겠지만, 그건 한마디로 참화라고밖에 말할 수 없었다. 이스마엘은 토네이도가 휩쓸고 간 자리를 본 적은 없지만, 아마도 자기 눈앞에 펼쳐진 풍경과 다르지 않을 것이라고 생각했다. 바라보고 있는 것과 비슷할 것이라고 추측했다.

"맙소사……."

"유리 조각 조심해." 이레네가 주의를 주었다.

"엄마!"

그녀의 외침이 온 집 안에 울려 퍼졌다. 그 소리는 마치 그녀의 영혼이 모든 방이란 방은 구석구석 훑는 것 같았다. 이스마엘은 한순간도 이레네의 손을 놓지 않은 채, 계단 아래로 다가가선 위층을 한번 쳐다보았다.

"올라가자." 그녀가 말했다.

두 사람은 천천히 계단으로 오르면서 보이지 않는 힘이 그녀 주변에 남겨놓은 흔적들을 꼼꼼히 살폈다. 시몬의 침실에 문이 떨어지고 없다는 것을 먼저 알아챈 사람은 이레네였다.

"아니……!" 그녀가 중얼거렸다.

이스마엘은 급히 침실 입구로 가서 그 방을 점검했다. 아무도 없었다. 두 사람은 2층 침실을 하나씩 모두 살펴보았다. 그러나 모두 텅 비어 있었다.

"어디에 있는 거지?" 이레네가 떨리는 목소리로 말했다.

"여기에는 아무도 없어. 아래층으로 다시 가는 게 좋겠어."

눈에 보이는 것으로 판단해보건대, 그곳에서 벌어진 사태가 심상치 않다는 걸 알 수 있었다. 이스마엘은 그 점에 대해 아무 말도 하지 않았지만, 이레네 가족의 운명이 그리 밝지만은 않을 것 같다는 생각이 그의 머리를 스쳤다. 아직도 충격에서 벗어나지 못하고 있던 이레네는 계단 아래서 조용히 울고 있었다. '시간문제야'라고 이스마엘은 생각했다. '곧 히스테리 증상을 보일 거야.' 그런 일이 벌어지기 전에 빨리 다른 걸 생각하는 게 더 좋을 것 같았다. 그는 십여 가지 가능성을 살피면서, 어떤 것이 더 효과적일지 생각했다. 바로 그때 두 사람은 무언가가 두드리는 소리를 들었다. 죽음의 순간과도 같은 침묵이 흘렀다.

이레네는 눈물을 훔치며 위를 쳐다보았다. 이스마엘도 혹시 그 소리를 들었는지 확인하고 싶었다. 그는 고개를 끄덕이면서, 한쪽 손가락을 들어 조용히 하라는 신호를 보냈다. 금속성의 딱딱거리는 소리가 반복되면서 집 안 전체로 울렸다. 잠시 후 이스마엘은 그 무디고 둔탁한 소리의 정체를 깨달았다. 무언가 혹은 누군가가 집 안 어딘가에서 금속성의 물건을 두드리고 있는 것이었다. 그 소리는 계속 반복되었다. 이스마엘은 자기 발아래가 떨린다는 것을 간파하고서, 닫힌 문을 쳐다보았다. 집 뒤쪽의 부엌으로 향하는 복도에 위치한 문이었다.

"저 문은 어디로 통하지?"

"지하실이야……." 이레네가 대답했다.

이스마엘은 문으로 다가간 다음, 귀를 나무 문에 갖다 대고서 문 안쪽에서 무슨 소리가 나는지 유심히 들었다. 소리는 수없이 반복되었다. 이스마엘은 문을 열려고 했지만 손잡이가 꼼짝도 하지 않았다.

"그 안에 누구 있어요?" 그가 소리쳤다.

계단으로 올라오는 발자국 소리가 그의 귀까지 들려왔다.

"조심해." 이레네가 말했다.

이스마엘은 문에서 몇 발짝 떨어졌다. 순간적으로 지하실에서 모습을 드러내는 천사의 모습이 그의 머리를 가득 채웠다. 문 반대편에서 떨리는 목소리가 희미하게 들렸다. 이레네는 벌떡 일어나더니 문으로 달려갔다.

"도리안?"

목소리는 무언가를 중얼거리고 있었다.

이레네는 이스마엘을 쳐다보고서 고개를 끄덕였다.

"내 동생이야……"

이스마엘은 문짝을 뜯어내거나, 아니면 그 경우처럼 문을 부수는 일이 라디오 연속극이 들려주는 것보다 훨씬 더 힘든 일이라는 것을 확인했다. 그는 부엌의 선반에서 발견한 쇠막대를 이용해 10분 정도 문을 열려고 애썼고, 마침내 문은 이스마엘의 분투에 굴복하고 말았다. 땀으로 가득한 이스마엘이 몇 발짝 뒤로 물러선 틈을 타 이레네가 최후의 일격을 가했다. 녹슬어 달라붙은 기계장치와 함께 나무 조각 덩어리로 이루어진 잠금장치가 바닥으로 떨어졌다. 이스마엘의 눈에 그것은 고슴도치처럼 보였다.

잠시 후 창백한 피부의 한 아이가 어둠에서 모습을 드러냈다. 그의 얼굴은 공포에 짓눌려 있었고, 손은 덜덜 떨고 있었다. 도리안은 마치 놀란 짐승마냥 누나의 품에 안겼다. 도리안이 무엇을 보았는지는 몰라도, 심각한 정신적 충격을 받은 모양이었다. 이레네는 그의 앞에 무릎을 굽히고서 마른 눈물과 때로 얼룩진 그의 얼굴을 닦아주었다.

"괜찮아, 도리안?" 그녀는 차분하게 물으면서, 상처를 입거나 부러진 곳이 있는지 찾기 위해 그의 몸을 살폈다.

도리안은 계속해서 고개를 끄덕였다.

그는 눈을 들었다. 그의 눈은 공포로 가득 차 있었다.

"도리안, 아주 중요한 거야. 엄마는 어디 있어?"

"데려갔어……." 도리안이 말을 더듬었다.

이스마엘은 그곳 지하실의 어둠에서 그가 얼마나 갇혀 있었을까 생각했다.

"데려갔어……." 마치 최면에 걸린 것처럼 도리안이 반복했다.

"누가 데려갔어, 도리안? 누가 엄마를 데려갔어?"

이레네가 차분하고 냉정하게 물었다.

도리안은 두 사람을 쳐다보더니 희미하게 미소를 지어 보였다. 마치 그들이 던지는 질문이 새삼스럽다는 표정이었다.

"그림자야……." 그가 대답했다. "그림자가 데려갔어."

이스마엘과 이레네의 시선이 마주쳤다.

그녀는 한숨을 깊이 내쉬고서 양손을 자기 동생의 팔 위에 올려놓았다.

"도리안, 나는 지금 네게 아주 중요한 걸 부탁할 거야. 알겠지?"

그가 고개를 끄덕였다.

"마을로 달려가서 경찰지서의 경찰관에게 크래븐무어에서 끔찍한 사고가 일어났다고 말해. 엄마가 사고를 당해 위험하다고 말이야. 그러니 가능한 한 빨리 출동해달라고 부탁해. 내 말 알아들었어?"

도리안은 어안이 벙벙해서 그녀를 쳐다보았다.

"그림자 이야기는 한마디도 하지 마. 단지 내가 말한 것만 이야기하도록 해. 이건 아주 중요해……. 만일 네가 그림자 이야기를 하면, 아무도 네 말을 믿지 않을 거야. 단지 사고라고만 말해야 해."

이스마엘이 다시 고개를 끄덕였다.

"나와 엄마를 위해서 그렇게 해야만 해. 할 수 있지?"

도리안은 이스마엘 자기 누나를 번갈아 바라보았다.

"엄마가 사고를 당해 부상을 입은 채 크레븐무어에 있어. 급히 도움이 필요해." 도리안이 기계적으로 반복했다. "하지만 엄마는 괜찮은 거야?"

이레네는 그에게 미소 짓고서 꼭 껴안았다.

"사랑해." 그에게 속삭였다.

도리안은 누나의 뺨에 키스를 하고서 이스마엘에게 우정의 인사를 건넸다. 그런 다음 자전거를 찾으러 달려갔다. 자전거는 현관의 조그만 베란다에 보관되어 있었다. 하지만 라자루스의 선물은 이미 철사 망과 일그러진 쇳조각으로 변해 있었다. 그는 자기 자전거의 잔해를 응시했다. 이스마엘과 이레네는 집에서 나와 못쓰게 변해버린 자전거를 쳐다보았다.

"도대체 누가 이렇게 만든 거지?" 도리안이 물었다.

"그런 생각일랑 그만하고 서두르는 게 좋을 것 같아, 도리안."

이레네는 한시가 급하다는 걸 그에게 일깨워주었다.

그는 고개를 끄덕이더니 전속력으로 출발했다. 그가 모습을 감추자, 이레네와 이스마엘은 현관문으로 갔다. 만 위로 태양이 지면서 구름 사이로 시뻘겋고 둥근 어둠을 그렸고, 바다를 온통 자줏빛으로 물들였다. 두 사람은 서로 쳐다보고서 그 어떤 말도 할 필요 없이 어둠 한가운데에서, 그러니까 숲 너머에서 그들을 기다리고 있는 게 무엇인지 깨달았다.

도플갱어

"제단 아래 그보다 아름다운 신부는 없었어요." 가면이 말했다. "그녀보다 아름다운 여자는 한 명도 없었어요."

시몬은 어둠 속에서 타고 있는 초의 조용한 눈물소리를 들을 수 있었다. 그리고 벽 너머로 크레븐무어의 꼭대기를 장식한 이무기돌을 긁어대는 바람의 속삭임도 들을 수 있었다. 밤의 목소리였다.

"알렉산드라는 내 인생에 빛을 비추었어요. 그 빛은 어렸을 때부터 내 머릿속을 가득 채운 기억과 가난을 모두 지워주었지요. 지금까지도 나는 그런 행복과 평화를 아는 사람은 별로 없을 거라고 생각해요. 어쨌든 나는 파리의 가장 가난한 지역에서 자란 아이가 아니었어요. 나는 어둠 속에서 오래 갇혔던 기억을 잊어버렸어요. 항상 목소리를 듣고 있다고 믿었던 그 시커먼 지하실을 영원히 버렸어요. 그곳에 있을 때면, 내 양심의 가책에서 나오는 목소리가 질병으로 돌아가신 어머니가 했던 말을 되풀이하고 있었지요. 지옥에서부터 문을 열어주었던 그 그림자가 살고 있다고. 나는 그때까지 나를 뒤쫓았던 그 악몽을 잊어버렸지요……. 그 악몽에서는 고블랭 가에 있던 우리 집 지하실의 심연으로 계단이 내려가 스틱스 호수의 동굴에 이르렀어요. 이 모든 걸 잊었던 것이지요. 왜 그런지 아세요? 내 인생의 진정한 천사인 알렉산드라 알마 말티스는 우리 어머니가 내 어린 시절부터 내게 수없이 반복해왔던 것과는 반대로, 내가 나쁜 사람이 아니라는 것을 가르쳐주었어요. 시몬, 알겠어요? 나는 다른 사람들과 같았어요. 다른 그 어떤 사람과도 같았지요. 나는 아무 죄가 없었어요."

라자루스의 목소리가 순간적으로 멈추었다. 시몬은 가면 뒤로 조용히 눈물이 흘러내리고 있을 것이라고 생각했다.

"우리는 함께 크래븐무어를 탐사했어요. 많은 사람들이 이 집에 있는 모든 기적들이 내 창작물이라고 생각하지요. 하지만 그렇지 않아요. 아주 일부만이 내 손에서 나온 것일 뿐이에요. 나머지, 그러니까 나 자신도 제대로 이해할 수 없는 멋지고 훌륭한 복도들은 내가 처음 들어왔을 때 이미 여기에 있었어요. 그것들이 이 집에서 얼마나 오랫동안 있었는지 나는 결코 알 수 없었지요. 내가 이곳에 오기 이전에 다른 사람들이 내 집에 살았다고 생각한 시절이 있었어요. 종종 밤에 조용히 귀를 기울일 때면, 나는 이 저택의 복도에 살고 있는 다른 목소리, 다른 발자국 소리가 들리는 듯한 인상을 받아요. 그리고 가끔씩 모든 방에, 그리고 모든 텅 빈 복도에 시간이 멈추었다고 생각하고, 이곳에 사는 모든 것들이 과거에는 실제로 살았던 거라는 생각도 해요. 나처럼 말이에요.

나는 이미 오래전에 그런 미스터리에 대한 걱정을 떨쳐버렸어요. 심지어 크래븐무어에 산 지 몇 달이 지난 후에도 아직 내가 발을 들여놓지 않은 새로운 침실들과 내가 모르는 날개로 향하는 새로운 복도들이 있다는 것을 깨달은 이후에도 그랬어요. 나는 몇몇 장소, 즉 다섯 손가락으로 꼽을 수 있는 수백 년 된 궁전들은 단순한 건축물 이상이라고 생각해요. 그것들은 살아 있거든요. 그들의 영혼은 우리와 교감할 수 있는 스스로의 방법을 가지고 있어요. 크래븐무어는 그런 장소 중의 하나지요. 아무도 그게 언제 지어졌는지 몰라요. 누가 그걸 만들었고 왜 만들었는지도 모르지요. 하지만 이 집이 내게 말하면, 나는 앉아서 듣곤 하지요.

1916년 여름 전에, 그러니까 우리의 행복이 절정에 이르렀을 때 어떤 일이 일어났어요. 사실 그건 이미 1년 전에 시작되었지만, 나는 전혀 모르고 있었어요. 우리 결혼식 다음 날, 알렉산드라는 새벽녘에 일어나 커다란 타원형의 거실로 가서 우리가 받은 수백 개의 선물을 보았어요. 그런데 그 모든 선물 중에서 손으로 세공한 조그만 상자가 그녀의 관심을 사로잡았어요. 보석함이었지요. 알렉산드라는 그 함에 매료되어 열었어요. 메모 한 장과 유리병이 들어 있었어요. 메모는 그녀에게 보낸 것이었는데, 그것이 아주 특별한 선물이라고 말하고 있었어요. 깜짝 선물이었지요. 그러면서 그 병에는 내가 좋아하는 향수, 우리 어머니가 사용하던 향수가 들어 있으며, 결혼 1주년이 되는 날까지 보관했다가 사용해야 한다고 설명해주고 있었어요. 그러나 그녀와 그 메모를 쓴 사람만의 비밀이 되어야 한다고……. 그 메모를 쓴 사람은 내어릴 적 친구였어요. 다니엘 호프만이었지요.

그녀는 그 지시사항을 그대로 따랐어요. 그렇게 하면 나를 행복하게 해줄 수 있을 것이라고 확신했던 것이지요. 그리고 지정된 날까지 열두 달 동안 그 병을 보관했어요. 그날이 되자, 그녀는 상자에서 병을 꺼내 열었어요. 그 병에 어떤 향수도 담겨 있지 않았다는 건 당신에게 말할 필요도 없겠지요. 그것은 내가 우리의 결혼식 전날 밤에 바다로 던져버렸던 병이었어요. 알렉산드라가 그 병을 연 이후부터 우리의 삶은 악몽이 되었답니다…….

바로 그 즈음에 나는 다니엘 호프만으로부터 편지를 받기 시작했어요. 이번에는 베를린에서 편지를 보냈어요. 그곳에서 언젠가 세상을 바꿀 위대한 작업을 하고 있다고 내게 설명했어요. 그는 수백만 명의 아이들을 찾아가 선물을 주고 있었어요. 언젠가 인류 역사상 유래가 없는 최대의 군대를 형성할 수백만 명의 아이들이었어요. 지금까지도 나는 그 말이 무엇을 의미하는지 이해하지 못하고 있어요…….

처음에 보낸 소포 중의 하나에서 그는 내게 책 한 권을 선물했어요. 이 세상보다 더 오래된 것처럼 보이는 가죽으로 장정된 책이었어요. 표지에는 단 한 단어만 적혀 있었어요. 도플갱어란 단어였어요. 도플갱어에 관해 들어본 적이 있나요? 물론 들어보지 못했을 겁니다. 이제는 그 누구도 전설이나 마술의 낡은 속임수에는 관심을 보이지 않으니까요. 이건 독일어에 기원을 둔 말이에요. 주인에게서 빠져나와 그와 맞서는 그림자를 지칭하지요. 하지만 물론 이건 시작에 불과했어요. 적어도 내겐 그랬어요. 먼저 말하자면, 그 책은 본질적으로 그림자에 관한 소개서였어요. 박물관에나 있을 만한 책이었지요. 그 책을 읽기 시작했을 때는 이미 늦어 있었어요. 이 집에 어둠의 비호를 받아 무언가가 숨은 채 자라고 있었어요. 마치 부화할 순간을 기다리는 뱀의 알처럼 갈수록 커졌어요.

1916년 5월, 내게 일이 일어나기 시작했어요. 알렉산드라와 보냈던 첫 해의 광취가 서서히 꺼지고 있었던 것이지요. 나는 얼마 후 그림자가 존재할지도 모른다고 의심하기 시작했어요. 그러나 그렇게 했더라도, 그걸 해결할 방법은 없었어요. 처음에는 그저 깜짝 놀라게 하는 것 이상은 아니었지요. 알렉산드라의 옷이 갈기갈기 찢겨진 채 나타나곤 했어요. 그녀가 지나갈 때에 문이 쾅 닫히거나 보이지 않는 손이 그녀에게 물건들을 던지곤 했지요. 어둠 속에서 어떤 목소리가 들리곤 했어요. 그러나 그건 시작에 불과했어요……

이 집에는 그림자가 숨을 수 있는 수많은 공간이 있어요. 그제야 나는 그림자가 이 집을 만든 사람, 즉 다니엘 호프만의 영혼이라는 걸 알았고, 그림자가 이 집에서 자라나면서 갈수록 더욱 힘이 세진다는 걸 깨달았어요. 반면에 나는 갈수록 허약한 존재가 될 것임을 눈치 챘어요. 내 안의 모든 힘은 그의 힘이 될 것이고, 고블랭의 어두운 어린 시절로 돌아가는 동안 나는 천천히 그림자가 되고, 그는 주인이 될 것임을 알았어요.

그래서 나는 장난감 공장을 닫고 나를 오랫동안 사로잡았던 것에 집중하기로 결심했어요. 파리에서 나를 보호해주었던 수호천사인 가브리엘에게 생명을 주고 싶었던 거예요. 어린 시절로 돌아가면서, 나는 그에게 생명을 불어넣을 수만 있다면 그가 나와 알렉산드라를 어둠에서 보호해줄 것이라고 믿었어요. 그래서 꿈도 꾸지 못했던 가장 힘센 기계 인형을 고안했던 거예요. 무쇠로 만든 거인이었지요. 나를 악몽에서 벗어나게 만들어줄 천사였어요.

하지만 그건 나의 착각이었어요! 그 괴물이 내 공장의 테이블에서 일어날 수 있게 되자, 그가 내 지시에 따를 것이라는 생각은 사라지고 말았어요. 그는 내가 아니라 다른 사람의 말을 들었어요. 그의 주인 말을 들었던 것이지요. 하지만 그림자는 나 없이는 존재할 수 없었어요. 그림자가 힘을 얻는 원천이 바로 나였기 때문이에요. 천사는 그 비참한 삶에서 나를 해방시키지 않았을 뿐만 아니라, 최악의 감시인이자 수호자가 되었어요. 나를 저주에 빠뜨린 그 끔찍한 비밀의 수호자이자 비밀이 폭로될 위험에 처할 때마다 일어나 지켜줄 파수꾼이 되었던 것이지요. 정말 무자비했어요.

알렉산드라에 대한 공격은 갈수록 심해졌어요. 그림자는 이제 더욱 강해졌고, 날이 갈수록 위협은 더욱 증가되었어요. 그는 내 아내의 고통을 통해 나에게 벌을 주려고 결심했던 것이었어요. 내 마음을 알렉산드라에게 준 게 실수였어요. 그 실수 때문에 우리의 관계가 파멸의 길을 걷게 된 것이었어요. 내가 이성을 잃어버릴 찰나, 나는 내가 가까운 곳에 있을 때에만 그림자가 행동한다는 것을 확인했어요. 나에게 멀리 떨어져서는 살 수가 없었던 것이에요. 그래서 나는 크래븐무어를 떠나 등대섬에 은신하기로 결심했어요. 누군가 내 배신에 대한 대가를 치러야만 한다면, 그건 바로 나였어요. 하지만 난 알렉산드라의 힘과 용기를 과소평가했어요. 나에 대한 그녀의 사랑을 과소평가했던 거예요. 목숨을 잃어버릴지도 모르는 위험과 공포를 무릅쓰고, 그녀는 가면무도회가 열리던 밤에 나를 돕기 위해 그곳으로 왔어요. 만의 물결을 가로지르던 작은 배가 섬에 다다르자, 그림자는 그녀를 덮쳐 물속으로 끌고 갔어요. 아직도 나는 파도 사이로 모습을 드러내면서 어둠 속에서 웃던 그 그림자의 목소리를 기억하고 있지요. 다음 날 그림자는 유리병 안으로 다시 숨어들었어요. 그리고 이후로 20년 동안이나 그림자를 보지 못했는데……."

시몬은 의자에서 벌벌 떨면서 일어나 몇 발짝 뒤로 물러나다 그만 벽에 등을 부딪치고 말았다. 그 남자, 정신병에 걸린 것 같은 그의 입에서 흘러나오는 말을 더 이상 단 한마디도 들을 수 없었던 것이다. 그녀를 두 발로 지탱하게 만들고, 가면 쓴 그 작자가 풍기는 공포심을 이겨내게 만들어준 유일한 것은 바로 분노였다.

"시몬, 안 돼요, 안 돼요……. 그런 실수를 하면 안 돼요……. 무슨 일이 벌어지고 있는지 모르겠어요? 당신과 당신 가족이 여기에 도착했을 때, 나는 당신에게 내 마음을 주지 않을 수가 없었어요. 의식적으로 그랬던 건 아니에요. 나 역시도 무슨 일이 벌어지고 있는지 모르고 있었어요. 깨달았을 때는 이미 늦어 있었어요. 당신의 모습을 닮은 기계를 만들면서 그런 마법의 불꽃을 꺼버리려고 했지만……."

"뭐라고요?"

"그렇게 생각했어요……. 당신이 이 집에 있으면서 활력을 불어넣기 시작하자 또다시 저 빌어먹을 병에서 20년 동안이나 잠자고 있던 그림자가 망각의 구렁에서 깨어났어요. 그리고 곧이어 다시 자기를 유리병에서 해방시켜줄 희생자를 발견했는데……."

"그게 한나였군요……." 시몬이 중얼거렸다.

"지금 당신이 어떤 마음으로 무슨 생각을 하고 있는지 나도 잘 알아요. 하지만 피할 방법이 없어요. 나도 최선을 다했지만……내 말을 믿어야만 해요……."

가면은 자리에서 일어나 그녀를 향해 걸어왔다.

"더 이상 한 발짝도 다가오지 마!" 시몬의 분노가 폭발했다.

라자루스는 걸음을 멈추었다.

"다치게 할 생각은 없어요, 시몬. 난 당신 친구예요. 내게 등을 돌리지 말아요."

그녀는 영혼 가장 깊숙한 곳에서 증오와 분노의 물결이 몰아치는 걸 느꼈다.

"당신이 한나를 죽였어……."

"시몬……."

"내 아이들은 어디에 있죠?"

"그들은 스스로의 운명을 선택했어요."

그녀의 영혼은 얼음장처럼 차가운 비수의 말에 갈기갈기 찢겨졌다.

"어떻게…… 내 아이들을 어떻게 한 거죠?"

라자루스는 장갑 낀 손을 들었다.

"죽었어요……."

라자루스가 말을 마치기도 전에, 시몬은 분노의 비명을 질렀고, 테이블에 놓인 촛대 하나를 집어 자기 앞에 있는 사람에게 던졌다. 온 힘을 다해 던진 촛대의 밑받침이 가면의 중앙에 부딪쳤다. 도자기로 만든 얼굴은 산산이 부서졌고, 촛대는 어둠을 향해 떨어졌다. 그런데 그곳에는 아무도 없었다.

꼼짝하지 못한 채 시몬은 그녀 앞에서 떠도는 검은 덩어리를 뚫어지게 쳐다보았다. 그 그림자는 하얀 장갑을 벗더니 단지 어둠만을 드러냈다. 그제야 시몬은 자기 앞에서 형성되는 악마의 얼굴, 즉 흐릿한 그림자가 천천히 부피를 띠고, 마치 성난 뱀처럼 씩씩거린다는 것을 알았다. 고막이 찢겨질 듯 지옥의 비명이 들렸다. 그 울부짖음은 방에서 타고 있던 촛불을 하나씩 차례로 껐다. 처음이자 마지막으로 시몬은 그림자의 진정한 목소리를 들었다. 그런 다음, 그림자는 발톱으로 그녀를 사로잡더니 어둠 속으로 끌고 갔다.

숲 속으로 들어갈수록 이스마엘과 이레네는 수풀을 뒤덮은 은은한 안개가 점차로 불타는 밝은 색으로 변하고 있다는 사실을 깨달았다. 안개는 크래븐무어의 깜빡거리는 불빛을 흡수하면서, 그것을 음산한 아지랑이로 바꾸고 있었다. 진정한 황금빛 증기의 밀림이었다. 숲의 입구를 지나자마자, 그런 이상하고 설명할 수 없는 현상을 보자 당황했고 어느 정도 겁을 먹기도 했다. 저택의 모든 불이 창문 뒤로 강렬하게 빛나면서, 마치 심연에서 솟아오르는 유령선 같은 모습을 하고 있었다.

두 사람은 정원으로 연결되는 뾰족한 창살문 앞에서 발길을 멈추고

서, 그 몽롱한 모습을 지켜보았다. 빛에 휩싸인 크래븐무어의 모습은
어둠 속에서보다 더 음산하게 보였다. 수십 개의 이무기돌의 얼굴이 이
제는 마치 악몽의 보초들처럼 모습을 드러내고 있었다. 그러나 그들의
발길을 붙잡은 것은 그런 풍경이 아니었다. 또 다른 무언가가 공중을
떠돌고 있었던 것이다. 이무기돌 얼굴보다 훨씬 더 오싹한 눈에 보이지
않는 존재가 있었던 것이다. 수십 개, 아니 수백 개의 로봇들이 움직이
면서 저택 내부를 돌아다니는 소리가 바람에 실려 그곳까지 들려왔다.
그곳에 숨겨진 로봇들의 기계 웃음소리와 그곳을 맴도는 로봇 소리로
이루어진 불협화음이었다.

이스마엘과 이레네는 몇 초 동안 꼼짝하지 않은 채 크래븐무어의 목
소리를 들으면서, 그 지옥의 불협화음의 진원지를 찾아 커다란 현관문
에 도착했다. 입구는 이제 활짝 열려진 채 황금빛 입김을 내뱉고 있었
고, 그 뒤로는 몸서리치게 만드는 멜로디에 맞추어 어둠이 고동치면서
춤추고 있었다. 이레네는 본능적으로 이스마엘의 손을 잡았고, 이스마
엘은 그녀를 애틋한 눈으로 쳐다보았다.

"정말 여기로 들어가고 싶어?" 그가 물었다.

빙글빙글 돌던 어느 발레리나의 모습이 창문에 비쳤다. 이레네는
눈을 다른 곳으로 돌렸다.

"네가 구태여 나와 함께 갈 필요는 없어. 어쨌거나 우리 엄마……."

"정말 매혹적인 제안이네. 다시는 그런 말 하지 마." 이스마엘이 말
했다.

"알았어." 이레네가 고개를 끄덕였다. "무슨 일이 벌어지더라

도……."

머릿속에서 웃음소리, 음악소리, 불빛과 그곳에 가득한 그림자들의 죽음의 행진을 지워버리면서, 두 사람은 크래븐무어의 현관 계단으로 나란히 올라갔다. 그 집의 영혼이 그들을 감싸고 있다는 것을 느끼자, 이스마엘은 지금까지 보았던 것은 서막에 불과하다는 것을 깨달았다. 그들이 놀란 것은 천사와 라자루스가 만든 다른 기계들 때문이 아니었다. 그 집에는 또 다른 무언가가 있었다. 그건 아주 강력하고 분명한 존재감을 드러냈다. 증오와 분노를 내뿜는 존재였다. 이스마엘은 그 존재가 자기들을 기다리고 있다는 사실을 알았다.

도리안은 여러 차례 경찰지서 문을 두드렸다. 그는 숨을 헉헉 거리고 있었고, 그의 양다리는 허물어질 찰나에 있는 것 같았다. 마치 귀신에 홀린 사람처럼 숲을 지나 영국인 해변까지 마구 달렸고, 그런 다음에는 만을 감싸고 있는 끝없는 도로를 따라 마을까지 뛰고 또 뛰었다. 그런 동안 태양은 수평선으로 모습을 감추었다. 단 일 초도 멈추지 않았다. 그는 만일 자기가 멈춘다면 더 이상 뛰지 못하고 주저앉을 것임을 잘 알고 있었다. 단 한 가지 생각이 그를 앞으로 나아가도록 만들었다. 바로 자신의 엄마를 어둠으로 데려가던 유령 같은 그림자의 모습이었다. 그 생각만 하면 그는 세상 끝까지라도 뛰어갈 수 있었다.

마침내 경찰지서의 문이 열렸고, 배가 불룩한 조바르 경관이 나와 앞으로 두 발짝 내디뎠다. 경관의 조그만 눈이 그곳에서 금방이라도 쓰러질 것처럼 보이던 아이를 쳐다보았다. 도리안은 코뿔소를 보고 있다고 생각했다. 경찰은 조롱하는 미소를 지어 보이며 경찰답게 양쪽 엄지손가락을 제복 주머니에 찔러넣더니 도대체 이토록 늦은 시간에 무슨 일이냐며 인상을 찌푸렸다. 도리안은 한숨을 내쉬고서 마른침을 삼켰다.

"괜찮나?" 조바르가 툭 말을 토해냈다.

"물 좀……."

"여긴 카페가 아니야, 소벨 동지."

비아냥거리는 말이었다. 아마도 자기가 멍청한 경찰이 아니라 사냥개와 같은 본능을 가지고 있으며 남들이 부러워할 정도로 상황 파악을 잘 하는 재능이 있다는 것을 보여주려는 것 같았다. 어쨌거나 조바르는 도리안을 경찰지서로 들인 다음, 물통에서 물 한 컵을 따라주었다. 도리안은 물이 그토록 달콤하고 맛있는지 한 번도 생각해보지 않았었다.

"더 주세요."

조바르는 다시 물 한 컵을 건네주면서, 이번에는 셜록 홈스의 눈길로 그를 바라보았다.

"여기 있네."

도리안은 한 방울도 남기지 않고 모두 마시고서 그를 마주 보았다. 그러자 이레네가 지시한 사항이 하나도 지워지지 않은 채 새록새록 기억났다.

"우리 어머니가 사고를 당해 부상을 입었어요. 중태에 빠졌어요. 크레븐무어예요."

조바르는 그토록 많은 정보를 처리하는 데 약간 시간이 걸렸다.

"어떤 종류의 사고인가?" 그는 예리한 관찰자의 말투로 조사했다.

"어서 출동해요!" 도리안이 갑자기 소리를 질렀다.

"난 지금 혼자야. 지서를 비워둘 수 없어."

도리안은 한숨을 내쉬었다. 이 지구상의 모든 멍청이들 중에서도 박물관에나 있어야 할 최고의 멍청이를 상대하게 된 것이었다.

"무전으로 불러요! 자, 어서 움직여요! 지금 당장!"

도리안의 말투와 시선에는 몹시 급박한 상태라는 것이 배어 있었다. 조바르는 커다란 엉덩이를 무전기 쪽으로 움직여 연결을 시도했다. 순간적으로 그는 의심스럽다는 표정으로 고개를 돌려 도리안을 바라보았다.

"어서 불러요! 빨리요!" 도리안이 소리쳤다.

의식을 되찾은 라자루스는 목덜미에서 심한 통증을 느꼈다. 그는 손을 통증 부위로 가져가서 피가 흐르는 상처를 만졌다. 그는 서쪽 날개의 복도에서 보았던 크리스티앙의 얼굴을 희미하게 떠올렸다. 그로봇이 그를 때렸고 이곳까지 끌고 온 것이었다. 라자루스는 주변을 둘러보았다. 크레븐무어에서 한 번도 사용하지 않은 침실 중 하나에 있다는 걸 알았다.

그는 천천히 일어나 생각을 정리하려고 애썼다. 그가 일어서자 심한 피로가 엄습했다. 그는 눈을 감고 깊이 숨을 들이마셨다. 눈을 뜨면서 벽에 걸린 조그만 거울을 쳐다보았다. 그는 거울로 다가가 자신의 모습을 세심하게 살폈다.

그런 다음 건물 앞면을 향해 있는 조그만 창문으로 가까이 가서, 두 사람의 모습이 정원을 지나 현관으로 향하는 것을 보았다.

이레네와 이스마엘은 현관을 지나 집 안에서 흘러나오던 빛다발 속으로 들어갔다. 빙빙 돌아가는 로봇의 메아리와 생명을 되찾은 수천 개의 톱니바퀴가 내는 요란한 금속성의 소리가 마치 차가운 공기처럼 그들 몸속으로 파고들었다. 수백 개의 소형 기계장치가 벽에서 움직이고 있었다. 도저히 있을 것 같지 않은 생명체의 세상이 진열창 안과 공중에 걸린 모빌 속에서 흔들거렸다. 한 곳만을 바라보기란 불가능했고, 라자루스가 만든 물건 중에서 움직이지 않는 건 하나도 없었다. 얼굴을 가진 시계들, 마치 몽유병자처럼 걸어 다니는 인형들, 굶주린 늑대처럼 미소 짓는 귀신 같은 얼굴들…….

"이번에는 내게서 떨어지지 마." 이레네가 말했다.

"그렇게 할 생각 없었어." 이스마엘이 대답했다. 그는 주변에서 고동치는 존재들의 이상한 세상에 압도되어 있었다.

불과 2미터가량 앞으로 나아갔을 때, 현관문이 그들 뒤에서 쾅 소리를 내며 닫혔다. 이레네는 비명을 지르면서 이스마엘을 꽉 붙잡았다. 거대한 남자의 모습이 그들 앞에 나타났다. 그의 얼굴은 악마의 어릿광대 가면으로 덮여 있었다. 가면 뒤에서 두 개의 초록색 눈동자가 커졌다. 두 사람은 괴물이 다가오자 뒷걸음질 쳤다. 그 괴물의 손에서는 한 자루의 칼이 번뜩였다. 크래븐무어를 처음 방문했을 때 문을 열어주었던 그 기계 집사의 모습이 이레네의 머리에 떠올랐다. 크리스티앙. 그게 그의 이름이었다. 로봇은 공중으로 칼을 들었다.

"크리스티앙, 안 돼!" 이레네가 소리쳤다. "안 돼!"

기계 집사는 발길을 멈추었다. 칼이 그의 손에서 떨어졌다. 이스마엘은 무슨 일인지 전혀 이해하지 못한 채 이레네를 바라보았다. 로봇은 움직이지 않은 채 두 사람을 주시했다.

"빨리! 서둘러!" 이레네는 이렇게 부탁하면서 집 안으로 들어갔다.

이스마엘은 그녀 뒤를 따라 뛰어갔다. 그러면서 크리스티앙이 떨어뜨린 칼을 줍는 걸 잊지 않았다. 천장을 향해 올라가는 수직 계단 아래에서 이레네를 따라잡았다. 그녀는 주변을 살펴보면서 위치를 확인하려고 했다.

"지금 어디에 있는 거지?" 이스마엘은 그녀 뒤쪽에 대한 감시를 소홀히 하지 않으면서 물었다.

그녀는 머뭇거렸다. 어떤 길을 선택해야 크래븐무어의 미로로 들어갈 수 있는지 몰랐기 때문이다.

갑자기 차가운 바람이 어느 복도에서 몰아쳤고, 그들은 추워 벌벌 떨었다. 그때 낮은 금속성의 소리가 그들의 귀에까지 들렸다.

"이레네……." 그 목소리가 속삭였다.

이레네의 몸이 갑자기 얼어붙은 듯 꼼짝하지 않았다. 다시 목소리가 들렸다. 이레네는 복도 끝을 뚫어지게 바라보았다. 이스마엘은 그녀가 바라보는 쪽으로 시선을 돌려 그녀를 보았다. 바닥에서 둥둥 뜬 채 안개 망토를 두른 시몬이 팔을 벌린 채 그들을 향해 앞으로 걸어오고 있었다. 악마의 불빛이 시몬의 눈에 번뜩였다. 단단한 송곳니를 지니고 이랑이 팬 커다란 입이 앙상한 입술 뒤로 모습을 보였다.

"엄마." 이레네가 신음하듯 말했다.

"저건 네 엄마가 아니야……." 이스마엘은 이렇게 말하고서 그 기계로봇이 걸어가는 길에서 그녀를 떼어놓았다.

그 얼굴에 갑자기 빛이 비추었고, 끔찍할 만한 장면이 눈에 들어왔다. 이스마엘은 이레네를 덮쳐서 간신히 로봇의 발톱을 피했다. 로봇은 반 바퀴 돌더니 다시 그들을 쳐다보았다. 얼굴은 단지 반만 완성되어 있었고, 나머지 반은 금속 가면에 불과했다.

"우리가 보았던 로봇이야. 네 엄마가 아니야." 이스마엘은 이렇게 말하면서 엄마의 모습에 넋을 잃은 이레네를 위험에서 구출해내려 했다. "그림자가 그것들을 마치 꼭두각시 인형처럼 조종하는 거야."

이레네 엄마의 로봇을 작동시키고 있던 기계장치에서 삐걱거리는 소리가 났다. 이스마엘은 그 로봇의 손톱이 전속력으로 다시 그들을 향해오고 있다는 것을 알았다. 그러자 이레네의 손을 잡고 수직 계단으로 총알처럼 달려갔다. 하지만 그 계단이 어디로 향하고 있는지 정확하게 알지 못했다. 두 사람은 최대한 빠르게 달렸다. 그렇게 양쪽에 방문이 즐비하게 늘어선 복도를 지났다. 그들이 지나가자 그 방문들이 열리면서 지붕에 걸려 있던 인형과 모빌이 우루루 떨어졌다.

"빨리 뛰어!" 이스마엘은 소리치면서 뒤에서 쿵쿵거리는 소리를 들었다.

이레네는 고개를 돌려 뒤를 바라보았다. 자기 어머니의 모습을 기괴하게 본 딴 로봇의 무서운 입이 그녀의 얼굴에서 불과 20센티미터도 떨어져 있지 않았다. 다섯 개의 날카로운 손톱이 그녀의 얼굴을 공격했다. 이스마엘은 그녀를 끌어당겨 어둠에 잠긴 커다란 거실처럼 보이는 방 안으로 밀어버렸다.

이레네는 바닥에 펄썩 넘어졌고, 그는 방 문을 잠갔다. 로봇의 손톱이 방 문에 박혔다. 치명적인 화살처럼 뾰족한 손톱이었다.

"맙소사……." 그녀가 한숨을 내쉬었다. "다시는……."

이레네는 눈을 들었다. 그녀의 얼굴이 백짓장처럼 창백했다.

"괜찮아?" 이스마엘이 물었다.

이레네는 대충 고개를 끄덕이고서 주변을 쳐다보았다. 책으로 가득한 벽이 눈에 보이지 않는 곳을 향해 올라가고 있었다. 수천 권, 아니 수만 권의 책들이 바빌로니아 도서관의 나선형, 즉 계단과 난간의 미로를 이루고 있었다.

"우리는 라자루스의 서재에 와 있어."

"다른 출구가 있으면 좋겠어. 다시는 뒤를 돌아보고 싶지 않아……." 이스마엘이 뒤쪽을 가리키면서 말했다.

"틀림없이 있을 거야. 아니, 있어야만 해. 하지만 그게 어디에 있는지는 모르겠어." 그녀는 이렇게 말하고서 커다란 거실의 중앙으로 다가갔다. 그런 동안 이스마엘은 의자로 방문을 봉쇄했다.

그런 방법이 2분 이상 견뎌준다면, 난 글자 그대로 기적을 믿기 시작할 거야, 라고 그는 생각했다. 그때 뒤에서 이레네가 뭐라고 중얼거렸다. 뒤를 돌아보니 이레네가 책상 옆에서 수백 년 된 것 같은 책을 살펴보고 있었다.

"여기 뭔가가 있어." 그녀가 말했다.

그러자 그는 불길한 예감이 들었다.

"그냥 놔둬."

"왜?" 이레네는 이해할 수 없다는 표정으로 물었다.

"놔둬."

이레네는 책을 덮고 자기 친구가 지시하는 대로 했다. 표지의 황금색 글자가 서재를 따뜻하게 해주는 벽난로의 불빛을 받아 반짝거렸다. 『도플갱어』였다.

이레네가 책상에서 불과 몇 발짝 떨어졌을 때, 발밑에서 온 서재를 흔드는 듯한 커다란 진동을 느꼈다. 벽난로의 불꽃이 흔들리며 책장에 수없이 늘어서 있던 책 몇 권이 덜덜 떨기 시작했다. 그녀는 이스마엘이 있는 곳으로 달려왔다.

"이게 도대체 무슨 일이지?" 그도 역시 그 집의 가장 깊숙한 곳에서부터 울리는 것 같은 그 강렬한 소리를 느끼면서 말했다.

그 순간 이레네가 책상 위에 놔두었던 책이 갑자기 활짝 펼쳐지면서 마구 흔들렸다. 벽난로의 불꽃이 갑자기 엄습한 차가운 기운에 완전히 꺼지고 말았다. 이스마엘은 팔로 이레네를 감싸고서 꼭 껴안았다. 몇 권의 책이 보이지 않는 손에 이끌려 높은 곳에서 허공으로 떨어지기 시작했다.

"우리 말고 여기에 누군가가 있어." 이레네가 속삭였다. "그걸 느낄 수 있어……."

책의 페이지들이 하나씩 다시 천천히 제자리를 찾아가기 시작했다. 이스마엘은 낡고 오래된 책의 표지 글자를 응시했다. 그 글자들은 스스로 빛을 내며 반짝거렸다. 그리고 처음으로 그 글자들이 하나씩 증발되면서 책 위로 검은 가스 덩어리를 형성하고 있다는 사실을 알았다. 그 부정형의 모습이 그 책의 단어와 문장들을 차례로 흡수하고 있었다.

이제는 더욱 진해진 그 형체를 보자, 그는 허공에 걸린 검은 잉크의 귀신을 생각했다.

검은 형체는 더욱 커졌고, 손과 팔과 몸통의 모습이 어둠 속에 새겨졌다. 그리고 그 그림자에서 헤아릴 수 없는 얼굴이 모습을 드러냈다.

두려움에 사로잡혀 옴짝달싹 못하고 있던 이스마엘과 이레네는 마치 전기에 감전된 것처럼 벌벌 떨면서 그 모습을 지켜보았다. 그러면서 그녀 주위에서 다른 형체나 다른 그림자들이 떨어진 책들의 페이지 사이에서 생명을 되찾는 것을 보았다. 천천히 그림자 군대가 그들 눈앞에서 펼쳐졌다. 도저히 믿을 수 없는 일이었다. 아이들 그림자, 노인들 그림자, 이상한 예복을 입은 귀부인들의 그림자…… 모두가 무언가에 사로잡힌 영혼들 같았다. 부피를 띠면서 견고해지기에는 너무나 허약한 영혼들이었다. 고통에 찬 얼굴들, 의지가 결핍된 무기력한 얼굴들이었다. 그것들을 보자 이레네는 자기가 끔찍한 마법에 사로잡힌 수십 명의 길 잃은 영혼들 앞에 서 있음을 느꼈다. 그들이 도움을 청하면서 팔을 내미는 것을 보았지만, 그들의 손가락은 절단되어 아지랑이가 되어버리고 있었다. 그녀는 그들의 악몽과 그들을 쥐어뜯는 불길한 꿈의 공포를 느낄 수 있었다.

그 광경은 불과 몇 초밖에 지속되지 않았지만, 그런 동안 그녀는 그들이 누구일까, 어떻게 그곳까지 왔을까 생각했다. 그녀처럼 아무런 생각도 없이 언젠가 그곳을 찾아왔던 방문객일까? 순간적으로 그녀는 그 저주 받은 영혼, 즉 밤의 자식들 가운데서 엄마를 찾을 수 있을 거라고 기대했다. 하지만 그림자가 단 한 번 제스처를 취하자, 그들의 흐느적거리는 육체는 방 안을 가로지른 어둠의 회오리바람 속으로 모두 사라졌다.

그림자는 커다란 입을 벌려 모든 영혼들을 하나씩 먹어치우면서, 그들에게 남아 있던 얼마 안 되는 힘을 모두 빼앗아버렸다. 그들이 사라진 후 죽음의 침묵이 흘렀다. 그런 다음 그림자는 눈을 떴고, 그의 시선은 어둠 속에 핏빛의 기운을 투사했다.

이레네는 소리를 지르려고 했지만, 그녀의 목소리는 크레븐무어를 뒤흔든 갑작스러운 굉음 속에 묻혀버렸다. 하나씩 차례로 집 안의 모든 창문과 방문이 마치 묘비처럼 굳게 닫혔다. 이스마엘은 크래븐무어의 수백 개의 복도를 돌아다니는 우렁차고 굵고 낮은 메아리를 들었으며, 살아서 그곳에서 나갈 수 있다는 희망이 어둠 속에서 사라지고 있다는 것을 느꼈다.

둥근 천장을 통해 가느다란 한 줄기 빛이 새어나오고 있었다. 그 빛은 음산한 서커스단 텐트의 높은 곳에 걸린 하나의 밧줄 같았다. 이스마엘의 시선이 그 빛을 보았고, 1초도 더 기다리지 않고 이레네의 손을 잡더니 더듬거리며 그 방의 맨 끝으로 데려갔다.

"여기 아마도 다른 문이 있을 거야." 그가 속삭였다.

이레네는 그의 집게손가락이 가리키는 방향으로 따라갔다. 그녀의 눈은 자물쇠 틈에서 새어나오는 것 같은 희미한 한 줄기 빛을 볼 수 있었다. 서재는 타원형의 동심원으로 이루어져 있었고, 좁은 복도는 벽에 붙어 나선형으로 올라가고 있었다. 그 복도에서 또 다른 여러 복도가 파생되고 있었다. 시몬은 그것에 관해 말한 적이 있었다. 그런 변덕스러운 건축에 관해 말하면서, 끝까지 그 복도를 따라가면, 거의 저택의 3층 높이에 이르게 된다고 설명했던 것이다. 말하자면 실내 바벨탑이야, 라고 그녀는 상상했다. 이번에는 그녀가 이스마엘을 복도 끝으로 안내했고, 그곳에 도착하자 서둘러 올라가기 시작했다.

"어디로 가는지 알아?" 이스마엘이 물었다.

"날 믿어."

이스마엘은 그녀 뒤를 쫓아가면서 복도로 나아갔고, 자기가 밟고 있는 바닥이 천천히 올라가고 있다는 것을 알았다. 차가운 공기가 목덜미를 어루만졌고, 이스마엘은 뒤쪽 바닥으로 짙고 어두운 얼룩이 번지고 있는 걸 보았다. 그림자는 거의 견고하고 단단한 조직을 지니고 있으며, 단지 그의 윤곽만이 어둠 속에서 용해되는 것 같았다. 유령의 얼룩은 마치 기름 막처럼 짙고 반짝거리면서 이동하고 있었다.

몇 초 후, 그 검은 액체는 그들의 발밑으로 번졌다. 이스마엘은 얼음장 위를 걷는 것과 비슷하게 차가운 경련을 느꼈다.

"빨리!" 그가 소리쳤다.

빛줄기는 예상했던 것처럼 문의 자물쇠 틈에서 새어나오는 것이었다. 이제 그 문과 그들 사이의 거리는 불과 6미터 정도밖에 떨어져 있지 않았다. 이스마엘은 발길을 재촉했고, 순간적으로 자기 발밑에 있는 그림자의 흔적을 벗어나는 데 성공했다. 하지만 문이 열려 있을 가능성은 거의 없었다. 게다가 그 문이 어떤 곳으로도 이끌지 못한다면, 문에 도달해도 아무 소용이 없을 것이었다.

이레네는 어둠 속에서 잠금장치를 만져 문을 열 방법을 찾았다. 이스마엘은 뒤로 고개를 돌려 그림자가 어디에 있는지 확인했고, 흑옥처럼 시커멓고 반짝이는 것이 자기 앞에 우뚝 서 있다는 것을 알았다. 짙은 기체가 천천히 모습을 취하고 있었다. 그리고 역청 같은 얼굴이 만들어졌다. 눈에 익은 얼굴이었다. 이스마엘은 자기가 헛것을 보고 있다고 생각했고, 그래서 눈을 깜빡거렸다. 그러나 그 얼굴은 그곳에 계속 있었다. 그의 얼굴이었다.

그의 어두운 그림자는 악의에 찬 미소를 지었고, 입술 사이로는 파충류의 혓바닥을 보여주었다. 본능적으로 이스마엘은 현관의 로봇에게서 빼앗은 칼을 꺼내 그림자에게 휘둘렀다. 그러자 그림자는 칼을 향해 차가운 숨을 내뱉었고, 칼은 끝에서부터 손잡이까지 서리와 얼음조각으로 뒤덮였다. 쇳조각이 얼어붙자 손바닥으로 타는 것 같은 느낌이 전해졌다. 추위, 아주 강렬한 추위는 불처럼, 아니 불보다도 더 뜨거웠다.

이스마엘은 손에서 무기를 놓칠 뻔했다. 그러나 팔을 압박하던 근육 경련을 견뎌내고서 그림자의 얼굴에 칼을 찌르려고 했다. 칼날이 닿자 그림자의 혀가 분리되더니, 그의 발 위에 떨어졌다. 순간적으로 그 조그만 검은 덩어리는 발목을 감싸더니 달라붙었고, 천천히 위로 기어오르기 시작했다. 끈끈하고 차가운 덩어리를 느끼자 토할 것만 같았다.

그 순간 그는 뒤에 있던 이레네가 열려고 몸부림치던 잠금장치에서 끼익 하는 소리를 들었다. 그녀가 문을 열자 빛의 터널이 펼쳐졌다. 이레네는 급히 방문으로 나갔고, 이스마엘도 그녀를 따라 나가면서 문을 닫고 추적자를 따돌렸다. 그림자에게서 떨어져 나온 신체의 일부가 그의 허벅지로 기어 올라가면서 커다란 거미의 형체를 띠었다. 찌르는 것 같은 고통에 다리가 후들후들 떨렸다. 이스마엘은 비명을 질렀고, 이레네는 그 괴물과 같은 거미를 떼어내려고 했다. 그러자 거미는 이레네를 쳐다보더니 그녀를 향해 펄쩍 뛰었다. 이레네의 입에서는 공포의 비명이 새어나왔다.

"이걸 떼어줘!"

당황한 이스마엘은 주변을 둘러보고서 그들을 안내했던 빛이 어디에서 나왔는지 발견했다. 마치 유령들의 행렬처럼 촛불이 한 줄로 어둠 속에 늘어서 있었다.

그는 촛불을 집어 이레네의 목을 향하고 있던 거미에게 불꽃을 갖다 댔다. 불과 접촉하자, 거미는 분노와 고통으로 씩씩거렸고, 이내 검은 빗방울처럼 변하더니 바닥으로 떨어졌다. 이스마엘은 촛불을 놓고 그 검은 액체가 닿지 못하도록 이레네를 끌어당겼다. 검은 방울들은 흐느적거리며 바닥 위를 미끄러져갔고, 단 하나의 육체로 합쳐지더니 문까지 기어가서 문 반대편으로 다시 스며들었다.

"불이야. 불이 그림자를 놀라게 해……." 이레네가 말했다.

"그래, 그림자에게 불꽃을 주도록 하자고."

이스마엘은 다시 촛불을 들어 문 아래에 놓았다. 그러는 동안 이레네는 방 안을 재빨리 둘러보았다. 그곳은 거의 치장이 되지 않은 작은 방 같았다. 가구도 없이 수십 년 동안의 먼지로만 뒤덮여 있었다. 아마도 그 방은 과거에 서재에 딸린 창고로 사용되었던 것 같았다. 그러나 자세히 살펴보니, 천장에 그 모습이 드러났다. 조그만 관들이 있었던 것이다. 이레네는 촛불 하나를 집어 머리 위로 올리고는 그 방을 살펴보았다. 촛불의 불빛을 받자 파란색 타일과 타일 모자이크가 빛났다.

"도대체 우리가 어디에 있는 거지?" 이스마엘이 물었다.

"나도 모르겠어…… 샤워기 같은데……."

촛불 덕택에 금속 샤워기들이 드러났다. 수도관 위에 종 모양으로 수백 개의 구멍이 난 살수기가 걸려 있었다. 살수기의 물이 나오는 부분은 녹슬어 있었고, 거미줄이 쳐져 있었다.

"저게 무엇이든, 수백 년 동안 아무도 사용하지……."

말이 끝나기도 전에 삐걱거리는 금속 소리가 들렸다. 녹슨 수도꼭지가 돌아가는 소리가 분명했다. 그 안에 있는 수도꼭지였다.

이레네는 파란색 타일 벽을 향해 촛불을 비추었고, 두 사람은 중간 밸브가 천천히 돌아가고 있는 걸 보았다.

벽이 심하게 떨려왔다. 몇 초간의 침묵이 흐르고, 두 사람은 그 소리가 어디서 나오는지 확인할 수 있었다. 그들 머리 위의 수도관을 통해 무언가가 휩쓸려가는 소리였다. 무언가가 좁은 수도관 속에서 길을 열고 있었다.

"여기야!" 이레네가 소리쳤다.

그는 샤워기에서 눈을 떼지 않은 채 고개를 끄덕였다. 몇 초도 안 되어, 알 수 없는 덩어리가 구멍을 통해 천천히 흘러나오기 시작했다. 이레네와 이스마엘은 마치 모래시계의 입자들이 떨어지면서 수북이 쌓이는 것처럼 그들 앞에서 조금씩 형체를 갖추던 그림자에게서 눈을 떼지 않은 채 천천히 뒷걸음질 쳤다.

두 눈이 어둠 속에서 그려졌다. 다정한 라자루스의 얼굴이 그들에게 미소 지었다. 만일 자기들 앞에 있는 것이 라자루스가 아니라는 사실을 몰랐다면, 그들은 안심했을 것이다.

"우리 엄마는 어디에 있죠?" 이레네가 도전적인 말투로 물었다.

사람의 것이라고 볼 수 없는 굵은 목소리가 들렸다.

"나와 함께 있어."

"그에게서 떨어져." 이스마엘이 말했다.

그림자는 그를 뚫어지게 바라보았고, 이스마엘은 절체절명의 위기에 처한 것처럼 보였다. 이레네는 자기 친구를 마구 흔들었고, 그를 그림자에게서 떼어내려고 했지만, 그는 아무런 반응도 보이지 못한 채 그 존재의 영향 아래 있었다. 이레네는 두 사람 사이에 끼어들더니, 이스마엘의 뺨을 세게 때렸다. 그러자 이스마엘은 최면 상태에서 깨어났다. 그림자의 얼굴은 분노의 가면으로 변하더니, 두 개의 긴 팔을 그들을 향해 뻗었다. 이레네는 이스마엘을 벽으로 밀치고서, 그 손톱을 피하려고 했다.

그 순간 어둠 속에서 문이 열리더니 그곳의 반대편으로 한 줄기 빛이 나타났다. 기름램프를 들고 있는 사람의 모습이 문지방에 나타났다.

"여기서 나가!" 그는 이렇게 소리쳤다. 이레네는 그 목소리를 알아들었다. 그것은 장난감 제작자 라자루스 안의 목소리였다.

그림자는 증오의 비명을 내뱉었고, 촛불은 하나씩 하나씩 꺼졌다. 라자루스는 그림자를 향해 나아갔다. 그의 얼굴은 이레네가 기억하던 것보다 훨씬 더 늙어 보였다. 핏줄이 벌겋게 선 그의 눈은 무척 피곤해 보였다. 피로라는 잔인한 질병에 걸린 남자의 눈이었다.

"여기서 나가!" 다시 그가 소리쳤다.

그림자는 악마의 얼굴을 슬쩍 보여주더니 이내 기체 덩어리로 변한 뒤 바닥 틈으로 스며들었고, 벽에 난 구멍으로 도망쳤다. 그가 도망치자, 창문을 내리치는 바람소리와 비슷한 소리가 났다.

라자루스는 잠시 그 틈을 유심히 쳐다보는가 싶더니 이내 시선을 돌려 그들을 바라보았다.

"너희들, 지금 여기서 뭐 하고 있는 거지?" 그가 분노를 숨기지 못한 목소리로 물었다.

"우리 엄마를 찾으러 왔는데, 엄마를 찾지 않고는 여기서 나가지 않을 거예요." 이레네는 눈도 깜빡거리지 않은 채 강렬하게 따지는 시선을 유지하면서 단호하게 말했다.

"지금 무엇과 싸우고 있는지 너희들은 몰라⋯⋯." 라자루스가 말했다. "빨리, 여기로 나가. 머지않아 그놈이 다시 올 거야."

라자루스는 문 밖으로 그들을 안내했다.

"그게 뭐예요? 우리가 봤던 게 뭐지요?" 이스마엘이 물었다.

라자루스는 찬찬히 그를 쳐다봤다.

"나야. 네가 본 것은 바로 나란다……."

라자루스는 복잡한 미로의 터널을 통해 그들을 안내했다. 복도와 회랑과 평행으로 나 있는 좁은 터널은 마치 크래븐무어의 심장부를 가로지르는 것 같았다. 길 양쪽으로 수많은 문이 닫혀 있었다. 마치 저택의 수십 개의 방과 거실은 양쪽으로 문이 나 있는 것 같았다. 발자국 소리의 메아리는 그 좁은 통로에 갇혔고, 그래서 마치 보이지 않는 군대가 그들을 뒤따라오고 있다는 느낌을 주었다.

라자루스의 램프는 벽 위로 반지 모양의 누런 불빛을 뿌리고 있었다. 이스마엘은 함께 걸어가는 자신의 그림자와 이레네의 그림자를 벽에서 보았다. 그러나 라자루스는 그 어떤 그림자도 갖고 있지 않았다. 장난감 제작자는 어느 크고 좁은 문 앞에서 걸음을 멈추더니, 열쇠를 꺼내 자물쇠를 열었다. 그리고 그들이 걸어왔던 복도의 반대편 끝을 훑어보고서 방금 열었던 문으로 들어가라고 지시했다.

"여기로 들어가." 그는 초조하게 말했다. "이곳으로 오지는 않을 거야. 적어도 몇 분 동안은……."

이스마엘과 이레네는 서로 의심의 눈빛을 교환했다.

"나를 믿는 것 이외에는 그 어떤 대안도 없어." 라자루스는 이렇게 덧붙이면서 경고했다.

이스마엘은 한숨을 내쉬더니 앞장서서 방 안으로 들어갔다. 이레네와 라자루스는 그를 뒤따라 들어왔고, 라자루스는 다시 방문을 닫았다. 램프의 불빛은 수많은 사진과 신문 스크랩으로 뒤덮인 벽을 보여주었다. 한쪽 끝에는 조그만 침대와 아무것도 놓여 있지 않은 책상이 있었다. 라자루스는 바닥에 램프를 놓고서 두 사람이 벽에 붙은 모든 스크랩을 어떻게 유심히 살펴보고 있는지 쳐다보았다.

"시간이 있을 때 크래븐무어를 벗어나야 해."

이레네가 그를 향해 몸을 돌렸다.

"그가 원하는 건 너희들이 아니야." 장난감 제작자가 덧붙였다. "시몬을 원하는 거야."

"왜 그런 거죠? 우리 엄마에게 뭘 하려는 거죠?"

라자루스가 시선을 떨어뜨렸다.

"어머니를 죽이려는 거야. 나에게 벌을 주기 위해. 만일 너희들이 그일을 방해하면, 너희들에게도 똑같이 할 거야."

"그게 무슨 뜻이지요? 우리에게 무엇을 말하려는 거지요?" 이스마엘이 물었다.

"내가 너희들에게 말해주어야 할 것은 이미 모두 말했어. 너희들은 가능한 한 빨리 이곳을 빠져나가야 해. 조만간 그가 돌아올 거야. 이번에는 나도 너희들을 지켜줄 수 없을 거야."

"그런데 누가 돌아온다는 거지요?"

"너희들 두 눈으로 똑똑히 보았어."

그 순간 집 안의 어느 장소에서부터 희미한 소리가 들려왔다. 가까이 다가오고 있었다. 이레네는 침을 삼키고서 이스마엘을 바라보았다. 규칙적으로 나는 총소리처럼 뚜벅뚜벅 걸어오는 발자국 소리가 갈수록 가깝게 들려왔다. 라자루스가 희미한 미소를 지었다.

"저기 오고 있어." 그가 알려주었다. "시간이 많이 남아 있지 않아."

"우리 어머니는 어디에 있지요? 어디로 데려간 거죠?" 이레네가 재차 요구했다.

"나도 몰라. 하지만 안다고 하더라도 아무 소용이 없었을 거야."

"당신이 그녀의 얼굴을 가진 그 기계를 만들었어요……." 이스마엘이 추궁했다.

"그걸로 충분할 줄 알았어. 하지만 그는 그 이상을 원했어. 그녀를 원했던 거야."

지옥의 발자국 소리가 복도를 따라오더니 이제는 문 뒤에서 들렸다.

"지금 저 문을 나가면," 라자루스가 설명했다. "저택 중앙 계단으로 가는 복도가 나와. 지금 최소한의 판단력이 남아 있다면, 그곳까지 달려가서 영원히 이 집에서 멀어지도록 해."

"우리는 그 어디로도 가지 않을 거예요." 이스마엘이 말했다. "시몬 부인 없이는 가지 않겠어요."

그들이 들어왔던 방문이 심하게 흔들렸다. 잠시 후 검은 막이 문지방 아래로 흩어졌다.

"나가자." 이스마엘이 급박하게 말했다.

그림자가 램프를 감싸더니 유리를 박살냈다. 그리고 얼음장 같은 공기를 내뱉자 불꽃이 꺼졌다. 어둠 속에서 라자루스는 두 아이들이 다른 출구로 도망치는 걸 지켜보았다. 그의 옆으로 검고 헤아릴 수 없이 커다란 그림자가 올라가고 있었다.

"저 아이들을 내버려 둬." 그가 중얼거렸다. "아직 어린아이들에 불과해. 떠나도록 놔둬. 대신 나를 잡아가. 네가 찾는 게 바로 그것 아니야?"

그러자 그림자는 빙긋이 웃었다.

그들이 있던 복도는 크래븐무어의 중심축을 가로지르고 있었다. 이레네는 그 복도를 알아보았고, 이스마엘을 둥근 천장 아래로 안내했다. 움직이는 구름이 스테인드글라스의 천장을 통해 보였다. 거대한 검은 솜 덩어리들이 하늘을 가로지르고 있었다. 천장 끝을 장식한 일종의 마개와 같은 램프가 몽롱한 불빛을 내뿜고 있었다.

"여기야." 이레네가 가리켰다.

"여기로 가면 어딘데?" 이스마엘이 초조한 말투로 물었다.

"아마도 어디에 엄마가 있을지 알 수 있을 것 같아."

그는 뒤를 흘낏 돌아보았다. 복도는 어둠에 잠겨 있었고, 그 어떤 움직임도 보여주지 않고 있었다. 그러나 이스마엘은 그들이 눈치 채지 못하도록 그 방향으로 다가오고 있을 것이라는 사실을 알았다.

"지금 네가 뭘 하고 있는 건지 알길 바라." 그는 가능한 한 그곳에서 멀리 떨어지고 싶은 초조한 마음을 숨기지 못한 채 말했다.

"날 따라와."

이레네는 어둠 속에 펼쳐진 한쪽 날개로 나아갔고, 이스마엘은 그녀를 뒤쫓아 갔다. 천천히 램프의 불빛이 희미해졌고, 양쪽으로 늘어선 기계인형들의 희미한 모습이 너울거리는 그림자로 바뀌었다. 수백 개의 기계들이 내는 목소리와 웃음소리, 그리고 딱딱거리는 소리가 그들의 발자국 소리를 잠재웠다. 이스마엘은 다시 뒤를 돌아보면서, 그들이 모험을 감행했던 복도 입구를 자세히 살펴보았다. 차가운 한 모금의 공기가 복도로 들어왔다. 주변을 둘러보면서, 이스마엘은 앞에서 너울거리는 얇은 천의 커튼을 알아보았다. 천천히 흔들거리는 그 커튼에는 이니셜이 하나 새겨져 있었다.

A

"그녀가 여기에 있을 거라고 확신해." 이레네가 말했다.

커튼 너머로 세밀하게 세공한 나무 문이 복도 끝에 닫혀 있었다.

또 다른 차가운 공기 한 모금이 그들을 감싸면서 커튼을 흔들었다.

이스마엘은 걸음을 멈추고 그 검은 덩어리를 노려보았다. 쇠 철사처럼 팽팽하게 긴장한 그는 어둠 속에서 무언가를 밝혀내려고 했다.

"왜 그래?" 이레네는 그가 완전히 넋을 놓고 있다는 사실을 눈치 채면서 물었다.

그는 입술을 떼서 대답하려고 했지만, 입을 다물고 말았다. 그녀는 자기들 뒤로 펼쳐진 복도를 보았다. 복도 끝에 조그만 한 점의 빛이 있었다. 나머지는 시커먼 어둠이었다.

"저기 있어." 이스마엘이 말했다. "우리를 지켜보고 있어."

이레네가 그를 붙잡았다.

"그걸 못 느껴?"

"여기서 멈추지 마, 이스마엘."

그는 고개를 끄덕였지만, 그의 생각은 다른 곳에 있었다. 이레네는 그의 손을 잡고 방문이 있는 곳까지 이끌었다. 이스마엘은 그곳으로 오는 내내 뒤에 있는 복도에서 눈을 떼지 않았다. 마침내 그녀가 문 입구에 멈추자, 두 사람은 시선을 주고받았다. 그리고 한마디 말도 없이 이스마엘은 손잡이에 손을 올려놓고서 천천히 돌렸다. 손잡이는 희미한 금속성의 소리를 내면서 돌아갔고, 두꺼운 나무판자의 무게에 실려 경첩이 돌아가면서 안쪽으로 살그머니 열렸다.

뿌연 파란색으로 물든 안개가 방 안을 뒤덮고 있었다. 불에서 새어 나오는 자줏빛 불빛만이 그런 분위기를 방해할 뿐이었다.

이레네는 방 안을 향해 몇 발짝 앞으로 나아갔다. 모든 게 그녀가 기억하는 그대로였다. 알마 말티스의 커다란 초상화는 벽난로 위에서 반짝이고 있었고, 두 사람의 그림자는 침실 분위기를 풍기는 그 방에 흩어지면서, 침대를 둘러싼 투명한 실크 커튼 주변을 넌지시 보여주고 있었다. 이스마엘은 그곳으로 들어와 조심스럽게 문을 닫고서 이레네를 쫓아갔다.

이레네가 팔로 그를 멈추었다. 그러고서 불 앞에 있는, 즉 그들 뒤에 있는 안락의자를 가리켰다. 한쪽 팔에 창백한 손이 달려 있었고, 그 손은 마치 시든 꽃처럼 바닥 위로 떨어져 있었다.

이레네 옆에서는 액체의 막 위로 깨어진 술잔 조각이, 그리고 거울에서는 시뻘건 진주가 빛나고 있었다. 이레네는 가슴이 마구 고동치는 걸 느꼈다. 그녀는 이스마엘의 손을 놓고 한 발씩 안락의자로 다가갔다. 너울거리는 불길에서 나오는 불빛이 정신을 잃은 얼굴을 환하게 밝혔다. 시몬이었다.

이레네는 자기 엄마 옆에 무릎을 꿇고서 그녀의 손을 어루만졌다.

잠시 동안 그녀는 맥박을 찾지 못했다.

"이럴 수가⋯⋯."

이스마엘은 급히 책상으로 달려가 조그만 은 쟁반을 집었다. 그리고 시몬에게 달려와 그것을 그녀의 얼굴 앞에 놓았다. 은은한 수증기가 은 쟁반의 표면을 물들였다. 이레네는 깊은 숨을 들이마셨다.

"살아 있어." 이스마엘이 말하고서, 의식을 잃은 여자의 얼굴을 살펴보았다. 그녀에게서 성숙하고 현명한 이레네를 보는 것 같았다.

"여기서 꺼내야만 해. 도와줘."

두 사람은 각각 시몬의 한쪽 옆에 자리를 잡아 팔로 그녀를 감싸 안고서 안락의자에서 일으키려고 했다.

간신히 몇 센티미터를 일으켰을 때, 오싹한 낮고 깊은 속삭임이 방 안에서 들렸다. 두 사람은 하던 행동을 멈추고서 주변을 둘러보았다. 불꽃은 벽에 두 사람의 그림자를 순간적으로 다양한 모습으로 투사했다.

"시간 낭비하지 마." 이레네가 그에게 재촉했다.

이스마엘은 다시 시몬을 일으켰지만, 이번에는 그 소리가 더욱 가까이 들렸고, 그는 소리가 나는 곳을 살펴보았다. 초상화에 씌운 박판이었다. 그 순간 초상화를 덮고 있던 베일이 뒤틀리더니 어두운 액체의 막으로 변했고, 그 막은 부피를 지니면서 송곳처럼 날카로운 손톱을 지닌 두 개의 긴 팔을 뻗었다.

이스마엘은 몸을 피하려고 했지만 그림자는 벽에서 맹수처럼 뛰어내리고는, 어둠 속에서 궤적을 그렸고 그의 뒤를 덮쳤다. 순간적으로 이스마엘이 볼 수 있었던 것은 자기를 쳐다보고 있는 자신의 그림자뿐이었다. 그런 다음, 자신의 그림자 윤곽에서 또 다른 그림자가 나타나 흐물흐물 커지더니 마침내 그의 그림자를 완전히 삼켜버렸다. 이스마엘은 시몬의 몸이 팔에서 미끄러지고 있다는 것을 느꼈다. 차가운 기체의 강력한 손이 그의 목을 감싸더니 엄청난 힘으로 그를 벽에 던져버렸다.

"이스마엘!" 이레네가 소리쳤다.

그림자는 그녀를 향해 돌았다. 그녀는 방 안 끝으로 뛰어갔다. 그녀의 발밑에 있던 그림자가 죽음의 꽃을 그리면서 그녀를 덮쳤다. 그녀는 차갑고 무시무시한 것이 닿았다는 느낌을 받았고, 그림자가 자기의 몸을 휘감으면서 근육을 마비시키고 있음을 알았다. 그녀는 안간힘을 썼지만 아무 소용이 없었다. 그런 동안 그녀는 지붕에서 한나의 얼굴 모습을 한 어둠의 그림자가 어떻게 내려오는지 공포에 사로잡혀 지켜보았다. 한나를 모방한 유령은 그녀에게 증오의 눈길을 던졌고, 기체 입술에서는 축축하고 반짝거리는 긴 송곳니가 보였다.

"넌 한나가 아니야." 이레네는 쥐새끼 같은 목소리로 말했다.

그러자 그림자는 그녀의 뺨을 때렸고, 그 뺨은 찢어졌다. 순간적으로 상처에서 핏방울이 흘러나왔다. 그러자 그림자는 마치 강력한 기류가 핏방울을 빨아들이는 것처럼 그것을 마셨다. 토할 것 같은 역겨움이 그녀를 엄습했다. 그림자는 마치 단도처럼 길고 뾰족한 두 개의 손가락을 휘두르면서 다가왔다.

이스마엘은 그 걸걸하고 사악한 목소리를 들었다. 벽에 부딪쳐 얼떨떨한 상태였지만, 정신을 차리고 다시 일어났다. 그림자는 방 한가운데에서 이레네를 붙잡고 죽이려고 하고 있었다. 이스마엘은 소리를 지르면서 그림자를 공격했다. 그의 몸이 그림자를 통과했다. 그러자 그림자는 수천 개의 작은 방울로 나뉘더니 시커먼 빗방울이 되어 바닥에 떨어졌다. 이스마엘은 이레네를 일으켜서 그림자의 손길이 닿지 못하는 곳으로 물러서게 했다. 바닥 위에서 그 물방울들은 다시 회오리바람으로 하나가 되었고, 그 바람은 방 안을 둘러싼 가구들을 흔들더니 그것들을 치명적인 로켓으로 만들어 벽과 창문을 향해 발사했다.

이스마엘과 이레네는 바닥에 엎드렸다. 책상이 유리창 하나를 지나가면서 박살내버렸다. 이스마엘은 그녀 위로 굴러 올라가 유리조각에서 그녀를 보호했다. 다시 눈을 들었을 때, 어둠의 회오리바람은 응고되고 있었다. 두 개의 커다란 검은 날개가 펼쳐졌고, 그림자는 전에 없이 더 크고 강한 모습으로 나타났다. 그림자는 손 하나를 들더니 손바닥을 펴서 보여주었다. 그 손바닥에서 두 개의 눈과 몇 개의 입술이 모습을 드러냈다.

이스마엘은 다시 칼을 꺼내 마구 휘두르면서, 이레네를 자기 뒤에 놓았다. 그림자는 일어서더니 그들을 향해 발길을 옮겼다. 그러고서 손으로 잡았다. 이스마엘은 얼음장 같은 기운이 손가락과 손으로 올라오면서 팔을 마비시키고 있음을 느꼈다.

무기가 바닥으로 떨어졌고, 그림자는 이스마엘을 에워쌌다. 이레네는 이스마엘을 붙잡으려고 했지만 허사였다. 그림자는 이스마엘을 벽난로의 불로 데려가고 있었다.

바로 그때 방문이 열리더니 라자루스 얀이 문지방에 모습을 드러냈다.

숲에서 나오던 유령의 불빛이 선두에 있던 경찰차의 앞 창문에 반사되었다. 그 차 뒤로 지로 박사의 자동차와 라로셀의 진료소에서 차출된 앰뷸런스가 전속력으로 영국인 해변 도로를 달리고 있었다.

경찰지서장인 앙리 포르 옆에 앉은 도리안은 가장 먼저 나무들 사이로 스며들던 황금빛 기운을 눈치 챘다. 크래븐무어의 모습이 숲 뒤로 모습을 드러냈다. 안개에 휩싸여 유령 분위기를 풍기는 거대한 회전목마 같았다.

경찰관은 이맛살을 찌푸리면서 그 마을에서 52년간 살면서 한 번도 보지 못했던 그 광경을 유심히 지켜보았다.

"더 빨리 달려요!" 도리안이 재촉했다.

경찰관은 도리안을 쳐다보았고, 가속 페달을 밟는 동안 반신반의했던 사고 이야기가 정말일지도 모른다고 생각하기 시작했다.

"우리에게 아직 말해주지 않은 건 없어?"

도리안은 대답하지 않고서 단지 그를 정면으로 쳐다보기만 했다.

경찰관은 있는 힘껏 가속 페달을 밟았다.

그림자가 뒤로 돌았고, 라자루스를 보자 무거운 짐을 놓듯 이스마엘을 떨어뜨렸다. 이스마엘은 쾅 소리를 내며 바닥에 힘껏 부딪쳤고, 고통의 신음소리를 냈다. 이레네는 그를 돕기 위해 달려갔다.

"여기서 어서 나가!" 라자루스는 이렇게 말하면서 뒷걸음질 치고 있던 그림자를 향해 천천히 다가갔다.

이스마엘은 어깨에 심한 통증을 느끼면서 신음했다.

"괜찮아?" 이레네가 물었다.

이스마엘은 알아들을 수 없는 말을 떠듬거렸지만, 바닥에서 일어나 고개를 끄덕였다. 라자루스는 알 수 없는 시선으로 그들을 쳐다보았다.

"어머니를 데리고 어서 여기서 나가." 그가 말했다.

그림자는 매복한 뱀처럼 그의 앞에서 속삭였다. 그러더니 갑자기 벽을 향해 펄쩍 뛰었고, 초상화가 다시 그 그림자를 삼켰다.

"내가 여기서 나가라고 했잖아!" 라자루스가 소리쳤다.

이스마엘과 이레네는 시몬을 붙잡고서, 방의 문지방을 향해 끌었다. 밖으로 나가기 바로 직전, 이레네는 뒤로 돌아 라자루스를 보았고 장난감 제작자가 베일에 둘러싸인 침대로 다가가서 끝없이 다정하게 그 베일을 거두는 걸 보았다. 그 여자의 모습이 커튼 뒤로 살며시 나타났다.

"기다려……." 이레네가 콩알만 해진 가슴으로 속삭였다.

알마임에 틀림없었다. 라자루스의 얼굴에서 눈물을 보자 온몸이 오싹했다. 장난감 제작자는 알마를 껴안았다. 평생 동안 한 번도 이레네는 누군가가 그토록 조심스럽게 다른 사람을 껴안는 걸 본 적이 없었다. 라자루스의 모든 행동과 움직임은 섬세하고 다정했다. 평생 동안 존경했던 사람만이 보여줄 수 있는 애정과 섬세함이었다. 알마의 팔 역시 그를 껴안았고, 마술적인 그 순간 두 사람은 이 세상을 초월해 어둠 속에서 하나가 되었다. 이유를 모른 채, 이레네는 울고 싶은 욕망을 느꼈다. 그러나 끔찍하고 무섭고 위협적인 새로운 모습이 그녀가 지났던 길을 가로질렀다.

얼룩이 초상화에서 침대로 꾸불꾸불 미끄러져 나아가고 있었던 것이다. 그러자 이레네는 섬뜩했다.

"라자루스, 조심해요!"

장난감 제작자는 뒤로 돌아보고서 그림자가 자기 앞에서 우뚝 서서 분노로 울부짖는 걸 보았다. 그는 잠시 그 지옥의 존재를 노려보았다. 두려움 같은 건 전혀 보이지 않았다. 그런 다음 다시 두 사람을 보았다. 그의 눈은 무슨 말을 그들에게 전하려는 것 같았지만, 그게 무엇인지 두 사람은 알 수 없었다. 그런데 갑자기 이레네는 라자루스가 말하려고 했던 것이 무엇인지 깨달았다.

"안 돼요!" 그녀는 소리치면서, 이스마엘이 자기를 붙잡는 걸 느꼈다.

장난감 제작자가 그림자에게 다가갔다.

"다시는 그녀를 데려갈 수 없을 거야……."

그림자는 손을 치켜들어 주인을 공격할 태세를 갖추었다. 라자루스는 한 손을 재킷에 넣고서 반짝거리는 물건을 하나 꺼냈다. 권총이었다.

그림자의 웃음소리가 하이에나의 울음소리처럼 방안에 울려 퍼졌다.

라자루스는 방아쇠를 당겼다. 이스마엘은 이해하지 못한 채 그걸 보았다. 그때 장난감 제작자는 그에게 희미한 미소를 지었고, 권총은 그의 손에서 떨어졌다. 검은 얼룩이 그의 가슴에 번지고 있었다. 피였다.

그림자는 집 안 전체를 벌벌 떨게 만들 정도의 비명을 질렀다. 공포의 비명이었다.

"맙소사!" 이레네가 신음소리를 냈다.

이스마엘은 그를 구하러 달려갔지만, 라자루스는 한 손을 들어 그의 발걸음을 멈추게 했다.

"아니야. 그녀와 함께 있게 해줘. 그리고 얼른 여기서 나가……."

그는 이렇게 중얼거리면서, 입술 틈으로 한 줄기의 피를 흘렸다.

이스마엘은 그를 품에 안고서 침대로 가까이 데려갔다. 창백하고 슬픈 얼굴 모습을 보자 그는 가슴이 찢어질 것 같았다. 이스마엘은 알마 말티스를 정면으로 마주보았다. 그녀의 가엾은 눈이 결코 깨어나지 못할 잠 속에 파묻힌 채 그를 뚫어지게 쳐다보았다.

기계였다.

그동안 라자루스는 아내를 기억하기 위해, 그림자가 빼앗았던 기억을 간직하기 위해 기계와 함께 살았던 것이다.

너무 놀란 이스마엘이 한 발짝 뒤로 물러섰다. 라자루스는 애원하듯이 그를 바라보았다.

"그녀와 함께 있게 해줘……. 부탁이야."

"하지만…… 저건 그냥……." 이스마엘이 말하기 시작했다.

"그녀는 내가 가진 전부야……."

이스마엘은 그제야 왜 등대섬에서 익사한 그 여인의 시체가 발견되지 않았는지 깨달았다. 라자루스가 바닷물에서 시체를 건져 생명을 되돌려주었던 것이다. 그건 존재하지 않은 생명, 즉 기계의 생명이었다. 아내를 잃어버렸다는 슬픔과 자신의 고독을 참을 수 없었던 나머지, 그는 그녀의 몸을 바탕으로 유령을 만들었고, 그 슬픈 유령과 함께 20년 동안이나 함께 살았던 것이다. 죽음에 신음하는 그의 눈을 보자, 이스마엘은 비록 제대로 이해할 수는 없었지만 그의 마음속에서는 알마 말티스가 계속 살아 숨 쉬고 있다는 것을 알았다.

장난감 제작자는 고통으로 가득한 마지막 시선으로 그를 쳐다보았다. 이스마엘은 천천히 고개를 끄덕이고서 이레네 옆으로 돌아갔다. 그녀는 마치 그가 자기 자신의 죽음을 본 것처럼 얼굴이 백짓장이 되었다는 걸 알았다.

"왜……?"

"여기서 나가자. 어서." 이스마엘이 재촉했다.

"하지만……."

"여기서 나가자고 했잖아!"

두 사람은 함께 시몬을 복도까지 끌고 갔다. 문이 그들 뒤에서 힘껏 쾅 소리를 내고 닫히면서, 라자루스를 그 방 안에 가두었다. 이레네와 이스마엘은 있는 힘을 다해 복도를 거쳐 현관 앞 계단까지 뛰면서, 문 안쪽에서 들리던 비인간적인 울부짖음을 무시하려고 애썼다. 그것은 그림자의 목소리였다.

라자루스 얀은 침대에서 일어났고, 비틀거리면서 그림자와 맞섰다. 유령은 그에게 절망의 눈길을 던졌다. 총알로 인해 생긴 조그마한 구멍은 갈수록 커지고 있었고, 시간이 지날수록 그림자도 같은 속도로 갉아먹고 있었다. 그림자는 다시 펄쩍 뛰어 그림 속에 숨었지만, 라자루스는 불붙은 장작을 집어 그림에 불을 붙였다.

불은 저수지의 파문처럼 삽시간에 그림 전체로 번졌다. 그림자는 울부짖었고, 서재의 어둠 속에서 그 검은 책의 페이지들은 피를 흘리기 시작하더니 마침내 불길에 휩싸였다.

라자루스는 다시 침대로 기어갔지만 분노로 가득하고 불길에 휩싸인 그림자는 그의 뒤를 덮치면서, 그가 지나온 길에 불의 흔적을 남겼다. 그러자 침대에 달려 있던 커튼에 불이 붙었고 뜨겁게 날름거리는 불길이 지붕과 바닥으로 번지면서 분노에 사로잡혀 모든 걸 집어 삼켰다. 불과 몇 초도 안 되는 시간에 방 안은 숨 쉴 수 없는 지옥으로 변했다.

불길은 창문으로 모습을 보였다. 불길은 온전하게 남아 있던 얼마 안 되는 유리제품들을 공중으로 날려버리면서, 탐욕스러운 힘으로 밤 공기를 빨아들였다. 침실 문은 불길에 휩싸여 복도 쪽으로 열렸고, 불은 전염병처럼 냉혹하게 저택 전체로 번졌다.

불길 사이로 걸어가면서, 라자루스는 오랫동안 그림자가 머물러 있었던 유리병을 꺼내 두 손으로 높이 치켜들었다. 절망의 비명을 지르면서 그림자는 그 병 안으로 들어갔다. 유리창들은 마치 금 간 얼음처럼 산산이 조각났다. 라자루스는 병의 마개를 덮고서, 마지막으로 그것을 쳐다보고는 불속으로 던졌다. 유리병은 산산이 부서졌다. 마지막으로 내쉬는 저주의 숨소리처럼, 그림자는 영원히 사라졌다. 그 그림자와 함께 치명적인 총상을 입은 장난감 제작자도 자기의 목숨이 천천히 사라지고 있다는 것을 느꼈다.

이레네와 이스마엘이 의식을 잃은 시몬을 팔에 안고서 현관에 나타났을 때, 불길은 이미 3층 창문으로 모습을 보이고 있었다. 불과 몇 초도 안 되어 유리창들이 하나씩 깨지면서 정원으로 뜨거운 유리 조각의 폭풍을 내뱉었다. 두 사람은 숲의 입구까지 달려갔고, 나무들의 보호 아래 있게 되자 비로소 걸음을 멈추고 뒤를 돌아보았다.

크래븐무어는 불타고 있었다.

9월의 빛

    1937년의 그날 밤, 라자루스 얀의 세계에 거주했던 그 환상적인 기계들은 불길에 파묻혀 모두 하나씩 파괴되었다. 말하는 시계들의 시침과 분침과 초침들은 뜨거운 열을 받은 납 필라멘트처럼 구부러졌다. 발레리나와 오케스트라, 마법사와 요술사 그리고 체스 경기자들처럼 기적과 같은 물건들은 결코 다음 날 햇빛을 볼 수 없었다. 불길은 그것들에게도 결코 추호의 동정심도 베풀지 않았던 것이다. 불길이라는 파괴의 영혼은 층을 가리지 않고 모든 침실뿐만 아니라 그 마술적이고 끔찍한 장소에 있던 모든 것을 영원히 이 세상에서 사라지게 만들었다.

    수십 년의 환상은 물거품처럼 사라지면서, 고작 잿더미만을 남겨놓았을 뿐이다. 그 지옥의 어느 장소에 라자루스 얀이 보물처럼 간직하고 있던 사진들과 기사 스크랩들도 불타버렸다. 불길 이외에는 그 어떤 증인도 없이 모두 불타버렸다. 경찰차가 한밤중을 새벽처럼 환하게 밝힌 그 유령과 같은 집에 도착했을 때, 고통 받으며 자랐던 그 아이의 눈은 아무 장난감도 없었고 앞으로도 없을 그 방에서 영원히 감겼다.

평생 이스마엘은 라자루스와 그의 아내의 마지막 순간을 잊을 수 없을 것이었다. 그가 마지막으로 보았던 것은 라자루스가 그녀의 이마에 키스를 하는 장면이었다. 그때 그는 그 비밀을 죽을 때까지 간직하겠다고 굳게 맹세했다.

다음 날 첫 번째 햇살은 자줏빛 만 위로 펼쳐진 수평선을 향해 떠나는 뿌연 잿더미의 연기를 드러냈다. 여명이 영국인 해변으로 바다 안개를 펼치는 동안, 크래븐무어의 잔해가 숲 너머로, 그러니까 나무 우듬지 위로 그려졌다. 꺼져가는 연기가 희미한 나선형의 흔적을 남긴 채 하늘로 솟아오르면서, 구름 위로 검은 벨벳의 길을 그리고 있었다. 서쪽을 향해 날아가는 새떼들이 그 연기를 지나갈 때만 비로소 그 길은 간간이 끊어지고 있었다.

밤의 장막은 아직도 물러가지 않으려고 애쓰고 있었고, 멀리 보이는 등대섬을 감싸고 있던 구릿빛 안개는 점점 부서지더니 하얀 날개를 단 아지랑이가 되어 새벽 바람에 실려 하늘로 날아오르고 있었다.

그 어느 곳으로도 갈 생각이 전혀 없는 것처럼, 이레네와 이스마엘은 백사장에 앉아 1937년 여름, 그 기나긴 밤의 마지막 순간을 지켜보았다. 조용히 두 사람은 손을 잡았다. 구름 사이를 뚫고 나온 태양의 첫 붉은 햇살이 바다 안쪽에 붉고 반짝이는 오솔길을 그리고 있었다. 등대는 어둡고 고독하게 안개 사이로 우뚝 솟아 있었다. 희미한 미소가 이레네의 입술에 새겨졌다. 그녀는 마을 사람들이 지켜보았고 안개 속에서 빛나는 그 불빛이 이제는 영원히 꺼질 것임을 알았다. 9월의 빛은 새벽과 함께 떠나가 버릴 것이었다.

이제 그 어떤 것도, 심지어 그해 여름의 사건에 관한 기억도 시간 속에 정지된 알마 말티스의 덧없는 영혼을 붙잡을 수는 없었다. 밀려오는 바닷물을 보면서 이런 생각에 잠겨, 이레네는 이스마엘을 쳐다보았다. 그의 눈에서 눈물 한 방울이 솟아나올 것 같았지만, 이레네는 그가 눈물을 절대로 흘리지는 않을 것임을 알았다.

"집으로 돌아가자." 그가 말했다.

이레네는 고개를 끄덕였고, 두 사람은 함께 다시 곶의 집을 향해 해변으로 걷기 시작했다. 그러는 동안 단 한 가지 생각만이 이레네의 머리를 사로잡고 있었다. 빛과 어둠의 세상에서, 모두가, 그리고 우리 각자가 자신의 길을 찾아야만 한다는 것이었다.

며칠 후 시몬은 그림자가 그녀에게 들려주었던 말이 무엇이었는지 두 사람에게 말해주었다. 라자루스 얀과 알마 말티스의 진짜 이야기였다. 그러자 모든 퍼즐 조각들이 그들의 머릿속에서 맞춰지기 시작했다. 하지만 실제로 일어났던 사건을 분명하게 밝힐 수 있게 되더라도, 그것이 사건의 흐름을 바꿔놓을 수 없었다. 저주는 비극적인 어린 시절부터 죽을 때까지 라자루스 얀을 뒤쫓았으며, 마지막 순간에 라자루스는 유일한 출구가 바로 자기 자신의 죽음밖에 없다는 것을 깨달았다. 이제 그에게 남은 것은 그의 그림자와 다니엘 호프만이라는 이름 아래 숨어서 어둠의 세상을 지배하는 이름 모를 황제의 저주에서 벗어나 알마와 함께할 수 있는 마지막 여행을 떠나는 일이었다. 모든 힘과 속임수를 이용했던 다니엘 호프만조차도 삶과 죽음의 세계를 초월한 라자루스와 알마를 하나로 만드는 끈을 끊어버릴 수는 없었던 것이다.

파리,

1947년 5월 26일

이스마엘에게

네게 편지를 마지막으로 쓴 게 언젠지 모르겠다. 너무 많은 시간이 흘렀지. 그런데 마침내 일주일 전에 기적이 일어났어. 최근 몇 년 동안 네가 옛날 주소로 보냈던 모든 편지들이 착하고 친절한 이웃집 여자 덕택에 내게 되돌아온 거야. 거의 아흔 살이나 먹은 불쌍한 여자야! 그녀는 언젠간 누군가 그 편지들을 찾으러 올 거라 믿으며 그 편지들을 보관해왔대.

일주일 내내 나는 지치도록 네 편지들을 읽고 또 읽었어. 그러곤 나의 가장 소중한 보물처럼 보관했지. 내가 왜 침묵을 지켰는지, 왜 그토록 오랫동안 집을 비웠는지 설명하기란 쉽지 않아. 특히 너에게는 말이야. 이스마엘, 특히 네게는 그래.

우린 라자루스 양의 그림자가 영원히 사라진 그날 아침 훨씬 더 끔찍하고 잔인한 그림자가 세상을 덮치리라는 것을 상상조차 하지 못했어. 바로 증오의 그림자였지. 아마도 이 말을 들으면 분명 다니엘 호프만과 그가 베를린에서 저질렀던 일들이 생각날 거야.

전쟁이라는 끔찍한 기간 동안 너와 연락이 끊겼을 때, 나는 수백 통의 편지를 썼지만 그것은 그 어느 곳에도 도착하지 않았어. 아직도 난 그 편지들이 어디로 갔는지, 네게 하고 싶었던 그토록 많은 말들이 어디로 갔을지 생각해. 그 끔찍한 어둠의 기간 동안, 너에 대한 기억과 파란 만에서 보냈던 그 여름의 기억이

내 목숨을 유지하게 만든 불꽃이었고, 매일 내게 살아남아야 한다고 용기와 힘을 주었다는 사실을 알아주었으면 좋겠어.

곧 알게 되겠지만 도리안은 입대했고, 아프리카 북부에서 2년 동안 복무했어. 그리고 수많은 양철쪼가리 훈장을 달고 부상을 입은 채 돌아왔어. 아마 평생을 절룩거리며 살게 될 거야. 그나마 그 아이는 행운아였어. 적어도 죽지 않고 살아 돌아왔으니까. 너도 좋아할 것 같아서 전해주는데, 도리안은 마침내 해운 지도 연구실에 취직했고, 그의 애인 미셸(너도 꼭 만나봐야 해)로부터 자유로운 몸이 될 때마다 나침반을 들고 세계 각지를 돌아다녀.

엄마에 대해서는 뭐라고 해야 할까? 나는 엄마가 우리를 위해 수없이 발휘했던 힘과 용기가 부러워. 전쟁 기간은 엄마에게 매우 힘든 시기였어. 하지만 한 번도 그런 것에 관해 투덜댄 적은 없어. 엄마가 창가에서 사람들이 지나다니는 걸 조용히 바라볼 때면, 도대체 엄마가 무슨 생각을 하고 있을까 생각해. 이제 엄마는 집 밖으로 나가려고 하지도 않고 오로지 책을 벗 삼아 시간을 보내. 마차 어떻게 가야 할지 모르는 다리를 이미 건넌 것 같아……. 종종 엄마는 아버지의 오래된 사진을 보며 조용히 눈물을 흘려.

나에 관해 말하자면, 나는 잘 지내고 있어. 한 달 전에 생 베르나르 병원을 그만두었어. 내가 몇 년 동안 일했던 곳이야. 그곳을 허물려고 하거든. 그 낡은 건물과 함께 전쟁 기간 동안 그곳에서 보았던 모든 공포와 고통의 기억들도 쓸려 갔으면 좋겠어. 아마 나도 과거의 나와는 달라져 있을 거라고 생각해, 이스마엘. 내 마음속에도 무언가 변화가 있었거든.

나는 결코 일어나지 않으리라고 생각했던 많은 것들을 보았어……. 이스마엘, 세상에는 그림자들이 있어. 너와 내가 그날 밤 크래븐무어에서 싸웠던 그 그림자보다도 훨씬 더 사악한 그림자들이 말이야. 그런 그림자들 옆에 있으면, 다니엘 호프만의 그림자는 그저 아이들 장난에 불과해. 그건 바로 우리 각자의 마음에서 나오는 그림자야.

가끔씩 나는 아빠가 이곳에 있지 않아서 그런 그림자를 보지 못한 게 얼마나 다행스러운지 몰라. 넌 내가 향수에 젖어 사는 여자가 되었다고 생각하겠지. 하지만 전혀 그렇지 않아. 네 마지막 편지를 읽었을 때, 내 가슴은 쿵쿵 뛰었어. 마치 10년 동안 어둡고 비오는 날만 지속되다가 마침내 태양이 나온 것 같았어. 나는 영국인 해변과 등대섬을 다시 돌아다녔고, 키아네오스를 타고 다시 만의 바닷물을 갈랐어. 나는 항상 그 시절을 내 인생의 가장 행복하고 멋진 날로 기억할 거야.

네게 비밀 하나를 고백할게. 전쟁 기간의 기나긴 겨울 밤 동안 어둠 속에서 총성과 비명이 울려 퍼질 때면, 나는 수없이 다시 그곳으로, 네 옆으로, 우리가 등대섬에서 보냈던 그날로 돌아가면 좋겠다고 생각했어. 우리가 그곳에서 절대로 떠나지 않을 수만 있었다면 얼마나 좋았을까. 그날이 결코 끝나지 않았다면 얼마나 좋았을까.

아마도 넌 내가 결혼했는지 궁금하겠지. 아니, 그게 내 대답이야. 날 좋아하고 결혼하자는 남자들이 없었다고는 생각하지 마. 아직 나는 젊고 어느 정도 매력적이니까. 애인은 몇 명 있었어. 하지만 찾아왔다가 떠났어. 전쟁 기간 동안 혼자 고독하게 보내기란 아주 힘든 일이었어. 나는 엄마처럼 강인하지 못하거든. 하지만 그저 데이트 상대였을 뿐 그 이상은 아니었어. 나는 고독이 종종 평화로 이끄는 길이라는 것을 배웠어. 그리고 몇 달 동안 나는 그것, 즉 평화만 바랐어.

이게 전부야. 아니 전혀 이야기하지 않았다고 봐야 할지도 몰라. 하긴 어떻게 몇 년 동안의 내 모든 감정과 기억을 네게 설명할 수 있겠니. 나는 당장 그 기억과 감정을 지워버리고 싶어. 내 마지막 기억이 그 해변에서의 해뜰녘이 되었으면 좋겠어. 그리고 이 모든 시간은 기나긴 악몽에 불과하다는 걸 알고 싶어. 난 다시 열다섯 살의 여자아이로 돌아가고 싶고, 가능하다면 나를 둘러싼 세상을 이해하고 싶지 않아.

이제 더 이상 계속 편지를 쓰고 싶지 않아. 다음에는 우리가 얼굴을 맞대고 이야기하면 좋겠어.

일주일 후에 엄마는 두 달가량 이모와 함께 엑상프로방스로 가서 지내게 될 거야. 그날 나는 다시 오스테를리츠 역으로 가서 노르망디 행 기차를 탈 거야. 10년 전에 그랬던 것처럼 말이야. 마중 나올 거지? 마중 나온 사람들 속에서 난 널 금방 찾아낼 수 있어. 수천 년이 지나더라도 내가 널 알아보지 못하는 일은 없을 거야. 난 그걸 오래전부터 알고 있었어.

아주 오래전에, 전쟁이 최악으로 치달을 때에 나는 꿈을 꾸었어. 그 꿈에서 난 다시 너와 함께 영국인 해변을 거닐었어. 석양이 지고 있었고, 멀리서 등대섬이 바다 안개 사이로 모습을 드러냈지. 모든 게 예전과 똑같았어. 곶의 집, 파란 만 등등…… 심지어 숲 위로 솟은 크래븐무어의 잔해도 똑같았지. 우리만을 제외하고는 모든 게 똑같았어. 우린 두 명의 늙은이었어. 백발이 성성한 노인이 된 나는 더 이상 배를 탈 수 없었지. 하지만 우리는 함께 있었어.

그날 밤부터 나는 언제가 될지는 몰라도 반드시 우리가 함께할 순간이 올 거라 확신했어. 그리고 머나먼 곳에서 9월의 빛은 우리를 위해 영원히 꺼지지 않을 것이고, 이번에는 더 이상 우리의 길에 그림자가 드리우지 않을 것이라는 사실도 말이야.

　이번에는 영원할 거야.

카를로스 루이스 사폰 소설의 가장 큰 특징은 미스터리 장르와 모험 소설을 로맨스와 혼합한다는 것이다. 독자를 사로잡는 대표적인 서사 구조로는 탐정소설 기법과 멜로드라마 기법이 주로 사용된다. 사폰은 이 두 장르에 모험이라는 요소를 덧붙이면서, 긴장되고 흥미진진한 작품을 만들어나간다. 그래서 일단 그의 책을 읽기 시작하면 한시도 손에서 떼어놓을 수 없다.

『9월의 빛』 역시 이런 세 가지 요소가 적절하게 혼합되어 있다. 이 소설은 파리와 '파란 만'을 무대로 전개된다. 파리에서 시몬과 두 아이들인 이레네와 도리안은 아르망 소벨이 죽으면서 남긴 엄청난 빚을 갚기 위해 노력한다. 그리고 1937년 여름에 시몬은 갑부이며 미스터리한 장난감 제작자인 라자루스 얀의 저택 크래븐무어에서 관리인으로 일할 기회를 얻게 되고, 시몬 가족은 파리에서 노르망디의 해변 마을로 떠난다.

장난감 제작자인 라자루스는 크래븐무어의 거대한 저택에 유폐되어 살고 있으며, 20년 전부터 중병에 걸려 침대에 누워 있는 아내 알렉산드라의 유일한 동반자다. 라자루스는 이상한 장난감이자 로봇인 수백 개의 기계들에 의해 둘러싸여 살고 있다. '파란 만'에 도착한 후 얼마 후, 이레네는 크래븐무어에서 일하는 수다쟁이 한나와 한나의 사촌이며 바다를 사랑하는 수줍은 청년 이스마엘을 알게 되고, 이스마엘에게 매력을 느낀다.

한편 도리안은 크래븐무어 저택에 있는 기계 장난감들에게 매력을 느끼고, 시몬과 라자루스는 고용인/피고용인의 관계에서 우정의 관계로 나아간다. 동시에 미스터리와 불행이 밀어닥친다.

어느 날 밤 한나는 이상한 죽음을 맞이한다. 이레네는 여름의 끝 무렵에 등대에서 이상한 불빛을 보며, 미스터리한 여자가 오래전에 그곳에 물에 빠져 죽었다는 사실을 알게 된다.

한나의 죽음 이후 오싹한 그림자가 크래븐무어와 그곳을 둘러싼 숲에 드리운다. 이후 이레네의 어머니는 이상한 그림자에 의해 납치되고, 도리안은 '파란 집'의 지하에 갇힌다. 그러면서 그 그림자는 서서히 정체를 드러낸다. 그림자는 바로 라자루스의 것이며, 그의 임무는 라자루스가 마음을 주는 모든 여자들을 죽임으로써 라자루스에게 복수하는 것이다. 이후 라자루스, 이레네, 이스마엘은 시몬을 구하기 위해 그림자와 처절한 싸움을 벌인다.

이렇게 『9월의 빛』은 미스터리 소설, 모험소설, 멜로드라마의 구조를 효과적으로 사용하면서 독자를 사로잡는다. 그러면서 십대의 두 남녀, 지난 세대에 일어난 미스터리, 로봇과 기계인형을 제작하는 미스터리하고 고통 받는 남자, 20년 전에 실종된 여자의 일기, 화재, 몇몇 인물의 죽음 등을 등장시킨다.

그러나 겉으로 보이는 이런 이야기 뒤에는 두 개의 구조가 중첩되고 있다. 하나는 독자가 지각하는 눈에 보이는 거짓세계이고 다른 하나는 눈에 보이지 않는 진정한 세계다. 이 소설의 중심을 이루는 그림자와 '마음'도 눈에 보이는 세계만이 진짜 세계라고 믿는 우리의 의식을 뒤흔드는 데 일조하면서, 현실이라는 세계 뒤에 있는 눈에 보이지 않는 세계도 존재한다는 것을 일깨워준다.

이 소설을 번역하면서 내내 공포와 슬픔을 느꼈다. 특히 무정한 어머니에게서 벗어나 가난을 이기기 위해 마음을 건네주는 대가로 물질적 풍요를 누리며 성공을 구가하는 라자루스 얀에게서 연민의 정을 느꼈다. 만일 다니엘 호프만의 제안을 받는다면, 물질주의가 팽배한 현대에서 몇 사람이나 그 제안을 거절할 수 있을까? 마음은 아무짝에도 쓸모없는 것일까? 진정으로 세상을 살아간다는 것은 무엇을 의미하는 것일까?

갑자기 어느 푸에르토리코 소설의 한 대목이 생각난다.

"사회적, 경제적 발전은 푸에르토리코에게 제공되는 연료야. 하지만 불이 탈 수 있는 공기가 없다면 어떻게 될까? 그러니까 내 말은 내면의 불이 없다면 국민들은 살아남을 수 없다는 소리야…… 아무리 많은 연료가 있더라도 정신이 질식하면 살 수 없어."

정신이라는 '마음'이 없으면, 아무리 물질적 풍요라는 '연료'가 있더라도 가난한 것이 아닐까?

이렇게 『9월의 빛』은 단순한 미스터리 모험소설이나 로맨스로 읽힐 수도 있지만, 여러 차원에서의 독서도 가능하다. 이것이 바로 이 소설이 갖고 있는 힘이라고 말할 수 있다. 이 소설을 읽으면서, 우리의 내면을 되돌아보는 기회로 삼았으면 하는 바람이다.

송병선

9월의 빛

| 펴낸날 | 초판 1쇄 2010년 1월 25일 |
| | 초판 2쇄 2010년 3월 3일 |

지은이	카를로스 루이스 사폰
옮긴이	송병선
펴낸이	심만수
펴낸곳	(주)살림출판사
출판등록	1989년 11월 1일 제9-210호

경기도 파주시 교하읍 문발리 파주출판도시 522-1
전화 031)955-1350 팩스 031)955-1355
기획·편집 031)955-4694
http://www.sallimbooks.com
book@sallimbooks.com

ISBN 978-89-522-1322-8 03870

책임편집 김혜영